잇걸

잇 걸

지은이 **이선배**
펴낸이 **안용백**
펴낸곳 (주)도서출판 넥서스

초판 1쇄 발행 2008년 12월 30일
초판 34쇄 발행 2010년 9월 20일

출판신고 1992년 4월 3일 제311-2002-2호
121-840 서울시 마포구 서교동 394-2
Tel (02)330-5500 Fax (02)330-5555

ISBN 978-89-5797-366-0 13810

가격은 뒤표지에 있습니다.
잘못 만들어진 책은 구입처에서 바꾸어 드립니다.

www.nexusbook.com
넥서스BOOKS는 (주)도서출판 넥서스의 실용 전문 브랜드입니다.

스타일리시한 여자들의 머스트 해브 아이템 30

잇걸

이선배 지음

넥서스BOOKS

good

케이트 모스와 똑같이 입는다고 그녀가 될 순 없다.
자신을 돌아보고 무엇이 어울리는지 알아야 한다.

_비비안 웨스트우드

Prologue

내 안의 잇 걸을 찾아서

지난 일 년 동안 내 인생엔 크나큰 변화가 있었다. 첫 번째는 결혼. '부르투스, 너마저……'란 카이사르의 단말마처럼 친구들은 "너만은 안 갈 줄 알았는데" 하며 축사 아닌 축사를 보냈다. 동시에 삼십여 년을 떠돌던 한국을 떠나 홍콩이란 곳에 오게 되었다. 그가 한국에 오지 않고 내가 가야 했던 데는 프리랜서로 일하며 '작가님'이란 호칭을 듣게 된 탓이 크다.

전작《잇 스타일》에 대한 반응은 은근히 '핫' 했다. 놀라운 사실은 독자의 취향과 포지션이 무한대에 가깝도록 다양하다는 것. 중학생부터 50대 아저씨까지, 된장녀를 위한 책이란 비평부터 기본을 짚어주는 실용적인 책이란 칭찬까지, 정말 어느 장단에 맞춰 춤을 춰야 할지 모를, 버라이어티 쇼를 보는 듯한 반응이었다. 그리고 왜 그렇게 책 사달라는 여자친구나 남동생이 많은지, 여자친구가 졸라서 샀다는 남자나 남동생이 여자친구 준다고 빼앗아가 또 한 권을 사야 했다는 누나들의 푸념도 상당했다. 다시 한 번 느낀 건, 스타일에 대한 우리나라 사람들의 엄청난 열정!

외국에서 살다 보니 세상에 우리나라 사람처럼 음주가무 좋아하고 외모에 목숨 거는 사람들이 없는 것 같다. 바다 건너 누구누구의 옷차림이 당일 블로그 이웃 사이에 퍼지고, 늘 부족한 수입에도 철철이 새 옷을 장만하는 재미로 살아가는 소시민들이 무척이나 많다는 사실이다. 나를 포함한 이들의 바람은 단 한 가지, 스타일리시하게 살고 싶다는 것!

스타일이란 무엇인가? 풍류이자 탐미적 취향 그 자체이다. 남의 것을 갈취하는 것도 아니고 타락하는 것도 아닌, 단지 스스로 노력해서 예쁘게 보이고 싶다니 얼마나 갸륵한 일인가. 매일매일 쌓여가는 그들의 열망

으로 난 자연스레 '잇 걸(It Girl)'이란 단어를 떠올리게 됐다. 잇 걸은 스타일리시하고 아름답고 유명한 여자를 의미하는 신조어다. 잇 걸에겐 파파라치가 따라붙고 연예계의 러브 콜이 끊이지 않으며, 멋진 파티와 잘생긴 남자친구가 줄을 잇는다. 이런 선입견 탓인지 스타일에 일가견이 있는 사람도 스스로 잇 걸이란 주장은 하기 어렵다. 난 잇 걸이 우리들 마음속에 존재하는 어떤 아이콘이라고 생각한다. 치르치르와 미치르가 한없이 좇은 파랑새처럼 말이다. 잇 걸의 실체는 당당하고 빛나며 매력적인 자신이다. 그렇다면 욕망과 질투에 속만 끓이지 말고, 자기 안의 잇 걸을 이끌어내는 건 어떨까?

디자이너 비비안 웨스트우드가 말했다. "케이트 모스와 똑같이 입는다고 케이트 모스가 될 순 없다. 영향을 받을 순 있지만 당신 자신을 먼저 돌아보고 무엇이 어울리는지를 알아야 한다."

누구나 갖고 있는 옷, 소품, 화장품이라도 자기에게 맞는 잇 아이템을 알아볼 수 있다면, 자신만의 잇 스타일을 표현하는 감각을 더한다면 내 안의 잇 걸은 머지않아 모습을 드러낼 것이다. 모두의 잇 걸을 찾기 위해, 이 햇병아리 작가는 또 분주히 길을 떠나야 할 것 같다.

2008년 12월

홍콩에서 이선배

Contents

high beam

cosmo it girl
1 모방할 수 없는 스타일, 패리스 힐튼 _046
2 살아 움직이는 트렌드 바로미터, 린제이 로한 _098
3 패션계의 전설, 케이트 모스 _134
4 21세기 판 진짜 공주, 샬롯 카시라기 _158
5 악동에서 패션 리더, 아름다운 엄마로, 니콜 리치 _214
6 설명할 수 없는 프렌치 시크의 정점, 루 드와이옹 _256
7 기본 티셔츠로도 잇 걸 1순위, 커스틴 던스트 _286
8 생략과 조화의 멋, 재클린 케네디 _314
9 패션은 가도 스타일은 남는다, 가브리엘 샤넬 _352

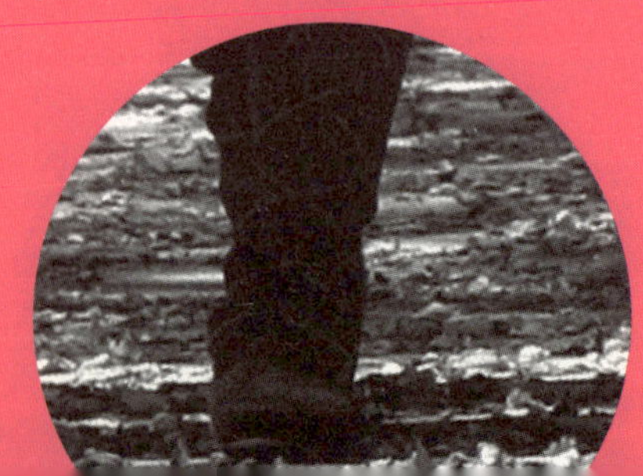

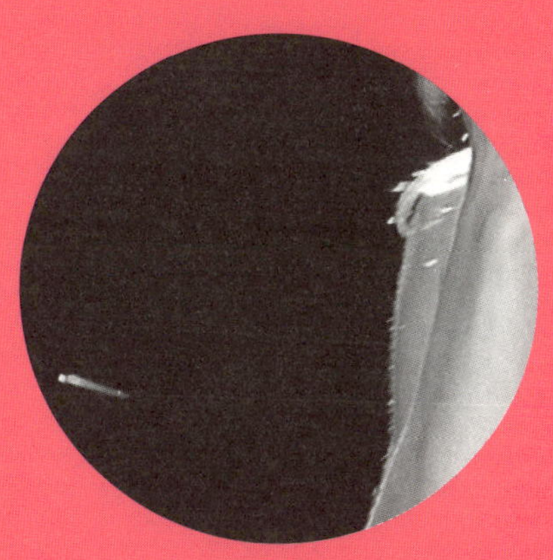

Part 1

매일매일 잇 걸처럼 스타일리시해지기

Must have Fashion Items

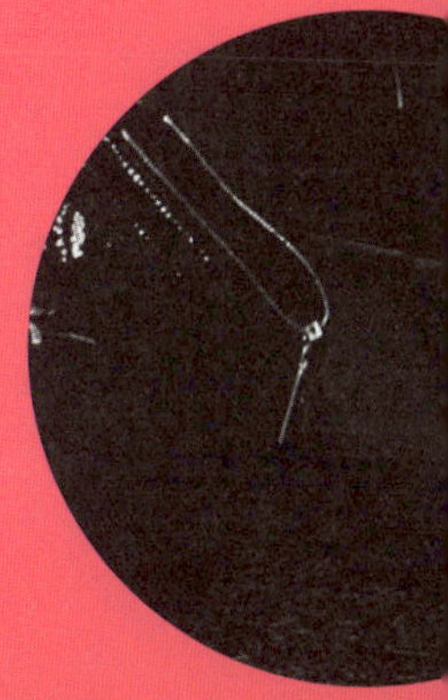

it girl's item 01

T-shirt &Top

T-shirt&Top 가장 평범하면서도 고르기도, 소화하기도 까다로운 것이 티셔츠와 톱이다. 파파라치에게 잡힌 잇 걸은 스타일리시하지만 과장되지 않고 편안해 보인다. 바로 남다른 티셔츠와 톱 스타일링 덕분. 침대에서 파티까지, 운동복부터 정장까지 티셔츠와 톱을 버라이어티하게 갖고 노는 기술은 과연 무엇?

키가 작아도 크기가 적당한 티셔츠로 발랄해 보이는 니콜 리치.
보색을 이용한 겹쳐 입기도 나이스

쉽게 받쳐 입고 세련되게 소화하는 티셔츠&톱

enjoy t-shirt & top!

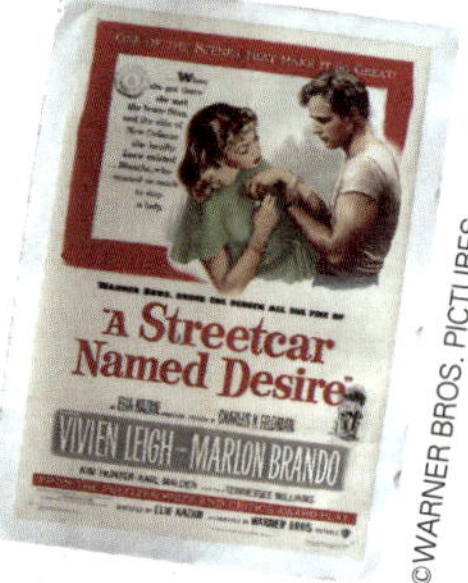

©WARNER BROS. PICTURES

남자친구, 엄마, 조카 할 것 없이 모두가 하나쯤 갖고 있는 아이템은? 바로 티셔츠와 소매 없는 톱이다. 티셔츠와 톱은 속옷이나 잠옷도 되었다가 섹시한 실크 톱 아래에서 바탕이 돼주기도 하고, 남자들이 근육을 자랑할 때도 이용된다. 게으른 사람이면 하나만 입고 하루 종일, 혹은 며칠까지 생존할 수 있는 유일한 아이템이기도 하다.

사실 인류 최초의 옷인 튜닉Tunic은 티셔츠와 굉장히 비슷하다. 튜닉은 T자형 천 2장을 꿰맨 것으로 옛 사람들은 이것을 입고, 먹고 자고 싸우고 연애했다. 그 후 튜닉의 역사는 화려한 유럽 복식문화에 밀려 오랫동안 단절됐다가, 20세기가 다 돼서야 현대의 티셔츠로 되살아날 수 있었다. 거기엔 조금 재미있는 일화가 있다(사실인지 근거는 희박하다). 영국 여왕의 사열을 준비 중이던 수병들에게 경례할 때 겨드랑이가 보이지 않도록 급히 속옷에 소매를 달라는 명령이 떨어진 것이다. 부랴부랴 소매를 만들어 단 군인들은 무슨 죄였을까? 민소매 톱에 소매를 단

T자형 셔츠는 수천 년 만에 그 실용성이 재발견되어 노동자나 군인 계급의 속옷으로 널리 입히게 됐다.

그러나 1951년 영화 〈욕망이란 이름의 전차〉에서 말론 브란도Marlon Brando가 티셔츠 하나만 입고 근육질 몸매를 자랑하는 바람에 마침내 바깥 공기를 쐬게 됐고, 곧 반항아들의 전유물로 유행하기 시작했다. 지금은 공주도 잇 걸도 비싼 값을 치르며 소중히 대하는 걸 보면 티셔츠도 속된 말로 '용됐다' 싶은 생각이 든다.

최고의 흰색, 회색, 베이지색 티셔츠&톱

아무 생각 없이 입을 수 있는 옷, 어떤 외투에도 받쳐 입을 수 있는 옷, 어떤 까다로운 스타일도 자연스럽게 순화시키는 옷이 바로 흰색, 회색, 베이지색 티셔츠와 민소매 톱이다.

파파라치 카메라에 잡힌 잇 걸이 흰색 티셔츠에 면바지 하나 입었을 뿐인데도 너무 세련돼 보일 때가 있다. 혹시 나도 그렇게 보이지 않을까 해서 똑같이 해봐도 어딘가 후줄근해 보일 뿐이다. 그녀들의 비밀은 철저하게 계산된, 아니 생활화된 최고의 아이템만 걸치는 것이다. 최고의 티셔츠,

©DRIES VAN NOTEN
©DIESEL
무늬 없는 흰색, 베이지색, 회색 티셔츠는 모든 스타일의 기본이다.

020 T-shirt&Top

보트넥_ 길고 뾰족한 얼굴을 부드럽게, 좁은 어깨를 넓어 보이게 한다.

스쿠프넥_ 각진 얼굴을 부드러워 보이게 한다.

브이넥_ 동그란 얼굴을 샤프해 보이게 한다. V자가 좁으면 어깨가 넓어 보인다.

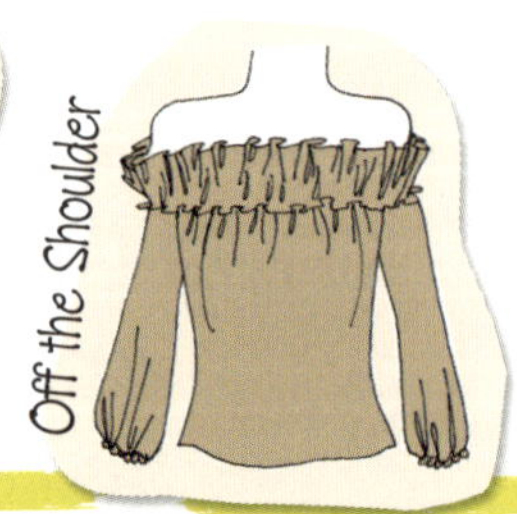

오프더숄더_ 목이 짧거나 어깨가 좁은 체형에 어울린다.

최고의 면바지, 최고의 가방, 최고의 신발……. 여기서 '최고'란 건 가격을 의미하지 않는다. 최고의 티셔츠만 해도 그렇다. 그것은 돈이 있어도 순순히 눈에 띄어주지 않는, 굉장히 까다로운 아이템이다.

최고의 티셔츠를 고르는 조건을 보면, 첫째는 실루엣이다. 최고의 티셔츠라면 몸에 너무 붙지도, 붕 뜨지도 않으면서 가슴과 허리의 S라인을 자연스레 살려줘야 한다. 이건 S나 M과 같은 사이즈로 결정할 수 있는 문제가 아니다. 티셔츠까지 입어보고 사기가 무안하다 해도 가능한 입어보는 것이 좋고, 최소한 자신에게 잘 맞는 브랜드에서 고르는 것이 안전하다.

둘째, 소재 역시 엄청나게 중요하다. 티셔츠와 톱으로 가장 흔한 소재는 면과 폴리에스테르Polyester, 면과 스판덱스Spandex 등을 혼방한 것이다. 면은 섬유 조성표에 '綿'이나 'Cotton'으로 표기되며 몸에 직접 닿는 소재로는 흡습성, 촉감, 보온성 등 여러 면에서 가장 이상적이다. 생산지에 따라 여러 종류가 있는데, 카리브해 근방의 시 아일랜드Sea Island 면이 가장 품질이 좋고 이집트 면, 미국 면, 중국 면 순서다. 품질이 좋은 면섬유는 길고 중공(섬유 가운데 호스처럼 빈 공간)이 잘 발달돼

유넥_ 얼굴이 짧고 가슴이 큰 체형에 어울린다.

헨리_ 단추가 달린 헨리는 가슴이 어느 정도 큰 체형에 잘 어울린다.

스위트하트넥_ 어깨는 넓어 보이고 가슴은 커 보인다.

터틀넥_ 목이 가늘고 길며 어깨가 좁은 사람에게 어울린다.

있어 얇고 매끄러우면서도 포근한 천을 짤 수 있는 것이다. 미국 면의 한 종류인 피마 코튼Pima Cotton은 대표적인 고급 면이며(시 아일랜드 면은 극히 드물다), 이집트 면이나 '60수 이상'을 강조하는 옷이라면 모두 고급 면이라고 볼 수 있다. 시장에서도 '특면' 소재라며 파는 것은 보통 면보다 조금 비싸다. 최근엔 주름 방지 가공, 광택 가공 등으로 면처럼 안 보이는 것도 많다.

셋째, 너무나 중요한 것이 바로 네크라인이다. 네크라인은 얼굴형이나 체형을 떠나 경제 상황이나 성격까지 달라 보이게 할 만큼 파격적인 힘을 갖고 있다. 보통 라운드넥 티셔츠는 누구나 하나쯤 갖고 있는데, 사실 누구에게나 어울리는 건 아니다. 우리나라에 가장 흔한 유형이 얼굴이 크고 어깨가 좁은 사람이다. 이런 사람이 목 가까이 올라오는 라운드넥을 입으면 얼굴이 더 커 보인다. 라운드넥보다는 넓은 스쿠프넥Scoop Neck이 훨씬 낫고, 얼굴이 길고 뾰족하면 가로로 넓은 보트넥Boat Neck, 얼굴이 네모지고 가로로 넓으면 V자로 넓게 팬 딥브이넥Deep V Neck이 좋다.

얼굴도 크고 어깨도 넓으며 목이 짧은 상체 발달형은 위의 기준을 따르되 가능한 더욱 넓게 팬 것, 톱이라면 튜브 톱Tube Top 정도로 노출이 많은 것이 시원해 보인다. 얼굴이 작고 목이 긴 사슴 같은 체형은 평범한 라운드넥도 터틀넥도 잘 어울린다. 얼굴과 목에 비해 어깨만 넓은 체형이라면 네크라인이 어깨선 가까이에서 시작되는 보트넥이나 스쿠프넥, 딥브이넥 티셔츠에 캐미솔 톱Camisole Top이나 탱크 톱Tank Top을 받쳐 입어 어깨를 분할해주는 것이 좋다.

슬림 VS 루즈, 롱 VS 쇼트

티셔츠나 톱 중 가장 활용도가 높은 것은 얇고 슬림하며 엉덩이를 살짝 덮는 길이다. 특히 흰색·회색은 하나만 입어도 멋지지만, 노출 심한 원피스나 캐미솔 톱, 튜닉 안에 받쳐 입는 용도로도 훌륭하다. 겉옷과 색상이 어울린다면 줄무늬도 재미있게 입을 수 있다. 스포티하고 헐렁한 티셔츠는 일자로 떨어지는 하의와 좋은 대비를 이룬다. 스키니 진이나 하늘하늘한 치마(주름 때문에 세로선이 생기는 것)가 대표적이다. 소품을 조금 더해서 전혀 다른 느낌으로도 입을 수 있다. 긴 티셔츠나 톱에 스키니 진이나 레깅스를 입으면 짧은 원피스처럼 입을 수 있고, 조끼나 재킷 같은 남성적인 아이템을 덧입어도 색다르다. 숄을 두르거나 화려한 목걸이를 해도 여성스럽고 고급스럽게 변신한다.

조금 어려운 것이 박스형 티셔츠인데, 키가 크고 극도로 마른 사람이 아니라면 어디 한 군데는 몸에 달라붙게 입어야 한다. 그래서 레깅스나 벨트, 부츠 등이 잘 어울리는 소품이다. 박스형 티셔츠에 벨트 없이 헐렁한 바지를 입을 땐 티셔츠를 바지 안으로 넣어 타이트한 허리선이라도 노출하는 것이 좋다.

짧은 티셔츠나 톱은 다른 아이템과 겹쳐 입기에 좋다. 가장 쉬운 방법이 짧은 것 아래에 긴 것을 받쳐 입어 색 대비를 강조하는 것이다. 벨트처럼 허리선이 생기기 때문에 허리가 긴 사람은 짧아 보이는 효과도 있다. 골반 위까지 오는 짧은 재킷이나 카디건 Cardigan을 입을 때도 그보다 약간 긴 티셔츠가 최적이다. 로고가 들어갔거나 무늬가 화려한 것은 악센트를 주는 느낌으로 덧입기 좋다. 길이가 딱 맞는 티셔츠나 톱은 흔치 않기 때문에 무늬를 건드리지 않는 선에서 수선을 하는 것도 좋은 방법이다.

달라붙는 터틀넥 티셔츠는 노출 심한 원피스 안에 입자.

줄무늬 티셔츠는 다른 옷과의 색상 조화에 신경 써야 한다.

스타일리시하게 티셔츠&톱 리폼하기

항간에 티셔츠나 톱을 리폼 Reform 하는 수많은 아이디어가 떠돈다. 소매를 자르는 건 기본이요, 안 입는 치마나 바지와 붙이는 사람도 봤다. 하지만 디자이너 수준의 감각이 있지 않은 한 티셔츠나 톱의 형태 자체는 건드리지 않는 게 좋다.

©STELLA MCCARTNEY

사실 리폼이란 것이 대대적인 공사가 필요한 것은 아니다. 옷핀이나 가위, 유성 펜 정도로 충분히 스타일리시한 작품을 만들어낼 수 있다. 리폼에 좋은 옷은 약간 낡은 것인데, 오리거나 그리면 빈티지 느낌이 나기 때문이다. 큰 부분을 여기저기 작은 옷핀으로 집어주는 게 가장 쉬운 방법이다. 이것은 스모킹Smocking 가공이란 것과 같은 원리인데 전체적인 볼륨감의 강약을 생각하며 집어줘야 한다. 가슴이 작은 사람은 가슴 쪽을 풍성하게, 엉덩이가 큰 사람은 허리 아래쪽을 많이 집어 타이트하게 만들 수도 있다. 그 다음은 유성 펜(의류 염색용 펜이면 더 좋다)으로 그림 그리기. 너무 예술을 창조하려 하지 말고 한두 가지 색으로 단조로운 형태를 반복하는 게 좋다. 줄무늬나 물고기 비늘 모양, 물방울무늬, 마구 낙서한 듯한 무늬 등이 가장 쉽다.

가위로 할 수 있는 것 중 제일 쉬운 것은 동그랗게 구멍을 뚫는 것이다. 가위로 오린 형태가 날카로운 각을 보이면 진짜 찢어진 것 같기 때문에 가능한 곡선형이 자연스럽다. 특히 어깨 부위를 넓게 뚫으면 티셔츠도 톱처럼 변신한다. 티셔츠나 톱 아랫단을 유선형이나 사선으로 자르면 세련돼 보인다. 아주 타이트한 실루엣이면 소매를 잘라도 된다. 하지만 헐렁한 것의 소매를 자르면 예상보다 너무 큰 구멍이 생겨 무엇을 붙여도 어색하다.

Shopping Spot*

싸고 예쁜 티셔츠 파는 곳

©victoriassecret.com
©revolveclothing.com
©iwearmusic.com
©uniqlo.com

델리아스 www.delias.com

귀엽고 컬러풀한 그래픽 티셔츠가 쉴 새 없이 출시되고 소재도 쫀쫀하다. 세일도 잦으며 한국에도 배송해준다. 하나에 5천 원~1만 원짜리다.

빅토리아스 시크릿 www.victoriassecret.com

실루엣이 입체적이고 신축성이 있어 섹시한 몸매를 만들어준다. 브라가 붙어 있는 톱이 머스트 해브 아이템. 기본 색상부터 핑크 물방울무늬, 사과무늬 등 색상과 패턴이 다양하다. 한국에도 배송해준다.

리볼브 클로딩 www.revolveclothing.com

할리우드 스타들이 즐겨 입는 티셔츠를 한국보다 훨씬 빨리, 싼 가격에 구할 수 있다. US$100 이상 구입하면 한국으로 무료 배송해준다.

동대문 제일평화시장 2~3층

인터넷 쇼핑몰은 거의 이곳에서 사입을 한다고 할 정도로 유행에 민감한 디자인이 많다. 할리우드 스타의 스타일을 그대로 복제한 상품도 눈에 띈다.

아이웨어 뮤직 www.iwearmusic.com

희귀한 록 뮤지션 티셔츠를 수입, 판매하는 곳. 장당 3~5만 원이면 자신만의 펑키한 스타일을 가질 수 있다.

유니클로 www.uniqlo.com/kr

UTGP란 프로젝트를 운영한다. 해마다 1,000명의 디자이너가 각기 다른 티셔츠를 디자인해 인기투표를 통해 20개 디자인을 상품화하는 것이다.

it girl's item 02

Shirt &Blouse

Shirt&Blouse 칼날 같은 화이트 셔츠 하나만 입었는데 세련되고 멋진 이유는 무엇일까? 샤방샤방한 블라우스를 나이 들어 보이지 않게 입는 방법은? 귀족들의 옷으로 시작된 셔츠와 블라우스의 성격을 이해하고, 예상치 못한 방법으로 입어보는 것이다.

어깨와 허리선이 잘 맞는 화이트 셔츠로 시크한 캐주얼을 연출한 린제이 로한

고귀한 완소 아이템, 셔츠&블라우스

enjoy shirt & blouse!

"정말 아름다운 셔츠들이네요." 그녀는 흐느끼며 말했다. 그 소리는 겹겹이 쌓인 셔츠에 묻혀 잘 들리지 않았다. 이렇게 아름다운 셔츠는 본 적이 없어요."

스콧 피츠제럴드Scott Fizgerald 작 〈위대한 개츠비〉의 한 장면이다. 개츠비는 가난한 자신을 배신하고 부자의 아내가 된 데이지에게 5년 동안 이룬 부와 성공을 과시하기 위해 고급 셔츠를 날린다. 남자의 속옷으로 출발한 흰 셔츠는 철저히 상류 사회, 성공한 자의 것이었다. 지금은 흔한 줄무늬 셔츠는 상스럽단 이유로 오랫동안 배척되다 윈저 공이 멋지게 소화하면서 받아들여졌고, 소매와 칼라만 흰색인 클레릭 셔츠Cleric Shirt조차 격에 안 맞는다는 이유로 한동안 이단아로 취급되었다. 이 셔츠를 지금은 여자들이 풀어헤치고 벨트를 매고 구겨서 입는다는 사실이 조금은 아이로니컬하다.

여자들의 '완소' 아이템인 블라우스 역시 셔츠와 기원을 같이하는데, 과거엔 남자들이 더 활발하게, 더 화려하게 입었다. 16~17세기 스페인 무적함대가 등

장하는 그림을 보면, 그 복잡한 러플Ruffle 장식이 달린 셔츠(현재의 블라우스와 유사)를 입고 어떻게 전쟁을 했는지 의아할 정도다. 빳빳하게 풀 먹인 흰 셔츠나 팔랑거리는 시폰 블라우스, 벌목이라도 해야 할 듯 거친 체크 셔츠까지, 그 다채로움이 우리의 매일을 풍요롭게 하는 것은 참 고마운 일이다.

기본은 화이트 셔츠&블루 셔츠

남자 옷의 기본이 화이트 셔츠와 블루 셔츠란 건 누구나 알고 있는 사실이다. 하지만 여자의 경우에도 그렇다. 이 두 가지만 있으면 어떤 하의도 소화할 수 있다.

모든 옷이 그렇지만 화이트 셔츠는 정말 소재가 좋아야 한다. 싸구려 화이트 셔츠는 한눈에 봐도 형광 빛이 도는데, 이것이 동양인의 노르스름한 피부와 정면으로 충돌해서 가난해 보이고(쉽게 말해 '빈티') 아파 보인다. 세탁을 해도 말끔하게 정리된 느낌이 안 나고 어딘가 후줄근해 보인다. 좋은 화이트 셔츠는 순면에 조직이 치밀하면서도 부드럽고 아이보리에 가까운 중후한 흰색이 돈다. 블루 셔츠 역시 저급과 고급은 푸른색의 격조부터가 다르다.

©DRIES VAN NOTEN

좋은 화이트 셔츠는 평생 간다. 형광 빛이 돌지 않고 자기 체형에 맞는 핏을 선택할 것

이 두 셔츠는 기본이기 때문에 자주 입을 수 있는 단순한 디자인을 골라야 한다. 길게 내어 입는 게 편한 사람은 길고 헐렁한 것을, 몸에 딱 맞아서

첫 번째 단추 위치가 V존의 모양과 깊이를 정한다. 옷핀을 안에서 꽂아 보정하는것도 방법.

재킷 안에 입고 싶은 사람은 짧은 슬림 핏Slim Fit 셔츠를 산다.

디자인과 소재 외에 칼라와 V존의 길이와 형태도 중요하다. 사람마다 얼굴형과 얼굴 크기에 따른 최적의 V존이 있는데, 첫 번째 단추가 어중간한 위치에 달려 있어서 원하는 깊이의 V존을 만들 수 없으면 안쪽에서 옷핀으로 원하는 위치에 살짝 고정시킨다. 얼굴이 둥근 사람은 칼라가 날카로운 셔츠를 골라 단추를 두 개쯤 열어 V존을 깊게 한다. 역삼각형으로 턱이 날카로운 사람은 칼라가 짧은 것을 선택하고 단추를 잠그거나 하나만 연다.

체크 셔츠는 놀라운 힘을 갖고 있다. 바로 몸을 바둑판처럼 네모 반듯하게 팽창시키는 힘이다. 어깨가 처지고 가슴은 크며 배도 조금(많이는 아니다) 나온, 몸매가 둥글둥글한 체형을 남성적인 몸매로 바로잡아 준다. 세로줄무늬 셔츠는 가는 것일수록 몸이 날씬해 보인다. 단, 무늬 없는 하의와 입었을 때 자칫 상체가 길어 보일 수 있다. 허리선이 높은 하의를 입거나, 아예 셔츠 자락을 밖으로 내어 입고 아주 짧은 하의를 입는 것이 좋다.

딱 맞게 입기vs 헐렁하게 입기

셔츠만은 '딱 맞게 입어라' '헐렁하게 입어라' 말하기 어려운 아이템이다. 체구가 작고 마른 사람이 남자친구의 것처럼 헐렁한 면 셔츠를 입은 모습은 말할 수 없이 사랑스럽다. 하지만 몸매를 적나라하게 드러내는 딱 맞는 셔츠는 지적이며 우아하고 섹시하다. 어떤 스타일로 입을 것이냐는 개인의 선택이지만 대체로 체구가 큰 사람은 딱 맞는 것을, 작은 사람은 헐렁한 것이 잘 어울린다. 물론 중간 체구는 어떤 스타일도 잘 소화할 수 있다.

딱 맞는 셔츠는 끼지는 않되 영국 남자의 맞춤 셔츠처럼 완벽하게 몸을 감싸야 한다. 특히 어깨, 가슴둘레, 허리가 딱 맞아야 하의를 입어도 앞판이 뜨거나 옷자락이 튀어나오지 않는다. 옆에서 보면 속옷이 훤히 보이고 옆구리에 옷자락이 튀어나온다는 건 셔츠가 맞지 않는다는 뜻이다. 맞춤 셔츠 가게에서 맞추는 것이 가장 좋고, 기성복 매장에서는 다트가 빠짐없이 들어간 것으로 어깨점이 딱 맞고 폭은 약간 낄 것 같은 사이즈를 사야 한다. 목둘레는 칼라를 잠갔을 때 가운뎃손가락이 들어갈 정도면 된다. 길이는 골반을 살짝 덮는 정도가 좋다. 딱 맞는 셔츠는 수트 안에 입을 수 있는 정장이자 청바지 같은 캐주얼웨어와도 입을 수 있는 편한 아이템이다. 이런 조건을 충족시키는 셔츠는 두 앞자락을 묶어 짧게 입어도 멋지지만, 그렇지 못한 것은 어설픈 시도로 끝날 우려가 높다.

헐렁한 셔츠는 어정쩡하게 사이즈가 큰 게 아니라 애초부터 헐렁한 실루엣으로 디자인된 것이어야 한다. 즉, 어깨가 그리 크지 않은 것이 좋다. 헐렁한 셔츠

©MOSCHINO

헐렁한 셔츠는 두꺼운 벨트나 딱 붙는 하의로 긴장감을 주면 섹시하다.

©MOSCHINO

딱 맞는 셔츠는 재킷 안에 받쳐 입거나 청바지와 정장 느낌으로 입기 좋다.

는 정말 활용도가 높다. 전혀 어울릴 것 같지 않은 폭 넓은 가죽 벨트나 뷔스티에Bustier 스타일 톱과 당연히 잘 어울리고, 원피스처럼 레깅스만 받쳐 입거나 반바지에 살짝 넣어 입는 등 모든 작고 타이트한 아이템과 환상의 궁합을 이룬다.

여성적인 블라우스일수록 남성적인 하의를

시폰Chiffon이나 새틴Satin 소재로 된 하늘하늘한 블라우스는 여성미의 극치를 이룬다. 프릴Frill이나 비숍 소매Bishop Sleeve(손목 부분이 불룩하게 디자인된 소매), 리본 장식 등은 수백 년간 남녀 모두에게 사랑받아온 우아함의 상징이기도 하다. 어디 한 군데는 화려한 것이 블라우스의 매력인 것이다.

블라우스 역시 체형의 영향력에서 벗어나기는 힘들다. 목이 짧고 굵은 사람은 목을 감싸는, 특히 리본이 크게 달린 블라우스를 피해야 한다. 정 입고 싶다면 머리를 깔끔하게 올려 최대한 얼굴과 목 사이의 공간을 확보해야 한다. 어깨가 넓은 사람은 퍼프 소매Puff Sleeve가 안 어울린다. 가뜩이나 어깨가 넓은데 소매에 주름까지 잡혀 있으면 럭비 선수처럼 보일 수도 있다. 가슴이 큰 사람은 앞판에 프릴이 잔뜩 달린 것을 피해야 한다. 팔이 짧은 사람은 손목을 조이는 커프스Cuffs가 넓지 않아야 하고, 너무 풍성한 비숍 소매도 피해야 한다. 흐르는 실루엣에 반투명한 시폰 소재 블라우스는 너무 작게 입지만 않으면 통통한 몸매를 날씬해 보이게 한다. 반대로 동절기에 주로 입는 광택 있는 새틴 소재는 날씬한 몸매도 통통해 보이게 한다. 톡톡한 면 소재도 있는데, 특히 흰색이면 전체적으로 몸집이 좋아 보이는 팽창 효과가 있다.

블라우스에 어울리는 하의는 여성스럽지 않은 것이 좋다. 하늘거리는 블라우스에 하늘거리는 치마는 그야말로 'Too much!'다. 블라우스가 여성스럽고 화려할수록 하의는 남성적이고 단순한 것으로 매치해야 한다. 그래서 남자 정장바지 같은 트라우저Trouser는 블라우스에 가장 잘 어울리는 하의다. 물을 빼지 않은 청바지도 훌륭하다. 치마라면 일자로 떨어지는 펜슬 스커트Pencil Skirt(무릎길이의 일자형 타이트 스커트), 혹은 남자 바지를 접은 것 같은 면이나 모직 소재 반바지도 의외로 잘 어울린다. 심지어 너무나 마초 같아서 입기 꺼려지는 가죽바지도 실크 블라우스에는 어울린다. 소품 역시 직사각형 핸드백이나 클러치, 단순한 펌프스나 부츠처럼 남성적인 느낌이 세련돼 보인다. 화려한 블라우스에 인어 같은 치마, 둥글납작한 토트 백, 리본 달린 구두……. 뭔가 떠오르지 않는가? 바로 '아줌마'다.

블라우스 위에 덧입는 옷도 남성적인 라인이 좋다. 테일러드Tailored 재킷이나 바이커Biker 재킷처럼 직선이 들어간 것이 의외로 잘 어울린다. 마르고 어깨도 각져서 부드러운 이미지가 필요한 사람은 재킷 대신 니트 카디건을 입는다. 블라우스를 아주 세련되게 소화하는 방법은 같은 색으로 좀 더 진한 재킷을 입는 것이다.

©MOSCHINO

프릴이나 주름 있는 디자인은 그 부분을 팽창돼 보이게 한다. 가슴이 작은 경우에 어울리는 디자인.

리본 블라우스는 남자 바지 같은 트라우저와 굿 매치

it girl's item 03

Jeans

Jeans 다들 청바지를 사랑한다고 외친다. 하지만 정말 '청바지가 잘 어울리는 여자'는 열의 하나를 꼽을 정도다. 과연 슈퍼모델처럼 축복받은 몸매여야만 가능한 걸까? 핏, 워싱, 박음선, 주머니 등 청바지의 암호를 먼저 풀어볼 것. 프리미엄 진은 또 뭐가 다른 걸까?

1978년, 일찍이 디자이너 진이란 새로운 장르를 개척한 캘빈 클라인 진.
핏, 소재, 광고 모두 센세이션을 일으켰다.

몸매가 예뻐 보이는 청바지의 비밀

enjoy your jeans!

리바이 스트라우스Levi Strauss는 그의 발명품, '잘 해지지 않고 더러움도 안 타는 광업용 작업복'이 다음 세기에 세계인의 유니폼이 될 줄 알았을까? 야구장 관객의 대부분이, 소풍 간 학생과 선생님 모두가 청바지를 입고 있는 풍경은 그리 낯설지 않다. 너무 많은 사람들이 입기 때문에 오히려 잘 입기가 힘든 게 청바지다. 그래서 난 학창시절 청바지를 입지 않으려고 애썼다. 그땐 청바지라고 해봐야 아빠 바지나 다름없는 일자 바지(스트레이트 핏Straight Fit)와 날라리(?)들의 전유물인 디스코 바지(배기 핏Baggy Fit), 이렇게 두 가지밖에 없었기 때문에 더더욱 적나라하게 체형이 비교되곤 했다.

1990년대와 2000년대를 거치며 청바지는 치열

한 젊음의 상징에서 럭셔리 코드로 변신하기 시작했다. 리바이스의 아성에 도전하는 프리미엄 진Premium Jeans, 디자이너 진Designer Jeans 브랜드가 속속 모습을 드러낸 것이다. 캘빈 클라인 진Calvin Klein Jeans, 세븐 진Seven Jeans, 트루 릴리전True Religion, 허드슨 진Hudson Jeans, 디젤Diesel 등 청바지로 특화한 브랜드들은 마치 고급 구두나 드레스처럼 체형이 예뻐 보이는 특유의 핏Fit을 과학적으로 개발하고, 워싱과 신축성, 포켓 디자인 등 다양한 변화 요소를 가미해 청바지의 버라이어티 쇼 시대를 열었다. 게다가 20~30만 원을 가뿐히 넘기는 가격과 디자인별 희소가치로 셀레브리티와 보수적인 업타운 레이디의 까다로운 취향까지 만족시키기에 이르렀다. 대개 문화는 상류층에서 하류층으로 흐르기 마련인데, 이토록 거세게 역류한 문화는 전무후무하다 해도 과언이 아닐 것이다.

이제 청바지는 '오늘 점심 뭐 먹을까?'처럼 일상적이면서도 은근히 복잡미묘한 화두가 되었다. 너무나도 다양한 브랜드, 가격, 핏, 워싱, 디자인이 바다처럼 대중을 에워싸고 있기 때문이다. 청바지의 '잇 스타일'을 찾기 위해선 대어를 낚을 결심으로 정진하는 수밖에 없다.

죽은 사람도 살리는 기사회생 핏을 찾아라

까마득한 옛날, 가수 변진섭은 '청바지가 잘 어울리는 여자'를 외쳤다. 하지만 지금 그 노래를 다시 부른다면 어떤 청바지를 어떻게 입은 여자냐는 항의에 시달릴지도 모른다. 청바지 종류는 무한에 가까워졌다. 과거 청바지는 그저 그런 평범

038 Jeans

유행에 민감한 하이웨이스트 진.

남성적인 스트레이트 진

스타일리시한 스키니 진

한 일자 바지를 의미했지만 지금은 핏이나 워싱, 길이에 따라 전혀 다른 아이템이 돼버린다.

게다가 바지는 몇 년에 한 번씩이라도 핏의 유행이 바뀌지만 청바지는 그렇지 않다. 어느 핏이라도 내키는 대로 골라 입을 수 있는 것이다. 가수 서인영의 '배 바지(하이웨이스트 팬츠)'가 검색어에 오른 것이 무색하게 보이 프렌드 진Boy Friend Jeans(남자친구의 바지처럼 헐렁하고 모양 없는 청바지)이나 80년대풍 배기 진Baggy Jeans(엉덩이가 크고 발목으로 갈수록 좁아지는 청바지)까지 동시다발적으로 유행하는 '진의 하이브리드 시대'다. 이젠 정말 유행을 두려워할 필요가 없다. 관건은 체형과 안목인 것이다.

모든 사람(특히 동양인)이 하나쯤 가져야 할 기본은 부츠 컷 진Boots Cut Jeans이다. 무릎까지는 달라붙고 무릎 아래에서 살짝 퍼져서 하이힐을 신으면 하체가 길고 늘씬해 보인다. 워싱이나 박음선, 단추 등이 눈에 잘 띄지 않는 단순한 디자인은 실크 블라우스부터 목 늘어난 티셔츠에 이르기까지 거의 모든 상의에 어울리는 만능 아이템이다. 핏이 예쁘게 나오려면 퍼지기 시작하는 부분이 무릎 바로 아래인 것이 좋다. 너무 긴 바지를 짧게 줄이면 바지 아랫부분만 살짝 퍼지다 마는데 오히려 다리가 짧아 보인다.

가히 광풍이라고 할 만한 스키니 진Skinny Jeans은 시크한 파리지엔의 감성을 표현하기에 좋다. 실루엣이 레깅스 같아서 은근히 섹시하고, 화려한 옷에도 잘 어울린다. 다만 하체의 결점을 적나라하게 드러내기 때문에 다리가 짧거나 휘었거나 엉덩이가 처졌거나, 스스로 하체 실루엣이 평균 이하라고 생각한다면 트릭을 쓰든지 포기하는 게 좋다. 특히 무릎 아래가 길어야 하는데 그렇지 못하다면 무쇠 같은 하이힐에 올라탈 각오를 해야 한다. 스키니 진은 특히 발등이 스트랩으로 화려하게 장식된 샌들과 잘 어울리고 그냥 보기엔 부담스러운 청키 힐Chunky Heel(두껍고 높은 복고풍 힐)도 무난히 소화한다. 물론 부츠 안에 넣어 입는 데도 최적이다.

청바지의 고전이랄 수 있는 스트레이트 진Straight Jeans은 그야말로 딱 두 가지 체형에 어울린다. 극도로 마르고 다리가 긴 체형과 S라인이 확실한 볼륨 있는 체형이다. 마른 체형이 입으면 스키니 진보다 덜 불쌍해(?) 보이고, 볼륨 있는 체형은 엉덩이와 허벅지가 덜 부담스러워 보인다. 구두코가 뾰족한 펌프스나 부츠라야 바지가 싹둑 잘린 느낌이 들지 않는다.

벨 보텀 진Bell Bottom Jeans이나 와이드 레그 진Wide Leg Jeans은 복고적 느낌이 강하다. 통이 넓기 때문에 어느 정도 하체가 길어야 자루 형태가 되지 않는다. 바닥이 두꺼운 플랫폼Platform 슈즈와 찰떡궁합이다.

'배 바지'란 굴욕적 별명을 단 하이웨이스트 진High Waist Jeans이나 풀 레그 진Full Leg Jeans은 의외로 체형 커버 효과가 훌륭하다. 완전 통짜 체형만 아니라면 S라인을 만들어주고 하체가 길어 보이게 한다.

해마다 여름이면 다양한 길이로 등장하는 것이 다리 어디선가 뚝 잘린 크롭트 진Cropped Jeans이다. 평범한 보이 프렌드 진도 자르거나 접으면 새로운 느낌을 낼 수 있다. 단, 바지 밑단은 가장 자신 있는 부위에서 끝나야 한다. 하체의 결점이 있는 곳에서 바지 길이가 끝나면 안 된다. 다리 중 가장 자신 있는 부분에 바지 밑단이 위치하면 하체 전체가 예뻐 보인다. 약간 짧아 보이는 단점은 하이힐로 커버하는 것이 좋고 볼륨이 없는 사람은 아래로 갈수록 좁아지는 것을, 엉덩이가 큰 사람은 그 반대를 선택한다.

워싱과 박음선의 대단한 비밀

워싱을 안 한 청바지가 가장 무난하긴 하지만, 예술적인 청바지 워싱은 거의 마력이다. 멀쩡하게 잘 염색한 청바지를 솔, 사포, 모래, 돌, 철사, 약품 등으로 갖은 고생을 시켜 물을 빼고 낡게 하는 것이다. 비싼 청바지와 시장표의 중대한 차이점이 워싱이라 할 정도로, 자연스럽고 형태감이 살아 있는 워싱은 장인의 손에서 탄생한다. 똑같이 난을 쳐도 아무 방향으로나 그린 것과 정중동의 미를 살려 조화롭게 뻗은 것은 다르기 때문이다.

워싱을 보는 안목이 없는 사람은 고양이 수염처럼 보인다고 해서 캣 워싱Cat Washing이라 불리는 가랑이 주위 워싱을 주의 깊게 관찰해보자. 각기 다른 방향으로 자연스럽게 뻗지 않고, 비슷한 길이와 각도의 평행선만 잔뜩 있는 것은 좋지 않다. 가장 기본적인 샌드 워싱Sand Washing도 밝은 곳에서 진한 곳으로 점점 퍼져나

워싱이 있는 부분은 시선을 끌고 통통해 보이기 때문에 자기 몸에서 마른 부분에 워싱이 들어간 청바지를 선택해야 한다.

가는 느낌이 아니고 한 군데만 하얗다가 갑자기 진해지면 좋지 않은 것이다.

사실 그보다 중요한 건 체형인데 워싱이 많이 들어간 곳이 시선을 끌고 뚱뚱해 보이기 때문에 하체의 결점 부위엔 워싱이 적어야 한다. 허벅지가 굵은 사람이 허벅지 전체에 밝게 워싱이 들어간 것을 입었거나, 원래는 무릎 주위에 워싱이 집중적으로 들어간 디자인인데 다리가 짧아서 워싱 부분이 정강이에 내려와 있는 모습을 종종 볼 수 있다. 그래도 워싱이 들어간 것을 원한다면 세로로 좁게 들어간 것, 특히 진한 염색에 허벅지와 무릎에 걸쳐 가운데만 워싱이 들어간 것이 입체감을 강조해 날씬해 보인다.

갖은 트릭을 사용하는 요즘, 청바지에서 박음선 역시 중요한 장식 요소다. 두 줄로 나란히 박은 선은 시선을 그 방향으로 연장시킨다. 다리가 짧은 사람은 옆선을 강조한 것이 잘 안 보이는 것보다 훨씬 다리가 길어 보인다. 또 입었을 때 옆선이 몸 앞쪽에서 다 보이도록 앞판을 작게 재단한 것은 다리 좌우를 강력하게 좁혀 앞모습이 날씬해 보인다. 하지만 상체에 비해 하체가 빈약하거나 엉덩이가 큰 사람은 이런 디자인이 역효과다. 정말 평범한 디자인의 청

뒷주머니는 엉덩이를 밀어 올리는 손과 같다.

©JOHN TSUI

바지인데 하얀색이나 노란색처럼 눈에 띄는 박음선이 들어가 있으면 상의 색상과 부딪칠 수 있다.

뒷주머니는 엉덩이를 밀어 올리는 손과 같다고 생각하면 된다. 엉덩이가 처졌으면 엉덩이 아래에, 벌어졌으면 좌우로 넓게 위치한 주머니가 좋다. 엉덩이가 납작한 사람은 주머니에 뚜껑이 달렸거나 주머니 모양이 입체적인 것이, '오리궁둥이'란 별명을 달고 사는 사람은 주머니 입구만 있거나 아예 주머니가 없는 디자인이 낫다. 또 엉덩이가 크면 주머니도 큰 것이, 작으면 작은 것이 비례가 맞는다. 앞주머니는 선이 가로냐, 세로냐가 포인트다. 주머니 입구가 만드는 선이 가로에 가까우면 골반이 커 보이고 세로에 가까우면 좁아 보인다.

청바지에 숨은 암호로 스타일링하라

청바지에 티셔츠 하나로 청바지 광고 모델처럼 보일 사람은 없다. 왜냐하면 청바지 광고 속 모델조차 리터치Retouch라 부르는 컴퓨터 그래픽 작업에 의해 탄생하기 때문이다. 다리를 늘리고 머리를 줄이고 S라인을 만드는, 지극히 비현실적인 손길에 의해 완벽한 청바지 룩이 모습을 드러낸다. 청바지란 것은 생각처럼 호락호락하게 아무 옷에나 어울려주지 않는다. 오히려 옷 중에서 '공주과'에 속한다고 할 수 있기 때문에 어떻게 다루어야 할지를 치밀하게 계획해야 한다.

가장 중요한 건 '그 청바지가 말하고자 하는 바'를 알아차리는 것이다. 우선 색깔을 보자. 똑같은 청바지라도 하얗게 워싱이 많이 들어간 것이 있고 푸른색이 진해서 검은색에 가까운 것이 있다. 전자는 하얀 바지와 비슷하다고 보면 되며, 하얀색이 들어간 상의나 소품이 잘 어울린다. 마찬가지로 후자는 검은색 옷이나 소품이 제일 잘 어울린다. 워싱이나 색이 어중간해서 회색을 띄는 것엔 회색 톱이, 누런색이 도는 것은 베이지나 브라운 톱이 잘 어울린다.

워싱 없이 진하고 장식이 적은 청바지는 정장 바지 대용으로 손색이 없다. 화이트 셔츠, 하이힐 등과 함께 매치할 것.

워싱이 많이 들어가고 편안한 청바지는 상의도 빈티지 느낌의 비슷한 톤으로 맞춘다.

그래도 잘 모르겠다면 많이 닳은 부위만 집중적으로 관찰하자. 워싱된 부위라도 그냥 흰색이 아니라 초록색, 누런색, 하늘색 등 그 바지 고유의 색이 만들어져 있을 것이다. 청바지는 단순한 푸른색이 아니고 푸른색을 바탕으로 한 수많은 색의 혼합이다. 하나의 청바지에 떠도는 색감을 알아내기만 해도 120%는 스타일리시해진다.

다음은 청바지의 분위기다. 스포티한 느낌인가, 드레시한 느낌인가, 남성적인 느낌인가. 사람의 첫인상을 느끼듯 청바지를 보고 딱 떠오르는 느낌을 잡아내야 한다. 거기에 맞는 상의나 소품을 매치하면 놀랄 만큼 세련되게 스타일이 업그레이드된다. 배우 다니엘 헤니가 청바지를 섹시하게 소화하는 데는 그의 환상적인 다리도 한몫 하겠지만, '자신에게 어울리는 청바지 + 그것을 최대한 돋보이게 하는 상의'라는 세트 개념이 핵심이다. 청바지가 잘 어울리는 사람들은 사실 청바지에 자신을 맞추는 사람들이다. 살짝 퍼진 부츠 컷 진에 날렵한 셔츠를 입는다든지, 넓게 퍼져 보이시한 청바지에 줄무늬 티셔츠를 받쳐 입는 것처럼 말이다. 반면 청바지를 말도 안 되게 촌스럽게 입는 사람은 대개 이 '분위기'를 무시한다. 예를 들어 일자로 떨어지는 캐주얼한 청바지를 좁은 부츠에 억지로 구겨 넣는다든지, 통 넓고 워싱까지 들어간 청바지 위에 하늘하늘한 꽃무늬 원피스를 입고 레이어드 룩Layered Look이라고 우기는 경우 말이다. 또한 청바지 위에 같은 소재의 재킷이나 모자를 걸치는 짓은 제발 그만두자. 어린 시절의 기억만으로도 충분하니까.

STYLE TIP

알아둬야 할 프리미엄 진

캘빈 클라인 진 Calvin Klein Jeans
단순하고 정직한 실루엣에 색상도 짙은 것이 많아 흰 거나 검은 셔츠와 가장 잘 어울리며 도시적이고 지적인 느낌이다. 볼륨은 없더라도 조금 마른 체형에 잘 어울린다. 품질 대비 가격도 저렴해서 기본 청바지로 갖출 만하다.

7 포 올 맨카인드 7 For All Mankind
미국 최초의 프리미엄 진. 무릎 아래에서 퍼지는 부츠 컷 핏이 주력 모델로 색상은 약간 진하고 밑위길이는 긴 편이며 뒷주머니가 엉덩이를 모아주어 하체비만 체형을 날씬하게 정리한다.

트루 릴리전 True Religion
국내에서 가장 인기 있는 브랜드. 박음선과 주머니의 말굽 모양 자수가 두드러져 터프한 느낌. 바지 쪽으로 시선을 끌므로 엉덩이는 올라붙고 허벅지는 날씬한 체형이 돋보인다.

허드슨 Hudson
색상이 다양하지만 대체적으로 어두운 편이며 고급스럽고 여유로운 느낌. 일자에 가까운 실루엣이 많고 길이도 길어서 다니엘 헤니처럼 다리가 길고 마른 체형을 가장 우아하게 표현한다.

J 브랜드 J Brand
레깅스만큼이나 타이트한 스키니 진으로 유명세를 탄 브랜드. 진한 색상에 탄성까지 있어 하이힐이 필수이며 하체에 자신만 있다면 이보다 섹시할 순 없다.

록 앤 리퍼블릭 Rock & Republic
빅토리아 베컴이 직접 디자인한 모델로 유명세를 탄 브랜드. 마주본 R자 혹은 왕관 모양으로 장식된 백 포켓이 여성스럽고 화려하다. 색상은 진한 편이고 실루엣도 볼륨감이 있어 여자의 몸매를 섹시하게 표현한다.

디젤 Diesel
유럽에선 리바이스보다 인기 있는 브랜드. 30가지가 넘는 워싱 기법에 100% 이탈리아 현지에서 생산해 가격대도 높다. 한 벌에도 부분부분 다양한 워싱 기법이 총동원된 것을 볼 수 있다.

시티즌 오브 휴머니티 Citizen of Humanity
부츠 컷 정장 바지처럼 절제된 선과 가벼운 워싱으로 셔츠나 재킷, 하이힐에도 잘 어울린다. 워싱에 따라 평직(옷감을 가로 · 세로로 짜는 것)이 두드러지는 것이 있어 아주 날씬해 보이지는 않는다.

페이지 Paige
적당한 워싱, 적당한 길이, 적당한 실루엣(너무 달라붙지 않는 스키니 핏이나 살짝 퍼진 부츠 컷 핏)으로 가장 '청바지'란 느낌에 가깝다. 레이첼 빌슨, 브리트니 스피어스 등 키 작은 스타들도 즐겨 입는다.

미스 식스티 Miss Sixty
탄력 있게 짝 달라붙는 스키니 진과 하이웨이스트 진 등 여성의 섹시함을 드러내는 디자인 위주. 엉덩이가 너무 크지 않으면서 다리도 긴 모델 체형을 드라마틱하게 강조한다. 펑키한 스타일과 잘 어울린다.

모방할 수 없는 스타일, 패리스 힐튼

©REX

Paris Whitney Hilton

PROFILE

Name Paris Whitney Hilton
Birthday 1981. 2. 17
Occupation 배우, 모델, 가수, 사업가
Career TV 리얼리티 쇼 〈The Simple Life〉, 영화 〈House of Wax〉, 앨범 〈Paris〉
Hobby 쇼핑, 파티, 애완동물 키우기
Speciality 돈이 많다. 약 300억 원을 상속받고도 2005~6년에만 스스로 번 돈이 약 백억 원.

PARIS
SEXY!
I ♥ NY

가장 많은 가십거리를 몰고 다니는 잇 걸 중의 잇 걸. 그녀가 없으면 연예지와 파파라치들은 어떻게 먹고 살지 걱정스러울 정도다. 처음 세간의 주목을 끌기 시작한 건 고등학교를 막 졸업했을 때이다. 힐튼 호텔 그룹의 딸들로 이루어진 '힐튼 시스터즈'는 금발 머리에 눈에 띄는 펑키하거나 공주풍 의상, 화끈한 파티 행각으로 화제를 모았다. 십대들의 워너비로, 일본에서 가방 브랜드 '사만다 타바사Samantha Tharvasa'의 모델이 되는 등 열렬한 환영을 받았고, 가수 닉 카터Nick Carter와 사귐으로써 더욱 유명해졌다. 짬짬이 모델 일을 하다가 본격적으로 스타가 된 건 니콜 리치와 함께 폭스 TV의 '심플 라이프'에 출연하면서부터다. 그녀의 철없고 건방진 언행과 함께 극도로 밑위가 짧은 로라이즈 진, 배꼽까지 보일 듯 팬 원피스도 수억의 인구에게 전파됐다. 섹스 비디오 사건, 니콜 리치와의 절교, 음주 운전으로 인한 구속, 각종 향수와 주얼리 브랜드 사업 등으로 눈코 뜰 새 없이 바쁜 가운데, 그녀의 스타일은 '패리스 힐튼 스타일'로 굳건히 자리 잡았다.

그녀는 우선 섹시함과 귀여움, 부유한 이미지를 동시에 추구한다는 게 특징이다. 노출 심한 스타일을 좋아하면서도 핑크색이나 하트 모티브, 만화 캐릭터 등으로 어린아이처럼 발랄한 느낌을 잃지 않으려 하고, 크리스털이 잔뜩 박힌 휴대폰, 수십 캐럿짜리 다이아몬드 목걸이로 화려함을 더한다. 이런 스타일은 미스터 블랙웰(할리우드 패션 평론가)의 워스트 드레서에 몇 년간 단골 손님으로 오르는 데 부족함이 없었다. 하지만 그로 인해 패리스 힐튼의 네임 밸류가 수직 상승했다는 것도 거부할 수 없는 사실이다. 패리스 힐튼은 쉼 없이 염색과 인공 선탠을 반복하고 한 번 입었던 옷은 잘 안 입지만, 가슴 확대 수술이나 유행 스타일을 거부하고 스스로 쇼핑해서 입고 싶은 대로 입는 솔직함도 지니고 있다. 또 얼굴에 각이 진 편인데도 눈에 띄는 고글을 고집한다든지, 가슴이 작아도 노출 심한 원피스를 당당하게 입어서 자기 스타일로 만들어낸다. 세간의 기준으론 결코 우아하거나 균형 있는 스타일의 소유자는 아니지만, 패리스 힐튼 스타일은 누구보다 강렬히 패션사의 한 페이지를 장식할 것이다.

it girl's item 04

Pants

Pants 가브리엘 샤넬, 마를렌 디트리히, 오드리 헵번 등 당대의 잇 걸들이 남자 옷장에서 바지를 빼앗아왔다. 바지를 잘 입는 여자는 섹시하고 당당하다. 설령 다리에 지독한 콤플렉스가 있다 해도 바지만 잘 고르면 안심이다. 자신의 하체를 사랑하라. 그리고 '잇 팬츠(It Pants)'로 다시 태어나라.

남성적인 느낌뿐 아니라 치마보다 여성스런 느낌도 얼마든지 가능하다.

뒷모습이 예쁜 잇 걸의 바지

enjoy your pants!

인류 역사에 있어 바지는 오랫동안 환대받지 못했다. 기원전 8세기경, 초원을 주름 잡던 유목민 스키타이족이나 오랫동안 로마인을 괴롭힌 갈리아인 등 주로 '야만족'으로 매도당하던 이들이 바지를 즐겨 입었기 때문이다. 남자들조차 프록 코트Frock Coat나 두루마기 등 외투 없이 바지를 전면으로 드러낸 것은 백여 년 밖에 되지 않았다. 하물며 여자들이 멋을 내기 위해 (승마복이나 속바지가 아닌) 바지를 입게 된 것은 수십 년에 불과하다. 제인 오스틴Jane Austin(《오만과 편견》의 저자)이 알면 펄쩍 뛸 일이지만, 여자용 바지는 짧은 시간에 폭발적인 인기와 함께 일상복으로 자리 잡았다. 그것도 여성 해방의 상징이 아닌, 개성과 섹시함을 즐기기 위한 도구로서 말이다.

디자이너 가브리엘 샤넬Gabrielle Chanel과 배우 마를렌 디트리히Marlene Dietrich는 바지를 애용한 당대의 신여성들이다. 워낙 뚜렷한 아우라의 소유자들이었기에 '특별한 여자니까' 하는 식으로 당시 사회에서 용납됐던 것 같다. 이들 덕에 오드리

헵번Audrey Hepburn의 카프리 팬츠Capri Pants도 여성스럽고 우아하단 평가를 들을 수 있게 되었는지 모른다.

난 중학교 졸업식 때 허벅지는 한껏 부풀리고 종아리는 딱 달라붙는, 일명 '승마 바지'를 입었다. 기숙학교를 방불케 한 엄격한 학교와 선생님들에 대한 마지막 반항이었던 것이다. 결과적으로 졸업사진 속 나는 다리가 반토막 난 아이 같다. 그때 난 바지를 시위 수단으로 이용하지 말았어야 했고, 자신을 좀 더 냉정히 관찰할 필요가 있었다.

© TOMMY HILFIGER

여자 바지의 대부분이 남자 정장과 스포츠웨어에서 비롯됐다.

© TOMMY HILFIGER

여자들은 이제 편하다는 이유로 바지를 즐겨 입는다. 그만큼 드라마틱하게 잘 입기는 어렵다. 치마는 허벅지까지 가려주지만 바지는 엉덩이부터 걱정해야 한다. 그래서 바지를 잘 입는다는 건 그 사람이 정말 스타일리시하다는 걸 의미한다. 다행히도 바지는 수많은 종류가 있고 모든 체형이 빠져나갈 구멍이 있다.

제일 날씬해 보이는 기본 바지는?

'기본 바지' 하면 청바지를 제외하고 몇 가지가 떠오른다. 하지만 이들 바지가 누구에게나 기본이 되는 건 아니니다. 기본 바지는 색과 소재는 평범하더라도 실루엣은 철저히 개인의 몸매에 맞춘 것이어야 한다.

예를 들어 '면바지'로 불리는 치노 팬츠Chino Pants는 평범한 몸매의 소유자들이 참 소화하기 어려운 아이템이다. 대개 일자에 남성적인 느낌인데다 쉽게 구깃구깃해져서 조금이라도 통통하거나 다리가 짧으면 단점이 그대로 드러난다. 하체가 예뻐 보이려면 같은 치노 팬츠라도 아주 캐주얼한 것보다는 부츠 컷 라인에 신축성도 약간 있는 소재가 좋다. 힙합 바지처럼 펑퍼짐하고 주머니가 달린 카고 팬츠Cargo Pants 스타일은 키가 크고 다리도 길어야 잘 어울린다. 이 외에도 다리가 짧은 사람이 피해야 할 몇 가지는 다음과 같다. 극단적으로 통이 넓은 와이드 레그 팬츠, 아랫배에 ㄷ자형으로 단추가 달린 세일러 팬츠Sailer Pants, 바짓부리에 단Cuffs이 넓게 잡힌 바지다.

가장 다리가 길어 보이는 바지

가장 다리가 짧아 보이는 길이와 실루엣

겨울엔 바지를 날씬하게 입기가 더욱 어렵다.

캐주얼웨어로 흔히 입는 코듀로이 팬츠Corduroy Pants(일명 '골덴' 바지)는 골이 너무 굵거나 바지통이 넓으면 순식간에 뚱뚱해 보인다. 그렇다고 신축성이 너무 좋은 것은 가로 주름을 만들어 역시 뚱뚱해 보인다. 올이 굵은 모직 트위드Tweed 소재 바지는 천 자체가 두껍고 가로·세로 짜임 때문에, 그리고 모직 바지 중 굵은 체크무늬가 들어간 것은 사방 팽창 효과 때문에 정말 뚱뚱해 보인다. 다리가 가장 길고 날씬해 보이는 바지는 계절을 막론하고 주름이 잘 안 가는 면이나 모 혼방 소재에 부츠 컷 라인, 좁은 세로줄무늬나 세로로 짜임이 있는 것이다. 엉덩이가 크면 종아리 쪽 통이 더 넓은 와이드 팬츠에 가까운 것을, 엉덩이가 작으면 종아리가 붙는 시가렛 팬츠Cigarett Pants에 가까운 것이 좋다.

©MOSCHINO

엉덩이가 작은 체형에는 종아리가 더 좁은 것이 기본 바지

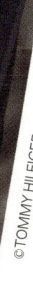

일명 '기지 바지'로 불리는 정장풍 바지도 소재만 너무 번쩍이지 않으면 얼마든지 캐주얼처럼 입을 수 있는 사계절 기본 바지다. 이때 바지허리에 들어가는 턱Tuck(주름)이 중요한 변수다. 골반이 작으면 턱이 많아서 엉덩이가 약간 부푼 것이, 골반이 크면 주름 하나 없이 칼같이 떨어지는 노 턱No Tuck 팬츠여야 한다. 소재는 얇고 색은 어두우며, 다리에 세로 주름이 바지 끝까지 잡힌 것(센터 플리츠Center Pleats)은 최고로 날씬해 보인다.

엉덩이가 크면 바짓부리가 넓고 하늘하늘한 소재가 좋다.

가만히 있을 때 가로 주름이 전혀 없고 중심선이 일자로 뚝 떨어져야 맞는 바지다. 길이는 긴 바지 기준, 구두를 신고 바닥에서 3cm 정도 올라가야 한다.

바지의 성패, '뒤태'가 결정한다

맞춘 듯 딱 맞는 바지를 찾기란 보통 힘든 게 아니다. 그런데 입어보지도 않고 사이즈로만 사거나 대충 입어보고 사면 두고두고 후회하게 된다. 가랑이에 주름이 생기지 않아야 하는 건 기본이다. 일단 엉덩이둘레가 맞아야 한다. 이때 반드시 확인해야 할 것이 뒷모습이다. 엉덩이 아랫부분에 가로 주름이 생기지 않는지, 엉덩이 부분이 축 처지지 않는지……. 여기서 이상이 있으면 그 바지는 절대 사지 말아야 한다. 주머니나 허리 주름이 두드러지지 않는 디자인이면서 허리가 조금 큰 것은 줄일 수 있다. 엉덩이둘레가 잘 맞으면 엉덩이가 확 올라가 섹시해 보이고 천이 뚝 떨어져 다리도 길어 보인다.

다리가 길어 보이려면 무릎 윗부분부터 살짝 벌어지는 부츠 컷의 변형 실루엣이 좋다. 일본에선 미각美脚 팬츠라고 해서 어느 브랜드나 갖춰놓는 기본 중의 기본 실루엣이다. 바지 길이는 뒤에서 봤을 때 바닥에서 3cm 정도 떨어진 것이 좋다. 간혹 앞보다 뒤가 긴 것이 있는데 하이힐을 신을 때 앞자락이 구겨지지 않아 편하다.

나만의 '특별 바지'로 스타일 업

평범한 바지는 아닌데 입으면 독특한 느낌을 내는 것들이 있다. 대개 혜성처럼 왔다 사라지는 유행 스타일이다. 하지만 이런 바지 중 한두 개를 나만의 아이

마이크로 쇼츠

하렘 팬츠

템으로 간직하면 어떨까? 제대로 소화만 한다면 너도 나도 따라 입고 싶어하는 '잇 아이템'이 될 것이 분명하다.

우선 요즘은 한겨울에도 입곤 하는 아주 짧은 반바지, 정확히는 마이크로 쇼츠Micro Shorts다. 정장 소재로 만들어 레깅스나 타이츠와 함께 직장에서도 입을 수 있는 것이 많다. 이 바지를 고를 땐 무엇보다 바지 밑단이 허벅지에 딱 맞는지, 뒤에서 봤을 때 엉덩이 아랫부분이 보이지 않는지를 체크해야 한다. 길이가 과감한 만큼 색과 디자인은 차분한 것이 좋다. 상의는 허리에서 살짝 뜰 정도로 여유 있는 것이 좋다. 상의마저 딱 달라붙으면 에어로빅복처럼 보일 수 있기 때문이다. 구두 역시 너무 높거나 코가 뾰족한 것을 피해야 댄서처럼 보이지 않는다.

또 하나 활용도가 높은 것이 1930년대 스윙 재즈가 유행하던 시절의 남자 바지처럼 통이 넓은 바지다. 이것은 허리가 딱 맞고 약간 올라오도록 입으면 하체가 길어 보이면서 결점도 많이 커버해준다. 관건은 어딘가는 타이트한 느낌이 있도록 입는 것이다. 특히 테일러드 재킷이 잘 어울리는데 길이와 관계없이 허리선이 쏙 들어가야 바지가 빛을 발한다. 앞에서 바지허리를 보여줘야 하기 때문에 재킷을 안 입더라도 짧은 상의나 바지 안으로 넣어 입는 셔츠·블라우스 같은 것이 잘 어울린다. 구두 역시 날카로운 느낌이 중요하므로 키가 충분히 크다면 코가 뾰족한 구두면 되고, 키가 작으면 부티처럼 굽이 높고 구두코도 긴 것이 좋다.

스타일링법은 비슷하지만 보다 소화하기 어려운 것이 하렘 팬츠Harem Pants다. 아랍권의 처첩이 사는 집, 하렘에서 입는 바지라 해서 붙여진 이름이다.

디바이디드 스커트

©GIORGIO ARMANI

©MOSCHINO

와이드 팬츠

치마처럼 전체적으로 헐렁한데 바짓부리만 좁아서 마치 풍선처럼 보인다. 절대적으로 발목이 가늘고 길어야 하며 화려한 샌들을 신으면 환상의 궁합을 이룬다. 드레시한 하렘 팬츠에 가죽 재킷이나 탱크 톱처럼 캐주얼한 상의를 입으면 대비 효과로 매우 세련돼 보인다.

이름은 스커트지만 사실은 바지인 디바이디드 스커트Divided Skirt(치마바지)도 빼놓을 수 없다. 디바이디드 스커트는 A라인 스커트와 스타일링법이 같다. 활동이 편하면서도 정장 느낌이 강하기 때문에 차분한 색으로 선택해 위에 재킷 같은 것만 입어주면 학교나 회사에서도 얼마든지 입을 수 있다. 옷 자체가 편안하고 안정된 느낌이라 굽이 높은 구두는 어울리지 않는다. 플랫 슈즈Flat Shoes를 즐겨 신는 타입이면 디바이디드 스커트를 하나 장만하는 게 좋다.

헐렁한 디자인에 실크 새틴이나 스팽글Spangle로 광택을 많이 준 바지는 드레스 대용으로 입는 이브닝 팬츠Evening Pants다. 너무 멋부리지 않은 듯하면서도 눈에 확 띄는 파티 퀸이 될 수 있다. 검은색부터 도전하면 실패하지 않을 것이다.

특별 바지 중에서도 가장 까다로운 것을 꼽으라면 배기 팬츠Baggy Pants다. 일명 '똥 싼 바지'로 엉덩이 부분은 크고 헐렁하며 발목은 좁은 것이 많다. 여성스럽게 소화하려면 역시 상의를 아주 타이트하게 입는

©MOSCHINO

배기 팬츠

돌아온 배기 팬츠. 상의는 타이트하게, 신발은 바지와 비슷한 색으로 해야 다리가 짧아 보이지 않는다.

것이 좋다. 상의마저 박스형 티셔츠 같은 걸 입으면 바로 힙합 룩이 된다. 1980년대와 달라진 점은 약간 로라이즈Low Rise(골반에 걸쳐 입는 것)로 입는 것이다. 조금이라도 올리면 순식간에 '배 바지'가 되고 내리면 말 그대로 똥 싼 바지 느낌이 된다.

좋은 가죽 벨트나 서스펜더Suspender(멜빵)로 긴장감을 주고 상의는 긴 탱크 톱처럼 길이가 충분하면서 캐주얼하고 타이트한 것이 잘 어울린다.

마이크로 쇼트 팬츠는 상의를 약간 헐렁하게 입어야 세련돼 보인다.

it girl's item 05

Skirt

Skirt 치마는 피해가고 싶지만 너무 매력적인 여자의 숙명이다. 허벅지, 종아리, 발목 등 많은 난관이 있지만 그 모든 것을 극복하고 스타일 퀸으로 떠오른 잇 걸도 많다. 물론 우린 그 트릭을 쉽게 눈치 채지 못하지만 말이다. 자기에게 어울리는 실루엣은 무엇인지, 어떤 상의와 스타킹, 구두를 매치해야 할지 살짝 배워보자.

조금만 짧거나 무늬가 있어도 거리의 시선을 한 몸에 모으는 치마.
잘 입으면 누구나 효리처럼 섹시해질 수 있다.

여자라서 행복해, 치마

enjoy your skirt!

©MOSCHINO

하체에 한이 맺혀 치마와 안녕을 고하는 여자들이 많다. 사실 다리 예쁜 여자들과 치마로 경쟁한다는 건 말도 안 된다. 하지만 더욱 슬픈 건 바지라고 대안이 되지는 않는다는 사실이다. 반대로 일 년 내내 치마만 고집하는 여자들도 있다. 이들의 특징은 여성스러움에 너무 집착한 나머지 하체의 결점을 제대로 보지 못한다는 것.

패션과는 아무 상관 없는 아저씨 친구가 있다. 그가 소개팅을 나갔다 와서 한 얘기가 참 가슴 아프다. "키도 작고 다리도 짧으면서 어중간한 꽃무늬 치마는 왜 입었대? 거기다 발레리나 구두까지 신어서 도대체 눈치를 안 챌 수가 없는 거야!" 그에게 분노하기보다 상대 여자가 안타까웠다. 힐끔힐끔 다리를 쳐다보는 남자를 보고 '내게 반했구나!' 하고 착각했을지도 모른다. 지금쯤 주위 친구들에게 온갖 상담을 하고 있을 것이다. 제대로 된 치마를 입었더라면, 차라리 평범한 청바지를 입었더라면 그런 굴욕을 당하지는 않았을 텐데…….

결론적으로 치마는 참 까다로운 아이템이란 거다. 잘 입으면 섹시하고 여성스럽지만 못 입으면 "무 팔아요!"를 외치는 격이 될지도 모른다.

치마의 신이여, 제발 자비를!

'무릎길이'를 경계하라

미니 스커트는 부담스럽고 긴 건 촌스럽고 '무릎길이'면 괜찮을 거라 안심하는 사람들이 많다. 그러나 치마 중에 제일 소화하기 어려운 게 무릎길이, 즉 니 렝스 스커트Knee Length Skirt다. 왜냐하면 동양인의 무릎이라는 게 이상적인 위치에 있지 않기 때문이다. 키가 크든 작든 비례에서 자유롭진 못하다. 키가 작아도 하체, 특히 무릎 아래가 길어서 균형미가 있는 사람이 있고, 키는 장대같이 커도 하체가 짧은 사람이 있기 때문이다. 일단 99%의 한국 여자는 서양인에 비해 무릎이 아래에 위치한다고 봐도 무방하다. 그래서 무릎길이 치마를 입을 때는 구두를 약간 높은 걸 신든지, 무릎 약간 윗부분까지 오는 치마를 입든지 특단의 조치를 취해야 한다.

사실 무릎의 범위는 무려 10cm 전후다. 무릎 윗부분까

무릎보다 약간 짧은 것이 동양인에게 이상적인 무릎길이 치마

몸의 비례를 가장 아름답게 표현하는 치마 길이와 실루엣을 찾아야 한다.

지 오는 치마도, 무릎을 거의 가리는 치마도 다 '무릎길이'인 것이다. 구두를 신은 상태에서 허리선부터 발끝까지 길이의 1/2 지점, 혹은 그 약간 윗부분에 치마 밑선이 위치해야 이상적인 무릎길이 치마가 된다. 키가 작은 빅토리아 베컴Victoria Beckham은 미니 스커트에 가까운 길이를 입지만, 언뜻 단정한 무릎길이처럼 보인다.

무릎길이보다 더 까다로운 게 미디 스커트Midi Skirt라고 종아리까지 오는 치마다. 정말 다리가 짧아 보이기엔 최고의 아이템이다. 미디 스커트의 강자로 롤랑 무레Roland Mouret란 디자이너가 있다. 유럽 상류 사회에서 꽤 히트를 친 그의 작품이 미디 길이의 머메이드 스커트Mermaid Skirt다. 골반을 따라 흐르던 곡선이 무릎 아래에서 살짝 퍼지며 인어 같은 실루엣을 만들어준다. 이 치마도 무릎 근처에서 퍼지는 선마저 없었다면 자루에 지나지 않았을 것이다. 정 미디 길이를 입고 싶으면 최소한 여성적인 실루엣이라도 있는 것이 좋다. 구두도 납작한 것보다는 코가 뾰족해서 날렵하게 마무리해주는 것이 좋다.

다리에 자신이 있거나 가벼운 느낌을 좋아해서 미니 스커트만 입는 사람도 있다. 어른스럽고 세련된 느낌을 내긴 어렵기 때문에 부츠나 레깅스로 길이 균형을 맞춰주거나 긴 상의로 치마 밑단만 살짝 보이게 하는 게 좋은 방법이다. 맨다리에 단화, 짧은 상의와 미니 스커트의 조합은 어린아이 혹은 레이싱 걸 같은 느낌만 줄 뿐이다. 미니 스커트를 입고도 하체가 길고 예뻐 보이는 방법은 허리선이 높은 초미니 스커트에 비슷한 색의 짙은 무광 스타킹과 하이힐을 신는 것이다. '비엔나 소시지' 같은 다리도 이 트릭을 쓰면 어느 정도 길고 가늘어 보인다.

여름이면 치렁치렁한 히피풍 치마에 올인 하는 사람이 많다. 발목을 덮는 맥시 스커트Maxi Skirt는 분명 낭만적이고 의외로 편하다. 하지만 딜레마는 역시 몸매다. 상·하체의 비례를 극명하게 보여주기 때문에 황금비율에 가까운 5:8이 나오는 사람은 괜찮지만, 5:5로 딱 반분되는 사람은 발목이 잘린 것처럼 보인다. 가슴 아프겠지만 위에 설명한 무릎길이나 미니 스커트로 만족할 것!

© GIANFRANCO FERRE

엉덩이가 납작한 체형은 허리 바로 아래 주름이나 장식 요소가 있는 것이 좋다.

두 배로 신경 써야 할 치마 스타일링

도사님이 "풀 스커트부터 타이트 스커트까지 평생 꼭 다 입어야 하느니라" 하고 명령을 내리지 않는 한, 치마 실루엣 한두 가지로 평생을 살아도 지장이 없다. 나 역시 무릎 위까지 오는 타이트 스커트Tight Skirt나 벨 스커트Bell Skirt로 살고 있다. 치마는 주름이나 주머니 등 부피를 강조하는 요소가 어디에 있느냐가 가장 중요하다. 안정된 삼각형 구도로 퍼지는 A라인 바이어스Bias(옷감을 대각선으로 마르는 것) 스커트는 허리 주위가 주름 없이 흐르고 자연스런 주름이 잡혀서 엉덩이가 크고 허벅지가 굵은 체형에 최고의 실루엣이다. 반면 허리와 엉덩이가 빈약한 체형은 허리가 길어 보이고 더욱 밋밋해 보이므로 허리 주위에 주름이나 다트Dart가 있는 치마를 입어야 한다.

© TOMMY HILFIGER

A라인 바이어스 스커트는 골반과 허벅지가 통통한 체형에 최적이다.

어울리는 치마를 골랐으면 무엇과 입을 것이냐가 큰 문제다. 단정한 블라우스는 교생 선생님처럼 보이고, 헐렁한 티셔츠를 골랐다가는 치마랑 따로 논다. 게다가 스타킹, 아니면 레깅스? 그도 아니면 맨다리? 풀어야 할 숙제가 한두 개가 아니다.

일단 치마가 허리선이 분명하거나 장식성이 있는 것이냐(단추나 벨트 같은 것이 달렸느냐), 주름만 잡히고 밋밋한 것이냐가 관건이다. 전자라면 상의를 넣어 입는 게 낫기 때문에 치마 색과 잘 어울리면서 달라붙는 상의가 좋고, 후자라면 너무 길지도 짧지도 않은 적당한 길이인지가 중요하다. 드레시한 상의와 치마를 입고 허리선을 그대로 둘 것이 아니라 화려한 벨트 같은 걸로 포인트를 주면 세련돼 보인다. 물론 허리선에 자신이 없으면 목걸이, 스카프 같은 다른 액세서리로 시선을 위로 끌어올리거나, 화려한 구두나 스타킹으로 내려줘야 한다.

어떤 경우에도 상의와 치마가 완전히 똑같은 소재면 촌스럽다. 똑같은 면이라도 한쪽은 빳빳하고 다른 한쪽은 조금 부드러워야 하며, 빳빳한 쪽이 부드러운 쪽을 덮어주는 것이 자연스럽다. 만약 상

©SONIA RYKIEL

광택 있는 치마엔 질감이 거친 상의가 잘 어울린다.

©MOSCHINO

드레시한 상의와 치마엔 화려한 벨트를!

©TOMMY HILFIGER

벨트 등 장식이 있는 치마는 상의 색을 통일하고 타이트하게!

의와 치마 사이가 어정쩡하게 뜨거나 잘록한 실루엣이 나오지 않는다면 덮어주고 가려주는 트릭을 써볼 것! 딱 맞는 톱이나 티셔츠를 받쳐 입거나 허리 부근에서 여미는 카디건이나 재킷을 덧입는 것이다. 이때 뱃살이 있는 사람은 신축성이 있는 소재를 피하고 거울 앞에서 조금 움직여봐서 삼겹살(?) 모양으로 톱이 끼지 않는지 확인해야 한다.

그렇다면 치마 아래는 어떻게 해야 할까? 다리에 자신이 있으면 맨다리, 반대면 앞서 말한 대로 짙은 색의 무광 스타킹이 제일 날씬해 보인다. 시중에서 흔히 구할 수 있는 반투명 스타킹은 정장 느낌이 강해서 캐주얼한 치마에는 차라리 맨다리가 낫다. 레깅스는 사실 좀 까다로운 아이템이다. 치마가 짧을수록 레깅스는 두껍고 긴 것이 좋다. 특히 고리 달린 레깅스는 초미니 스커트와 잘 어울린다. 가끔 연예인들이 시도하는 '스타킹 위에 레그 워머Leg Warmer 신기'는 워스트 드레서가 되는 지름길이다. 하지만 레그 워머가 구두의 일부처럼 어울리면 시도할 만하다.

다리에 자신이 있다면 불투명 컬러 스타킹도 예쁘다. 1960~70년대에 유행했던 이 아이템은 미니 스커트나 원피스, 복고풍 플랫폼 구두와 환상의 조화를 이룬다. 대신 다른 부위는 가라앉은 색으로 통일해야 소화하기 쉽다. 치마, 스타킹, 구두를 하나의 캔버스로 보고 원하는 색을 모두 써보는 것도 좋다. 놀랄 만큼 패션 감각이 느는 경험을 할 수 있을 것이다.

그물 스타킹은 가을·겨울에 코가 촘촘하고 모양이 밀리지 않는 것이면 섹시하고 세련돼 보인다. 하지만 패턴 자체가 눈에 띄기 때문에 치마나 구두를 같은 색으로 맞춰주는 것이 좋다.

다리에 자신이 있다면 치마, 스타킹, 구두로 마음껏 색감 연습을 해보자.

까다로운 치마, 200% 소화하기

진정 치마 마니아라면 남들이 다 입는 치마보다 어려운 아이템에 도전해야 한다. 까다로운 치마를 훌륭하게 소화하는 만큼 스타일 지수가 올라가기 마련이다. 입기 어려운 치마는 길이가 너무 길거나 짧고, 무늬가 많거나 번쩍이는 것이다. 그러나 매우 화려한 치마는 사실 제일 입기 쉬운 아이템이다. 치마에 있는 무늬 중 한 가지 색으로 나머지 부분을 몽땅 통일해버리면 된다. 상체와 다리까지 날씬해 보이면서 도시 여인의 시크함이 물씬 풍긴다. 하지만 골반이 너무 넓거나 치마가 맞지 않아 가로 주름이 생기면 역효과다. 치마 실루엣에 확신이 있을 때만 도전할 것!

번쩍이는 광택이 있어서 도저히 못 입겠다 싶은 치마는 반대로 아주 매트한 소재와 매치해보라. 그 대표주자가 흔히 '세무'라고 부르는 스웨이드Suede다. 스웨이드는 광택 있는 아이템의 부담스러움을 차분하게 가라앉힌다. 여기에 같은

색 계열로 통일까지 해주면 순식간에 럭셔리하면서도 세련된 느낌이 든다. 데님Denim이나 트위드 등 광택이 전혀 없고 질감이 두드러지는 소재라면 뭐든 잘 어울린다. 이때 소품도 주의해야 한다. 금속성 구두를 신거나 페이턴트Patent 소재 가방을 드는 순간 광택 있는 치마가 확 촌스러워질 수 있다. 철저하게 매트함에 신경 쓰고, 다른 곳에 광택을 주고 싶다면 립글로스Lip-gloss나 작은 목걸이, 팔찌 정도로 만족하자.

짧은 치마일수록 긴 상의가 잘 어울린다.
긴 치마는 허리선을 내려 비례를 맞추는 것이 더 세련돼 보인다.

극단적으로 길이가 짧은 마이크로 미니 스커트는 언제나 도전해보고 싶지만 결국 포기하는 아이템 1순위다. 사실 그리 어려울 건 없다. 반바지라고 생각하고 레깅스, 부츠 등을 신어주거나 긴 상의로 엉덩이를 살짝 가려 입으면 된다. 길이가 자극적인 만큼 소재는 데님처럼 캐주얼한 것으로 하면 부담이 훨씬 줄어든다. 허벅지가 통통한 체형은 꼭 매트하고 어두운 레깅스나 타이츠를 신자. 미니 스커트 아래 드러난 허벅지야말로 온갖 시선을 끈끈이처럼 빨아들인다. 반대로 극도로 긴 치마는 허리선을 정직하게 보여주지 않는 게 트릭이다. 벨트를 허리 아래로 매거나 조금 긴 상의로 허리선을 가려준다. 늘 말하는 거지만 5:8 혹은 8:5 비율만 지킨다면 키 작은 사람

하이웨이스트 스커트는 타이트한 상의로 가슴을 강조하고 스타킹은 치마와 같은 색이 좋다.

도 긴 치마를 무리 없이 소화할 수 있다. 긴 치마가 구두를 가리면 발 없는 사람처럼 보일 수 있으므로 단화를 신는다면 코가 약간 뾰족한 것이 좋다.

글래머들의 전유물인 하이웨이스트 스커트High Waist Skirt는 굵은 허리는 날씬하게, 밋밋한 엉덩이는 섹시하게 만들어주는 착한 아이템이다. 그냥 맨다리를 내놓으면 너무 야해 보이므로 역시 스타킹과 앞이 막힌 구두를 신는 것이 좋다. 치마와 어울리는 색깔의 딱 달라붙는 톱이어야 가슴을 강조해 글래머러스하고 날씬해 보인다. 저지 톱Jersey Top이나 터틀넥 스웨터Turtle Neck Sweater도 굿 초이스다. 달라붙는 실루엣이면 일반 티셔츠도 괜찮지만 박스형 티셔츠는 절대 안 된다.

it girl's item 06

Knitwear

Knitwear 포근한 모헤어에서 천상의 부드러움을 지닌 캐시미어까지, 니트는 첫사랑을 연상시킬 만큼 달콤하고 사랑스럽다. 하지만 볼륨감과 신축성이 강해서 자칫하면 체형 결점을 그대로 드러내는 두 얼굴의 아이템이기도 하다. 달콤쌉싸름한 니트, 늘씬하고 시크하게 입는 법을 소개한다.

1960년대의 얼굴로 불렸던 모델 트위기.
그녀만큼 사랑스럽게 니트를 소화한 인물도 없다.

적당한 노출과 볼륨감으로 승부하는 니트 아이템

enjoy lovely knit!

여자라면 누구나 니트웨어에 대한 로망이 있을 것이다. 사춘기 시절 한 올 한 올 짜던 손뜨개 목도리, 남자친구를 위한 스웨터, 백설공주가 입었을 것 같은 하얀 니트 망토……. 니트는 순수함과 포근함, 여성미의 상징이다.

하지만 차츰 성장하면서 니트웨어가 누구에게나 어울리는 옷이 아니란 슬픈 사실을 받아들이게 된다. 왜 자꾸 젊은 시절 고생을 많이 한 할머니 느낌이 나는 걸까? 게다가 너무 큰 가슴, 뱃살, 굵은 허리 등을 적나라하게 드러내는 신축성은 어떻게 극복해야 한단 말인가? 그럼에도 불구하고 소니아 리키엘Sonia Rykiel, 미소니Missoni, TSE 등 니트 브랜드의 쇼윈도는 여전히 창의적인 에너지로 꿈틀거린다. 니트 카디건 하나로 가을, 겨울, 봄을 나는 파리지엔은 왜 그렇게 시크할까? 니트웨어는 니트를 사랑하고 이해하는 사람에게만 축복을 내리는 '출산드라' 같은 존재다.

니트는 체형과의 싸움이다

조금 잔인하게 말하자면 니트웨어는 각은 분명하게 살아 있으면서 마르고 팔다리가 긴 체형에 제일 잘 어울린다. 니트는 실의 부피만큼 몸매를 통통해 보이게 하고 어깨와 팔의 직선을 곡선화해 할머니처럼 푸근한 인상을 만든다. 그래서 니트 아이템을 절대 피해야 할 체형이 있다. 바로 각이 없이 동그랗고 통통한 몸매, 특히 어깨가 처진 체형은 더욱 초라해 보이기 쉽다.

어깨가 처진 체형은 퍼프 소매처럼 어깨를 크게 부풀린 니트를 입거나 니트 위에 재킷을 덧입는 등 특단의 조치를 취해야 한다. 허리가 길거나 배가 나온 체형도 위험하다. 니트의 신축성이 모든 것을 적나라하게 드러내버리기 때문이다. 허리에 콤플렉스가 있는 사람이 니트를 입고 싶다면, 약간 두꺼운 소재에 엉덩이를 완전히 덮는 튜닉 스타일이나 볼레로Bolero보다 조금 긴 정도의 짧은 스웨터나 카디건으로 만족해야 한다. 목이 짧고 어깨가 올라간 사람은 스스로 터틀넥 스웨터를 피하기 마련이지만, 혹시라도 춥다고 입는다면 정말 최악의 결과를 맛보게 될 것이다. 가능한 얇은 소재에 브이넥이나 보트

©SONIA RYKIEL
©SONIA RYKIEL

목이 짧은 체형만 아니라면 기본적으로 갖춰야 할 얇고 부드러운 터틀넥 스웨터.

넥으로 깊이 팬 것이 그래도 희망적이다.

헴 라인Hem Line(밑선)이 어디인지도 중요하다. 신축성이 있기 때문에 처음 입었을 땐 골반에 오던 스웨터가 차츰 말려 올라가 뱃살 한가운데 멈춰 있는 경우도 다반사다. 신축성이 강한 니트는 슈퍼모델이 아니라면 일단 피하고 처음부터 원하는 길이보다 아주 약간 긴 것을 선택한다. 특히 가장 신경 쓰이는 부위(뱃살, 엉덩이, 허벅지 등)에 헴 라인이 위치하는 것만은 절대 피해야 한다.

©LACOSTE

©LACOSTE

니트 안에 부드러운 소재 받쳐 입기

부드러운 니트 안에 딱딱하고 두꺼운 소재를 입으면 실루엣을 망친다. 오래전 얇은 터틀넥 스웨터를 입고 면 셔츠 칼라를 밖으로 빼는 게 유행한 적이 있다. 목을 찌를 듯 딱딱한 칼라, 온통 주름진 어깨와 소매를 한 사람들이 중세 유럽의 기사단을 연상시켰다면 과장일까? 특히 시장에 가면 이런 식으로 스타일링을 해놓은 곳이 많았는데, 그것이 지적으로 보인다는 안타까운 고정관념이 있었던 것 같다.

니트 카디건이나 스웨터에는 니트가 아닌 소재가 더 잘 어울린다.

©LACOSTE

니트웨어 안에 받쳐 입는 옷은 얇은 저지나 시폰처럼 니트보다 훨

078 Knitwear

씬 부드럽고 하늘하늘한 소재가 좋다. 최소한 겉에 입은 니트보다는 부드러운 소재여야 한다. 사실 니트웨어에 무언가를 받쳐 입는 게 쉬운 일은 아니기 때문에 일찍이 트윈세트(니트 카디건과 니트 스웨터 세트)가 출현해 대인기를 끌었다. 유럽인들이 캐시미어Cashmere(염소 솜털로만 짠 실)에 미치는 데도 다 이유가 있다. 피부의 일부처럼 맨몸에 입기 때문이다. 혹은 아주 얇은 실크 속옷만 받쳐 입는다. 맨몸에 깊이 팬 브이넥 스웨터나 라운드넥 카디건 하나만 입으면 섹시하고 세련돼 보인다.

남자는 브이넥 스웨터 안에 흰 라운드넥 티셔츠를 받쳐 입는 사람이 많은데, 겉옷과 완전히 따로 노는 경우도 많고 속옷이 보이는 것 같아 과히 보기 좋지 않다. 사실 흰 라운드넥 티셔츠는 태생 자체가 속옷(영국 해병의 속옷에서 시작)이다. 정 뭔가를 받쳐 입고 싶으면 옥스퍼드 셔츠 같은 캐주얼 셔츠(드레스 셔츠가 아닌)가 옳다. 받쳐 입는 셔츠가 니트웨어와 비슷한 색이거나 같은 색 무늬가 들어 있으면 두 배는 세련돼 보인다. 미소니처럼 복잡한 무늬가 있는 니트웨어도 이 규칙만 지키면 어렵지 않다.

니트 스웨터나 카디건에 니트 목도리는 원래부터 세트가 아닌 한 서로 부딪친다. 사실 니트는 아무리 평범한 디자인도 소재감 때문에 독

받쳐 입은 옷이 니트 실루엣을 망치지 않아야 한다. 목도리 같은 소품은 니트가 아닌 소재가 좋다.

브이넥 스웨터는 하나만 입어 목선을 드러내도 깔끔하고 예쁘다.

©LACOSTE

특한 아이템으로 봐야 한다. 비슷한 두께와 질감이면 목도리건 모자건 장갑이건 어울린다고 볼 수 없다. 니트웨어엔 야구모자나 페도라, 톡톡한 모나 면 소재 머플러 등 조금 다른 소재가 훨씬 잘 어울린다.

평범한 니트 아이템은 소품과 색상 매치가 관건

누구나 하나쯤 갖고 있을 평범한 니트 카디건이나 스웨터. 사이즈도 맞고 따뜻하긴 하지만 도무지 세련된 느낌이 안 난다면 두 가지 방법이 있다.

첫째, 화려한 소품을 활용한 테크닉이다. 스카프, 목걸이, 브로치Brooch 등을 화려한 걸로 하나만 걸쳐줘도 전혀 다른 느낌이 난다. 어떤 걸 선택해야 할지 자신이 없으면 니트 아이템과 같은 색이되 소재는 다른 느낌이 좋다. 순식간에 세련된 느낌이 묻어난다. 만약 니트 아이템이 파스텔 톤이나 검은색이면 진주 목걸이도 잘 어울린다. 파스텔 톤에는 짧은 초커Chocker가, 검은색 니트에는 샤넬 여사처럼 여러 줄 늘어지는 것도 멋지다.

둘째, 받쳐 입는 옷으로 승부하려면 무엇보다 화려한 무늬가 있는 옷이 제일이다. 평범한 니트는 어떤 까

니트와 같은 톤이되 두께와 질감만 다른 하의를 매치하면 자연스럽고 세련돼 보인다.

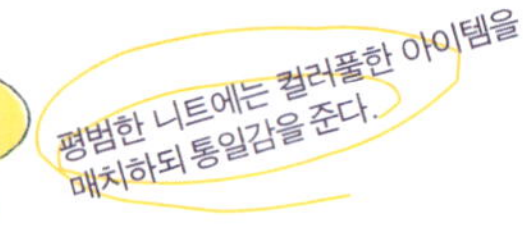

평범한 니트에는 컬러풀한 아이템을
매치하되 통일감을 준다.

다로운 옷도 단번에 정리해주기 때문이다. 대신 무늬 중 한 가지 색은 니트와 통일하는 게 좋다. 카디건을 열어 입고 상하의를 비슷한 톤으로 통일하면 훌쩍 키가 커 보인다. 몸매에 약간 자신이 있으면 몬드리안Mondrian의 면 분할처럼 니트 아이템과 받쳐 입는 아이템, 하의를 대비되거나 잘 어울리는 색으로 배치하는 것도 극도로 세련돼 보이는 방법이다.

적당한 노출과 볼륨감으로 승부한다

©FOREVER21

풍성한 니트는 반드시
타이트한 부분이 있어야 한다.

니트 중에는 참 소화하기 어려운 아이템도 많다. 특히 1960~80년대 복고풍은 마음은 가는데 막상 입기는 힘든 높은 산이다. 가장 자주 맞닥뜨리는 게 두껍고 직조감이 있는 카디건이다. 재킷이나 코트 대용으로 입을 수 있지만 쌀가마니 같은 모습이 돼버리기 일쑤다. 일단은 전체적인 볼륨감을 억제해야 한다. 니트와 비슷한 색의 스키니 진이나 레깅스, 타이츠로 아주 날씬한 선을 만들어준다. 구두 역시 스트레치 부츠Stretch Boots(신축성이 있어 딱 달라붙는 부츠)나 날렵한 부티로 각선미를 드러낸다. 카디건 안에는 아주 얇은 톱을 받쳐 입거나 아예 아무것도 입지 않아서 적당히 피부를 드러내야 한다.

잘 입으면 더할 나위 없이 세련돼 보이지만 못 입으면 딱 사감 선생님이 돼버

©MOSCHINO
©MARNI
©MOSCHINO

©MARNI

리는, 흐느적거리는 숄칼라Shawl-collar 카디건도 있다. 이 아이템은 열어 입는 미학을 즐기는 게 포인트다. 꽉 여미려고 하지 말고 독특한 배색이나 무늬가 있는 옷을 받쳐 입어 경쾌함을 주도록 하자. 허리선에 자신이 있으면 벨트를 하는 것도 좋다.

폰초Poncho는 남아메리카 인디언이 입었음직한 망토 스타일의 옷이다. 빈티지풍을 사랑하는 뉴요커들이 특히 즐긴다. 눈동자가 너무 강렬하지 않고 피부도 따뜻한 밀 빛이 돌며 부스스한 헤어스타일의 소유자에게 특히 잘 어울린다. 너무 도시적인 얼굴에 폰초를 매치하거나 어그 부츠Ugg Boots, 벙어리장갑까지 갖춘 과도한 포크로어 룩Folklore Look을 추구하면 순식간에 부담스러워진다. 색은 비슷하게 통일하되 소재가 부드러운 원피스나 레깅스로 이질적인 느낌을 살리는 것이 추천할 만한 스타일링.

©SONIA RYKIEL

잘 입으면 천하의 글래머가 되고 못 입으면 퇴폐적인 마담 분위기가 나는 게 니트 원피스다. 몸매가 정말 적나라하게 드러난다. 특히 허리와 골반선이 예뻐야 잘 어울리는데, 자신이 없으면 딱 달라붙는 것보다 톡톡한 소재로 직선으로 떨어지는 귀여운 디자인을 고른다. 섹시한 느낌이 강하기 때문에 반투명 타이츠에 앞코가 잘 빠진 하이힐이나 부츠로 마무리해야 균형이 맞는다. 여기에 목걸이, 팔찌, 스카프, 모자 등 소품 하나만 더해도 세련된 느낌이 난다.

Shopping Spot*

구제 시장에서 명품 니트 사기

종로 5가의 '오성 상가'나 '신일 상가'는 전통적인 헌 옷 시장이다. 여름보다는 겨울에 특히 좋은 물건이 많다. 눈썰미만 좋으면 프링글Pringle, 랄프 로렌Ralph Lauren, 미소니Missoni 등 니트의 명품 브랜드 제품을 몇천 원에서 1만 원대에 건질 수 있기 때문이다. 지마켓이나 옥션 등에도 '구제 니트'를 치면 많은 상품이 뜬다. 이런 옷들은 엄연히 헌 옷이기 때문에 스웨터나 카디건은 5천 원 정도가 적당한 가격이다. 10~20년 된 니트 아이템은 지금보다 소재도 좋고 디자인적 가치도 높다. 브랜드를 잘 모르겠으면 생산지가 유럽이나 미국인 것, 옆구리 안쪽에 붙어 있는 섬유 조성표를 보아 순모(Lamb's Wool 100%)에 가까운 것이 좋은 것이다. 가끔 좀이 슬거나 얼룩이 있는 것도 있지만, 작은 구멍은 안쪽에서 단단히 깁고 드라이클리닝을 하면 새 옷처럼 고급스럽게 변신한다.

니트의 여러 가지 얼굴

- **여성스러움** 니트는 드레이프성Drape(늘어지는 성질)이 뛰어나다. 니트로 러플을 만들거나 품에 여유를 둔 옷은 자연스레 늘어지며 곡선을 만들어 여성스럽고 우아한 이미지를 더한다.
- **전통적** 인류 최초의 직물이 니트인 만큼 전통 문양을 마음껏 표현할 수 있다. 스코틀랜드 전통 문양인 아가일Argyle 체크나 남미의 지그재그 패턴 등은 수천 년에 걸쳐 검증된 멋스러움이다.
- **순수함** 단색으로 얇게 짠 니트는 천사처럼 순수해 보인다. 특히 속이 비치거나 목덜미를 드러낸 디자인은 남자들에게 가장 여필하는 룩을 연출한다.
- **슬리밍 효과** 여유분 없이 세로로 긴 니트 아이템은 날씬하고 길어 보이는 착시 효과가 있다. 동양인은 허리도 길어 보일 수 있으므로 벨트가 달린 디자인이 좋다.
- **모던함** 부드럽고 촘촘하게 짠 니트는 어떤 옷에나 어울리는 기본 아이템이 될 수 있다. 절제되고 모던한 느낌이 나 정장 안에도 받쳐 입을 수 있다.

it girl's item 07

Dress

Dress 원피스는 정확히 말해 드레스다. 서양에서 온 옷인 만큼 알고 보면 길이, 소재, 모양에 따라 용도가 다르다. 일상에선 여러 가지 아이템과 섞어서 원피스 같지 않게, 학교나 직장에선 지적이고 능력 있어 보이게, 파티에선 확실히 우아하고 돋보이는 모습으로 입어볼 것. 참! 몸매 커버는 기본이다.

원피스는 실루엣과 색에 따라 몸매가 달라 보이는 옷이다.

원피스 하나로 연출하는 10가지 스타일

원피스처럼 남녀 모두에게 사랑받는 옷은 없다. 여자를 최고로 매력적으로 보이게 하기 때문에 여자들은 사실 원피스를 매일같이 입고 싶어한다. 신데렐라, 백설공주부터 요술공주 밍키, 세일러 문에 이르기까지 여자들의 우상은 언제나 원피스 차림이었다. 나아가 원피스는 유혹이란 마력을 지니고 있다. 소설《노트르담 드 파리 Notre Dame de Paris》에서 집시 여인 에스메랄다가 원피스를 입지 않았다면 클로드 신부는 타락하지 않았을 것이며, 영화 〈7년 만의 외출〉에서 마릴린 먼로 Marilyn Monroe가 원피스를 입지 않았다면 스캔들과 결혼 실패 등 불행이 잇따르지 않았을지도 모를 일이다.

여자들이 원피스에 대한 전폭적 지지를 철회하는 계기는 바로 사춘기다. 날로 굵어지는 다리와 허리, 전혀 여성스럽지 않아 보이는 얼굴에 상처 입은 소녀는 뿔테 안경과 조끼, 힙합 바지 같은 '성별 포기 룩'으로 전향하고 만다. 하지만 거기에 중요한 미스테이크가 있다. 남이 보는 당신은 거울 속 그녀처럼 실망스럽지 않고,

원피스는 여전히 당신을 두 배는 사랑스럽게 만들어줄 수 있다.

항상 뚱뚱하다고 자학하는 지인이 한 명 있다. 솔직히 말해 그녀는 오히려 가냘퍼 보일 뿐 아무도 뚱뚱하다고 생각하지 않는다. 알고 보니 엉덩이와 허벅지가 조금 통통한 하체비만 체형이었다. 하지만 같이 목욕이라도 하기 전엔 영원히 아무도 그 사실을 모를 것이다. 항상 원피스를 입기 때문이다. 바지만 입던 사람이 갑자기 치마를 입으면 다들 무슨 일 있냐고 묻곤 한다. 하지만 방대한 원피스의 세계에서라면 레깅스나 스키니 진으로 슬쩍 참견을 회피할 수 있는 방법도 있다. 허리가, 다리가, 가슴이 문제라고 주저할 필요는 없다. 누구에게나 그 사람을 공주로 만들어주는 원피스가 반드시 존재한다. 사주나 타로 점을 보기에 앞서 천생연분 원피스부터 찾아보는 게 어떨까?

원피스에도 TPO가 있다

우리나라에선 크게 여름용·겨울용으로만 원피스를 나눈다. 그러다 보니 해변에서나 입을 법한 원피스를 사무실에서, 파티용 원피스를 상갓집에서 입는 경우도 있다. 원피스는 은근히 격식을 따지는 옷이다. 서양에선 크게 데이 드레스Day Dress와 이브닝 드레스Evening Dress로 나눈다.

말처럼 데이 드레스는 낮에 입는 평상복이고, 이브닝 드레스는 파티용이다. 우리가 흔히 접하는 저지Jersey(메리야스 뜨기로 되어 신축성 있는 소재) 원피스나 꽃무늬가 들어간 시폰Chiffon(얇은 실크) 소재, 모직 중 트위드Tweed(굵은 가로·세로 올이 있

088 Dress

는 모직물) 소재로 된 원피스가 모두 데이 드레스다. 그 중 소매가 없거나 노출이 약간 있고 소재가 하늘하늘한 것은 애프터눈 드레스Afternoon Dress라고 해서 여름철 리조트나 낮에 하는 캐주얼한 파티에서 주로 입는다.

이브닝 드레스로 대표적인 것에는 리틀 블랙 드레스Little Black Dress, 즉 무릎까지 오는 정장풍의 검은색 원피스가 있고, 새틴이나 타프타Taffeta · 시폰 등 실크 소재나 스팽글·비즈가 달려 화려한 느낌이 드는 것도 모두 이브닝 드레스에 속한다. 격을 따지는 서양 사람들은 시간까지 엄격하게 지켜 오후 5~6시 이후의 약속에는 친구를 만나더라도 이브닝 드레스로 갈아입고 나간다.

우리나라에선 최소한 장소만 가려도 이상해 보이지 않을 것이다. 우리나라 여름 풍경 중 제일 이상한 것이 사무실에서 아슬아슬한 선 드레스Sun Dress를 입고 하얀 카디건을 덧입는 것이다. 선 드레스는 휴가지에서 그것 하나만 입는 옷이고, 하얀 카디건은 그 원피스와 어울리지도 않는 경우가 대부분이다. 일상생활에서 민소매 원피스를 입으려면 일자로 떨어지는 단정한 디자인으로 하고, 그게 싫으면 소매 있는 원피스를 입는 게 낫다. 또 목선이 깊이 팬 이브닝 드레스를 굳이 낮에 입고 안에 어울리지도 않는 색상의 톱을 받쳐 입거나 인사할 때마다 손으로 가슴을

광택이 있거나 스팽글, 비즈 등 장식 많이 들어간 원피스는 저녁 이후 파티에 입는 이브닝 드레스

하늘하늘한 소재에 색이 밝거나 무늬가 있는 원피스는 휴양지나 낮에 하는 사교 모임용

셔츠 드레스는 학교나 사무실에서 편하게 입을 수 있는 전형적인 데이 드레스

©TOMMY HILFIGER

가리는 것도 참 촌스러운 짓이다. 세계적으로 대유행 중인 저지 드레스는 소박하면서도 몸을 따라 흐르는 성질이 있어 스타일링하기에 따라 낮·밤, 주중·주말 할 것 없이 입을 수 있다.

자신이 가진 원피스를 업무용·일상용·파티용으로 구분하기만 해도 베스트 드레서의 첫발을 뗐다고 할 수 있다.

원피스로 전신을 리모델링하라

현대 의상 중 가장 체형 커버 효과가 큰 옷이라면 주저 없이 원피스를 꼽겠다. 원피스는 오직 여자의 몸을 위해 태어난 옷이다. 밋밋한 가슴을 풍만하게, 통짜 허리를 잘록하게 하는 마법이 모두 숨어 있다. 나에게 어울리는 원피스 라인만 알아둬도 10kg 다이어트 효과를 얻을 수 있다. 소매가 있건 없건, 길이가 어떻건 간에 허리선과 네크라인이 가장 중요하다.

원피스 실루엣은 시프트 드레스Shift Dress(몸매에 맞게 심플하게 떨어지는 원피스)를 기본으로 크게 A라인 드레스, 엠파이어Empire 드레스, 벨Bell 라인 드레스, 색Sack 드레스로 나눌 수 있다. 우리나라 여자들에게 가장 흔한 하체비만 체형에는 허리는 달라붙고 삼각형으로 퍼지는 A라인 원피스가 가장 좋다. 특히 네크라인이 가로로 넓고 허리까지는 달라붙다가 치마만 퍼지는 실루엣은 상체는 마르고 하체가 통통한 체형에 최적이다. 불행히도 허리마저 통통하다면 전체적으로는 A라인을 이루되 가슴부터 세로로 긴 다트가 두 개 들어간 프린세스Princess 라인 원피스를

©CALVIN KLEIN

하체가 날씬해 보이는 A라인 원피스

입으면 된다. 프린세스 라인은 어떤 허리도 잘록하게 만들어주는 마법 같은 발명품이다. 또 바이어스(사선)로 재단한 하늘하늘한 소재의 원피스는 큰 가슴은 단정하게, 허리와 골반은 날씬해 보이게 하기 때문에 통통한 체형이 파티용으로 꼭 챙겨야 할 아이템이다.

반대로 골반이 빈약하고 어깨가 넓은 소년 같은 체형은 목을 여유 있게 드러내고 허리부터 치마가 활짝 퍼지는 벨 라인 드레스가 잘 어울린다. 특히 치마 아랫단이 다시 오므라드는 아워글라스Hourglass 실루엣은 더욱 글래머러스한 몸매를 만들어준다. 만약 허리가 굵으면 허리에 벨트나 리본이 달려 있지 않아야 한다. 하늘하늘한 소재에 허리에 리본이나 브로치가 달린 1940~50년대풍 벨 라인 드레스는 허리와 갈비뼈 부위의 폭이 좁고 긴 사람에게 잘 어울린다. 가슴부터 허리까지가 팽창돼 보이는 디자인이기 때문이다.

전체적으로 통통한데 팔다리는 그럭저럭 가는 사람에겐 긴 셔츠를 입은 것처럼 보이는 셔츠 드레스가 좋다. 소재가 데님처럼 딱딱하고 광택이 없으며 색이 진하면 원피스 안이 텅 빈 것처럼 상당히 말라 보인다.

남들은 다 부러워하지만 본인만 콤플렉스인 비쩍 마른 체형은 어떨까? 헐렁한 자루 형태의 색 드레스Sack Dress가 최고다. 그 위에 두꺼운 벨트까지 하면 도시적인 커리어우먼 분위기도 난다. 특별한 실루엣이 없지만 신축성이 강해서 몸매가 그대로 드러나는 스웨터 드레스Sweater Dress는 약간 말랐지만 볼륨감은 있는 축복받은 몸매를 더욱 드라마틱하게 표현한다. 너무 부드러워 축축 늘어지는 저지

모래시계처럼 허리가 쏙 들어
간 아워글라스 실루엣
©GIANFRANCO FERRE
허리 아래만 부풀린
벨라인 원피스
©SONIA RYKIEL
자루처럼 보이는 색 드레스
©TOMMY HILFIGER
허리선이 가슴 바로
아래인 엠파이어 라인
©TOMMY HILFIGER
허리선이 골반 부근으로
낮은 로웨이스트 라인
©SONIA RYKIEL

소재도 마찬가지다.

우리나라 여자들의 99%는 키가 커 보이고 싶어한다. 하지만 키가 커 보이는 것보다 더 중요한 게 균형 있어 보이는 것이다. 허리선이 가슴 바로 아래에 있는 엠파이어 라인은 다리가 짧거나 허리가 굵은 체형을 한꺼번에 커버한다. 하지만 어깨가 넓고 가슴이 작은 체형은 단점만 드러내기 때문에 피하는 것이 좋다.

키가 아주 작고 왜소한 사람은 굳이 유행을 따르려 하지 말고 허리선이 분명하면서 상체와 하체에 모두 볼륨을 준 미니 원피스가 어울린다. 디자인은 귀여워도 소재나 색상을 성숙하게 입으면 우아한 멋을 잃지 않을 수 있다. 영화배우 스칼렛 요한슨Scarlett Johansson이나 루시 리우Lucy Liu가 즐겨 입는 스타일이다.

©TOMMY HILFIGER

키가 작고 마른 사람은 상 · 하체에 모두 볼륨을 주고 허리선이 분명한 스타일이 어울린다.

반대로 키가 크고 다리도 긴 사람은 전체적으로 몸에 달라붙다가 허리 아래에서 A라인으로 퍼지는 로웨이스트Law Waist 원피스를 입어 보자. 아무에게나 어울리지 않는 늘씬한 사람의 전유물이다. 단, 허리가 굵으면 허리 주위에 가로 주름이 없는 것이어야 한다.

원피스를 이용해서 상 · 하체 비율을 바꾸는 트릭은 너무나도 많다. 특히 아래 · 위 색이 달라서 투피스처럼 생긴

상체에 무늬나 장식이 있으면 시선을 끌어올려 하체의 결점을 커버해주고, 벨트를 약간 높이 매면 하체가 길어 보인다.

원피스가 효과적인데, 강조하고 싶은 부분을 밝은 색으로 입으면 된다. 헐렁한 원피스는 벨트를 허리 조금 위에 매는 것만으로도 하체가 쭉 길어진다. 상체 쪽에만 무늬나 단추처럼 장식 요소가 들어간 것도 시선을 끌어올려 하체가 길어 보이게 한다. 하체가 너무 길어 고민인 사람(분명 있긴 하다)은 그 반대 디자인을 찾으면 된다. 전체적으로 세로선이 들어간 디자인은 날씬해 보이긴 하지만 상·하체 비례엔 도움을 주지 못한다. 허리선이 있는 원피스를 입었다면 전신 거울을 꼭 봐야 한다. 허리선이 상체와 하체를 5:5로 나누면 몸매가 정말 이상해 보인다. 벨트나 구두로 허리선이 상체와 하체를 5:8로 분할하게 만드는 것이 가장 늘씬해 보이는 비결이다.

무늬가 화려한 원피스는 무늬 중 진한 색 재킷과 톱을 더하면 평상복으로, 원피스 하나만 입고 반투명 스타킹과 숄을 더하면 파티용으로 입을 수 있다.

원피스 한 벌의 오만가지 스타일링

한 여성 잡지에서 소개한 모 지역의 스트리트 패션 코너를 본 적이 있다. 주제는 원피스. 놀라운 것은 거의 전부가 비슷한 패턴이 들어간 원피스에 광택 있는 굵은 벨트를 동여맸다는 것이다. 원피스 한 벌로 연출할 수 있는 스타일은 최소 10가지다. 그걸 포기하고 줄곧 유행하는 스타일로만 입는 것은 스스로 개성을 포기하는 행위다.

앞에서 원피스의 TPO를 언급했지만 특별히 보수적인 직업군을 제외하곤 어느 정도 자유롭게 옷을 입을 수 있는 사람이 대부분일 것이다. 격을 깨더라도 알고서 스타일로 승화시키는 것과 몰라서 무례를 저지르는 건 천지차이다. 예를 들어 학교 갈 때 하늘하늘하고 여성스런 민소매 꽃무늬 원피스를 하나만 입으면 결례다. 하지만 그 안에 어두운 색 터틀넥 톱을 받쳐 입고 재킷을 덧입으면 충분히 일상생활을 할 수 있는 스타일리시한 룩이 된다. 이때 안에 받쳐 입는 톱은 원피스 무늬 중 가장 어두운 색이 좋다. 너무 짧거나 색이 화려한 원피스도 어두운 색 레깅스나 부츠를 신으면 정리된 느낌이 든다.

원피스는 스타일링하기에 따라 전혀 다른 느낌을 줄 수 있다.

원피스에 스키니 진 같은 바지를 입는 사람도 많다. 세련돼 보이려다 오히려 더 촌스러워지기 십상인데 일단 원피스는 무릎을 넘기지 않는 짧은 것이 좋다. 바지는 통이 좁거나 아주 넓은 것이어야 하고 원피스에 있는 색과 비슷해야 하체가 잘려 보이지 않고 자연스레 통일감이 생긴다. 부드럽게 흘러내리는 시폰이나 저지 소재 원피스에는 길이가 비슷한 니트 카디건이 멋스럽다. 보호 시크Boho Chic(히피처럼 자유롭고 자연친화적인 멋)도 느낄 수 있고 길게 흐르는 목걸이나 팔찌 하나만 해줘도 쉽게 스타일이 난다.

원피스에 카디건을 덧입을 때 명심할 것은 카디건이 더 톡톡한 소재여야 한다는 것이다. 그렇지 않으면 원피스에 의해 쭈글쭈글해지고 초라해 보인다. 그렇다고 카디건만 고집하지 말고 원피스와 정반대 느낌의 겉옷을 시도해보자. 하늘하늘한 원피스에 트랙 재킷Track Jacket(일명 트레이닝복 윗도리), 목선이 많이 팬 스웨터, 톡톡한 소재의 셔츠를 덧입는 것도 좋다. 반대로 딱딱한 소재 원피스에 티셔츠나 얇은 스웨터처럼 부드러운 소재 옷을 받쳐 입는 것도 재미있다. 이때 두 아이템만 입으면 몹시 언밸런스해 보이므로 스타킹이나 모자, 안경 등 소품으로 펑키하고 캐주얼한 느낌을 더해줘야 한다.

소품을 잘 활용하면 평범한 원피스도 단숨에 특별하게 변신한다. 포인트는 '의외의 소품'이다. 그 원피스와 어울릴 것 같지 않은 소품으로만 나머지를 채워야 한다. 하지만 이것저것 아무거나 갖다 붙이란 얘기가 아니다. 어떤 이미지를 연출할 것인지 연극배우처럼 캐릭터를 구상해보고 한 가지 스타일로 소품을 구성한다. 예를 들어 주제가 톰보이Tomboy(보이시한 여자)면 중절모와 샌들, 터프한 목걸이 등의 소품을 한 세트로 매치한다. 모던 로커 콘셉트면 징 박힌 구두나 가방, 턱시도 재킷을 더한다. 이때 비슷한 색과 느낌으로 일관성이 있어야 이질감 없이 녹아든다.

색상에 신경 쓰고 의외의 아이템을 더하면 원피스도 활용도가 무궁무진하다.

살아 움직이는 트렌드 바로미터, 린제이 로한

©REX

Lindsay Morgan Lohan

PROFILE

Name Lindsay Morgan Lohan
Birthday 1986. 7. 2
Occupation 배우, 가수, 모델
Career 영화 〈Mean girl〉〈Herbie : Fully Loaded〉〈I Know Who killed Me〉〈Freaky Friday〉 등 다수, 질 스튜어트 · 샤넬 · 미우미우 광고 모델, 앨범 〈SPEAK〉
Hobby 쇼핑, 수영, 농구 등
Speciality 세 살 때 최초의 빨간 머리 어린이로 포드 모델 에이전시에 스카우트, 광고 모델로 활동을 시작한 아역 배우 출신. 절친은 동성애인 소문이 있는 사만다 론슨.

PARIS SEXY! I ♥ NY

●린제이 로한은 영화 〈퀸카로 살아남는 법〉에 출연했을 때만 해도 통통하고 천방지축 날뛰는 틴에이저 배우에 불과했다. 주인공이었음에도 오히려 레이첼 맥아담스의 완벽한 아름다움에 많이 밀리는 경향이 있었다. 니콜 리치와 마찬가지로 살인적 다이어트에 돌입하고 쇼핑으로만 한 해 수십억 원을 쓰며 유명 디자이너 브랜드 드레스를 입었지만, 대내외적 정체성 문제로 괴로워했다. 약물 중독자 재활원과 동성연애자 파문까지 일으키며 한 가지 얻은 것이 있다면 건강해진 몸매와 개성이 뚜렷한 스타일. 탄력 있는 몸에 레깅스와 가죽 재킷을 걸치고 크리스티앙 루부탱 하이힐을 신은 그녀는 자신 있는 이십대 잇 걸의 모습이다. 스스로 쇼핑과 스타일링에 엄청나게 공을 들이기 때문에 수많은 파파라치와 팬의 관심을 끈다. 그토록 샤넬과 에르메스를 좋아했지만 이젠 그런 브랜드에 의존하지 않아도 충분히 매력적이다. 여전히 그녀가 드는 가방은 바로 '잇 백'이 된다.

●린제이 로한 스타일의 관건은 볼륨 있고 통통해 보이기 쉬운 몸을 세련되고 도시적으로 표현하는 것이다. 바로 레깅스와 검은색 재킷, 부츠다. 여름엔 반바지와 헐렁한 티셔츠, 톱을 즐겨 입되 애비에이터 선글라스(쉽게 말해 잠자리 안경)와 너무 드레시하지 않은 체인 목걸이, 여러 개 겹친 뱅글로 포인트를 준다. 문자판이 커다란 금속제 남자 시계도 즐겨 한다. 과거에 비싸 보이는 아이템에 집착했다면 이제는 비싸지만 소박해 보이는 것도 용인한다. 화장 역시 비약적인 발전을 보였는데, 과거 억지스런 섹시함을 내세웠다면 지금은 신비롭고 동양적인 캐츠아이(고양이 같은 눈)와 누디한 입술로 통통한 얼굴까지 성숙하게 바꿔버렸다. 막대한 자본과 수고로 꾸준히 변화하는 중이기 때문에 LL(그녀의 별명) 파파라치 컷을 관찰하면 패션계의 흐름도 쉽게 알 수 있을 것이다. 노력하면 예뻐지고 세련돼질 수 있다는 걸 몸소 보여준 훌륭한 잇 걸이다.

it girl's item 08

Vest

Vest 신사복에서 쏙 뽑아온 것 같은 조끼가 여자 옷에선 더욱 막강한 힘을 발휘한다. 티셔츠, 톱, 청바지, 치마 거의 모든 옷에 다 어울리기 때문이다. 어딘가 밋밋하고 심심할 때 조끼를 살짝 더해볼 것! 물론 자기 체형과 스타일에 어울리는 조끼를 고르는 게 우선이다. 케이트 모스처럼 시크해질 날이 멀지 않았다.

케이트 모스는 신사복에서 빌어온 듯한 조끼를
스키니 진과 매치하길 즐긴다.

어디에나 시크한 만능 아이템, 조끼

enjoy your vest!

©LACOSTE

조끼를 공식적으로 처음 입은 사람은 영국의 찰스 2세(재위 1660~1685)다. 코트 안에 또 다른 재킷을 입으면 모양이 나지 않기 때문에 소매가 없는 짧은 재킷 용도로 입었던 것이다. 그래서 영국에선 웨이스트 코트Waist Coat라고 불린다. 이후 조끼는 남성복의 일부로 수백 년간 굳건히 자리를 지킬 수 있었다. 우리나라에도 조끼와 거의 똑같은 것이 있다. 소매와 단추 없이 저고리 위에 입는 배자가 그것이다. 기원을 따지면 통일신라시대의 반비半臂까지 올라갈 수 있지만, 본격적으로 남녀 모두에게 유행한 건 조선 후기다. 김홍도와 신윤복의 풍속도에서도 멋스러운 배자를 볼 수 있다. 특히 여자 배자엔 안쪽에 토끼털 등 모피를 붙여 따뜻하고 화려하게 만들었다.

요즘엔 조끼의 얼굴이 백만 가지쯤으로 바뀌었다. 남성 정장에선 오히려 위치가 불안정해진 반면, 여자들은 조끼를 화려하게, 소박하게, 그야말로 어떤 분위기로도 소화할 수 있다. 조끼처럼 뉘앙스가 다양한 옷이 없기 때문에 스타일링 감각을 키우기에도 가장 좋다.

조끼는 단추를 열거나 닫을 수 있고 여밈 없이 앞뒤 판으로만 된 것도 있다. 소재 역시 정장용부터 축축 늘어지는 니트까지 모든 것이 가능하다. 자신에게 어울리는 것만 찾는다면 평생 입을 옷이 없을 때 안심하고 꺼낼 수 있는 옷이다.

문제 체형도 조끼면 No Problem!

조끼는 거의 모든 체형을 커버할 수 있다. 네크라인과 진동선(팔둘레)에 따라 느낌이 전혀 다르기 때문이다. 네크라인은 톱 선택법과 같다. 목이 짧거나 얼굴이 둥글거나 가슴이 크면 깊게 V자로 팬 것이 좋다. 반대의 경우엔 U자에 가깝게 좌우로 넓은 것이 좋다.

진동선은 목 쪽으로 깊게 들어와 사선을 그릴수록 어깨가 좁아 보이고, 어깨점(어깨와 팔이 연결된 중간 지점)에 가까운 곳에서 일자로 내려오면 어깨가 넓어 보인다. 또한 허리선이 높고 쏙 들어가면 가슴은 커 보이고 허리는 짧아 보이는 반면, 일자로 떨어지면 밋밋해 보인다. 하지만 똑같은 조끼도 열어 입으면 실루엣이 변하기 때문에 오히려 다양하게 입을 수 있다.

키포인트는 자기 체형과 똑같이 생긴 조끼를 피하는 것이다. 통짜 몸매인데 어깨선이 11자로 보이는 똑 떨어지는 디자인에 밑단도 가로로 뚝 잘린 조끼라면 그야말로 지우개처럼 직사각형으로 보인다. 이런 디자인은 가슴이 너무 크거나

조끼를 열어 입을 때 생기는 X자 실루엣은 날씬해 보이는 효과가 있다.

어깨가 처져서 몸이 당당해 보이지 않는 사람에게 딱이다. 진동선도 사선, 아랫단도 알파벳 W처럼 사선을 그리는 디자인은 X자 실루엣을 만들어줘 아주 근육질만 아니면 대부분의 여자 체형을 매력적으로 표현한다. 특히 아랫단의 W 모양이 경사가 급할수록 허리가 가늘고 골반이 작아 보인다.

길이 역시 중요한데, 골반보다 약간 짧은 길이면 허리가 짧아 보인다. 정말 허리가 긴 체형이라면 차라리 가랑이를 살짝 가리는 긴 조끼가 베스트다. 골반선보다 아래에 있고 엉덩이 중간보다 위에 있는 어정쩡한 길이는 미니 스커트나 반바지, 스키니 진이나 레깅스 등으로 하체에 확실한 긴장감을 줘야만 늘씬해 보인다. 온몸을 헐렁하고 어정쩡한 길이로 입는 스타일은 극도로 마르고 긴 모델 체형에나 어울린다. 아주 긴 조끼에 벨트를 하면 허리선을 확실히 살리면서 다리가 길어 보인다.

©MICHAEL KORS

다리가 길어 보이는 긴 조끼

조끼라고 할 수 없을 만큼 헐렁하게 흘러내리는 스타일도 있다. 언뜻 목도리나 스카프를 걸친 것처럼 보이는 이런 아이템은 굳이 타이트한 옷을 받쳐 입으려 하지 말고 어느 정도 헐렁하되 단순한 디자인이 좋다. 즉, 술이 달려서 축축 늘어지는 조끼에 딱 달라붙는 정장풍 블라우스는 이상해 보인다. 블라우스도 헐렁하게 입거나 편안하고 모양이 단순한 티셔츠를 받쳐 입는 게 가장 좋다.

조끼 한 벌로 사계절 스타일리시하게

조끼의 또 하나의 장점은 사계절 입을 수 있다는 것이다. 아주 더운 소재만 아니면 여름에는 하나만 입거나 반소매 티셔츠 혹은 민소매 톱과 입고, 봄·가을에는 셔츠나 블라우스 혹은 긴 소매 티셔츠와 입고, 겨울에는 그 위에 코트나 점퍼를 덧입으면 된다. 그래서 표면이 매끈하고 광택이나 무늬가 없고 너무 두껍지 않은 것이 가장 활용도가 높다. 그런데 조끼 안에 입는 옷은 조끼보다 확실히 길거나 조끼 안으로 감추어져 안 보여야 한다. 캐주얼하게 입을 땐 긴 게 좋다.

옷을 다 입은 후 뭔가 밋밋해 보일 때 조끼를 걸치면 백발백중 성공이다. 조끼와 비슷한 색 혹은 비슷한 느낌의 신발을 신어주면 훨씬 자연스럽다. 조끼의 단짝 친구는 가죽 부츠 혹은 남자 정장 구두인 옥스퍼드 슈즈에 가까운 부티다. 남성적인 스트랩 샌들이나 스니커즈도 잘 어울린다. 여기에 중절모나 뿔테 안경 같은 남성적인 소품을 더하면 더할 나위 없이 완벽한 매니시 룩Mannish Look이 된다.

여성스런 원피스 위에도 의외로 잘 어울리는 매치.

조끼의 좌우 섶을 여미지 않고 헐렁하게 입으려면 목걸이도 신경 써야 한다. 벌어진 V존이 길고 크면 장식이 크고 긴 목걸이가, V존이 좁으면 가늘고 단순한 목걸이가 어울린다. 하지만 블라우스나 티셔츠에 리본이나 무늬가 화려하게 들어가 있으면 목걸이를 생략해도 된다.

여름엔 흰 민소매 톱과 입어 노출을 줄인다.

믹스 앤 매치의 기술이 발전하면서 남자 정장 조끼를 연상시키는 디자인을 아주 드레시한 실크 톱이나 원피스 위에 헐렁하게 걸쳐 입는 것도 멋져 보인다.

이렇게 실용적인 옷이기 때문에 안 입는 옷을 조끼로 바꾸는 것도 적극 추천할 만한 방법이다. 아버지에게 오래된 정장 조끼가 있으면 금상첨화고(사이즈만 줄이면 된다), 유행 지난 재킷이나 코트도 조끼로 바꿀 수 있다. 단, 조끼는 진동둘레가 생명이기 때문에 원래 진동둘레 자체가 큰 옷은 수선이 어렵다.

앞섶 없이 뒤집어 써서 입는 풀오버Pull Over 타입 조끼도 수선할 수 있다. 대부분 니트 소재인데 어깨부터 허리선이 일자로 떨어지는 디자인은 상체가 뚱뚱해 보이기 쉽다. 이런 옷은 치마나 바지라도 짧거나 타이트해야 하는데, 만약 그럴 수 없다면(교복 같은 경우) 올이 너무 굵지 않은 소재는 수선집에서 허리선을 약간 들여 박아달라고 하자. 박기만 하고 시접은 그대로 놔둬도 되고, 오버로크 처리를 해도 된다. 조금이라도 S라인이 살아 있으면 훨씬 날씬해 보인다.

헐렁한 기본 티셔츠 위에 조끼를 입어 원피스처럼.

it girl's item 09

Jacket

Jacket 언제든 재킷 하나 걸치고 거리로 나서는 파리지엔의 일상. 재킷을 잘 입으면 천 가지 표정을 지닐 수 있다. 출발은 언제나 쉽게 입을 수 있는 기본 재킷을 찾는 것! 군복처럼 딱딱한 디자인뿐 아니라 샤넬 재킷처럼 부드러운 디자인까지, 자기 이미지를 업그레이드시키는 재킷이 바로 기본 재킷이다. 한 벌처럼 잘 어울리는 옷으로 우아하게, 때론 정반대 느낌의 옷으로 보헤미안이 돼보자.

파리지엔의 낭만, 재킷

enjoy your jacket!

재킷은 군복이나 남자 정장에서 비롯된 옷이라 할 수 있다. 코트와 기원을 같이 하지만 점차 간소화되면서 길이가 줄어들었다. 재킷은 추위를 막는 것 외에 예의를 갖추기 위한 겉옷의 의미가 강했다. 오랫동안 고귀하고 성숙한 남성미의 상징이었기 때문이다. 하지만 19세기에 들어서며 마침내 여자도 그 건축적 균형미를 맛볼 수 있게 됐다.

디자이너 가브리엘 샤넬과 배우 마를렌 디트리히 같은 신여성이 여성 해방의 상징으로서 재킷을 공격적으로 입어댔고, 2차 세계대전 후엔 군복 재킷 디자인이 전 세계 여성들에게 퍼져 나갔다. 현재는 턱시도 재킷이나 블레이저Blazer(스포츠용 재킷에서 유래된 제복풍 상의)처럼 남자 정장에서 빼앗아온 것뿐만 아니라 곡선미를 한껏 살려 바비인형처럼 보이는 트위드 재킷, 케이프Cape(소매 없는 망토식 겉옷) 타입까지 재킷의 종류도 무한대에 가까워졌다.

잇 걸들은 심지어 일명 '야상'이라 불리는 군복 재킷이나 레이스로만 이루어진 속이 훤히 비치는 것을 즐겨 입기도 한다. 재킷 안에서 우리는 또각또각 걸을 수도, 아날로그 카메라를 들고 산으로 들로 떠날 수도 있다. 무한에 가까운 자유가 주어진 만큼 자유롭지만 스타일리시하게 입어보자.

진짜 베이식 재킷은?

시크한 스트리트 스타일로 유명한 파리지엔의 옷차림을 가만히 관찰하면 남녀의 옷차림이 꽤 비슷하다는 걸 발견할 수 있다. 조금은 평범해 보이는 어두운 색 재킷을 즐겨 입는다는 것! 모직이든 가죽이든 면이든 대개는 검은색이지만 베이지나 잿빛, 회색, 감색도 간혹 눈에 띈다. 설령 코트나 점퍼를 입었더라도 옷장에는 그런 재킷이 하나쯤 있다 해도 과언이 아니다. 이 재킷의 특징은 매우 도시적이며 다른 아이템을 받아들이는 포용력이 크다는 것이다. 즉, 회색 모직 재킷에 빨간 머플러 하나만 둘러도 눈부실 만큼 세련돼 보일 수 있다.

그런데 파리지엔 못지않게 재킷에 돈을 쏟아 붓는 우리나라 사람들에겐 왜 그런 느낌이 안 나는 걸까? 한 번만

차분한 색상에 어떤 하의나 이너웨어와도 어울리는 것이 기본 재킷이다.

긴 정장풍 재킷을 터프하게 소화하길 좋아하는
프랑스 배우 루 드와이옹

©REX

쇼핑을 나가보면 금세 이유를 알게 된다. 바로 눈을 어지럽히는 '유행'의 난무다. 작년에는 턱시도 재킷, 더블 브레스티드(버튼이 두 줄로 된 스타일) 블레이저, 가을에는 공주처럼 어깨를 부풀린 디자인 등 계절별로 몇몇 디자인이 시장을 휩쓸어 오히려 기본적인 아이템을 찾기가 힘들다. 자칫 순간의 유혹에 빠지면 돈은 돈대로 쓰고 한철 입고 나면 금세 촌스럽게 느껴지는 것이다.

기본을 선택한다고 한 가지 스타일만 고집하는 것도 문제다. 어느 봄, 홍콩에서 만난 한국 관광객은 한결같이 턱시도 재킷을 입고 있었다. TV를 틀어도 백화점에 가도 오직 한 가지 재킷이 무대를 장악하고 있는 것이다. 자기 피부색에 맞는 색이라면 디자인은 복잡하게 생각할 필요가 없다. 칼라가 목을 감싸든 남성적인 테일러드 칼라든 텐트처럼 퍼진 디자인이든 자기 체형에 제일 잘 맞는 디자인이 자신만의 '기본'인 것이다.

여기서 가장 중요한 문제는 피팅Fitting이다. 거울 앞에 선 모습이 어딘가 어병해 보이는데도 판매원들은 "어휴, 고객님~. 이거 안에다 뭐 받쳐 입으실 거잖아요. '낙낙(넉넉도 아닌)'하게 입으셔야 돼요" 하고 깜찍한 거짓말을 늘어놓는다. 결론부터 말하자면 그런 옷을 사는 순간 스타일리시함과는 안녕이다. 재킷이나 코트는 나체에 입어도 빈틈이 없을 정도로 딱 맞아야 한다. 꽉 낀다는 개념이 아니라 허리선이 들어간 디자인이면 확실히 들어가고, 어깨 폭은 자신의 어깨나 다름없어야 하고, 소매통도 움직임이 불편하지 않을 정도로 날씬해야 한다. 즉, 입었을 때 몸매가 더 섹시하고 균형 잡혀 보여야만 자기 옷인 것이다. 두꺼운 손뜨개 스웨터를 받쳐 입을 작정인데 너무 낄 것 같다고? 차라리 스웨터를 포기하라. 딱 맞는 재킷 안에 안 들어가는 옷은 입으면 안 되는 옷이다.

STYLE TIP

진짜 기본 재킷 알아보기

- 차분한 색 중에서 피부색에 잘 맞는 것. 가능한 햇빛 아래에서도 관찰한다.
- 놀랍도록 몸매가 좋아 보이는 것.
- 가능한 브랜드 제품(할인을 많이 받으면 더욱 좋고!)
- 번쩍이거나, 다른 색이나 무늬가 들어가지 않은 것.
- 소재가 좋으면서도 세탁에 잘 견디고 안감 처리가 잘 된 것.

나의 베스트 재킷은 둘 다 '어둠의 경로'를 통해 구한 것이다. 검은색 테일러드 재킷은 인터넷 옥션의 땡처리 업자에게서, 회색 모직 재킷은 더 이상 입을 일이 없다며 어떤 아기 엄마가 내놓은 10년도 더 된 정장 중 일부분이다. 그런 이유로 둘 다 1~2만 원밖에 안 했는데 브랜드 제품이라 소재와 바느질은 괜찮았다. 워낙 사이즈가 작아 맞는 옷이 없던 차에 우연히 특정 브랜드의 예전 44사이즈가 나에게 딱 맞는다는 사실을 알아냈고, 인터넷 검색을 통해 사들인 것이다. 소매를 조금씩 줄였을 뿐인데 결과는 놀라웠다. "너, 그 재킷 어디 거야? 이번 프라다 아니니? 비싸 보인다?" "넌 장례식에 가면서 뭘 그렇게 차려 입었니?" 단지 딱 맞는 옷을 찾았을 뿐인데, '고급스럽다' '잘 차려 입었다'는 반응이 나온 것이다.

또 하나의 조건은 디테일이다. 너 나 할 것 없이 빅터 앤 롤프Victor&Rolf 스타일의 턱시도 재킷을 사들인 적이 있다. 완전히 검은색인데도 불구하고 이상하게 입기가 어려운 아이템이다. 왜일까? 매끈한 새틴 소재로 처리된 칼라는 단지 소재만 약간 다를 뿐이라지만 엄연히 하나의 장식 요소다. 전체적으로 너무 반듯하고 남성적인 느낌을 주어 꽃무늬 원피스 등과 매치하기엔 부담스럽다. 결국 뭔가를 시도해보려 하다가도 화이트 티셔츠에 검은 스키니 진으로 귀결되고 마는 것이다.

마르고 닳도록 입으려면 단추나 소재 등이 튀지 않아야 한다. 당신은 수백 벌의 명품 옷을 협찬받는 〈섹스 앤 더 시티〉의 캐리가 아니다. 재킷에 대한 욕심을

군복 재킷에서 따온 블레이저는 실루엣이 딱딱하고 단추를 강조한 것이 특징. 헐렁하고 캐주얼한 바지나 레깅스와 입으면 멋지다.

남자 수트 재킷과 같은 테일러드 재킷. 가장 기본적인 디자인이고 네크라인이 깊을수록 날씬해 보이는 효과가 크다.

칼라가 없고 주머니와 헴 라인을 바이어스 테이프로 감싼 샤넬 재킷은 셔츠나 티셔츠, 청바지 등 어떤 옷과도 잘 어울리지만 팔이나 허리가 굵으면 뚱뚱해 보일 수 있다.

밑단이 허리선 위로 올라오는 짧은 재킷이 크롭트 재킷. 보다 짧으면 '볼레로'라 부른다. 전신을 관찰해서 적당한 길이를 찾아야만 키가 커 보인다.

모터사이클을 즐기는 사람들이 주로 입어서 '라이딩 재킷Riding Jacket'이라고도 부른다. 저지 톱, 청바지 같은 캐주얼한 옷과 특히 잘 어울린다.

칼라가 새틴 소재로 된 검은색 턱시도 재킷은 검은색이 들어간 티셔츠, 검은 스키니 진과 입는 것이 대표적 룩.

소매와 밑단이 고무줄 처리돼 캐주얼한 느낌이 강한 블루종. 품에 여유가 있어서 편하고 따뜻하다. 배 부분이 너무 불룩하지 않아야 한다.

반소매나 칠부 소매 재킷은 톱처럼 입는 경우가 많아 소재가 부드럽고 얇은 것이 좋다. 팔이 길고 날씬한 사람에게 어울린다.

망토처럼 풍성한 케이프 재킷은 미니 스커트나 레깅스를 즐겨 입는, 다리에 자신 있는 사람에게 어울린다. 겨울용은 소재도 중요하다.

줄여야 더 많은 스타일을 소화할 수 있다.

어깨선이 둥글고 삼각형으로 떨어지는 실루엣은 마르고 각진 몸매에 여성스러움을 더한다.

허리선이 잘록하고 약간 올라가 있으면, 상하체의 비례가 좋아 보인다.

더블 버튼은 선이 둥글지만 뚱뚱하진 않은 여성적인 몸매를 당당해보이게 한다.

재킷 실루엣이 몸매를 결정한다

재킷을 몇 벌 입어보면 똑같은 몸인데 어쩜 이럴 수 있나 싶을 정도로 옷마다 몸매가 달라 보이는 걸 느낄 수 있다. 비밀은 어깨, 허리선, 칼라에 있다. 당연히 허리선은 S라인이 분명할수록 날씬해 보이지만, 칼라는 좀 미묘한 데가 있다. 칼라가 높더라도 빳빳하게 서 있는 것은 목이 길고 어깨가 반듯해 보이지만 삼각형으로 날개처럼 펴져 있는 것은 그 반대다. 전자의 대표적인 예가 목도리처럼 똑바로 서 있는 퍼넬 칼라Funnel Collar와 군복을 연상시키는 나폴레온 칼라Napoleon Collar다. 극단적으로 마른 사람을 제외하고는 허리선이 확실히 살아 있고 칼라가 어느 정도 서 있는 것이 대체적으로 한국인 체형에 잘 어울린다.

어깨선은 자신의 어깨 모양과 반대인 것이 체형을 보완해준다. 옷을 가만히 놓고 보았을 때 칼라를 포함한 어깨선이 둥글고 처진 모양이면 각지고 올라간 어깨에, 남자 옷처럼 딱딱한 어깨선은 부드럽고 처진 어깨에 잘 어울린다. 칼라는 목 길이와 밀접한 관련이 있다. 목이 짧을수록 넓고 깊게 팬 디자인이 좋다. 목이 심하게 굵고 짧으면 아예 칼라 없이 깊게 팬 브이넥이 가장 좋다. 반대로 목이 가늘고 길면 목 주위에서 부채처럼 넓게 펼쳐지는 플랫 칼라Flat Collar나 목 전체를 가리는 스탠드 칼라Stand Collar가 좋다. 목선과 어깨선은 함께 따져봐야 한다. 소매는 팔이 짧을수록 손목뼈를 넘는 길고 가는 소매가, 팔이 길면 7부나 5부 길이의 풍성한 소매가 어울린다.

재킷 길이에도 최적이 있다. 자신의 몸통에서 가장 굵은 부위에서 끝나지 않아야 한다. 즉, 배가 나온 사람이 가장 불룩한 배 부분에서 끝나는 재킷을 입으면 안 되며, 하체비만이라 엉덩이가 큰 사람이 가장 넓은 부위에서 끝나는 것을 입으면 안 되는 것이다. 최상의 선택은 그 부분을 절묘하게 피하는 것! 완전히 가려주는 긴 것이나 아주 위로 올라간 짧은 크롭트 재킷Cropped Jacket을 입는 것이다.

재킷은 허리선으로 체형을 커버하기 쉽다. 자기 허리선보다 약간(1~3cm) 높고 잘록하게 들어간 것이 동양인에게 잘 어울린다(만약 하체가 너무 길어 고민인 사람이면 반대로 허리선이 약간 낮은 것이 어울릴 것이다). 허리가 일자인 사람은 약간이라도 허리가 들어간 디자인을 골라야 한다. 비쩍 말랐지만 허리도 일자인 사람은 잘록한 허리선에 벨트가 달리거나 고무줄이 들어간 것이 좋다. 어깨부터 허리까지 A라인으로 퍼지는 복고풍 재킷은 어깨가 넓고 허리가 가늘며 하체가 빈약한 체형에만 어울린다.

단추가 몇 줄이냐(브레스티드)도 체형을 크게 달라 보이게 한다. 싱글 버튼은 납작한 몸을 통통해 보이게 하지만 좌우 폭은 좁아 보인다. 더블 버튼은 그 반대

칼라가 서고 허리가 들어간 재킷은 당당하고 날씬해 보인다.

다. 그래서 몸이 오동통하지만 좌우 폭은 그리 넓지 않은 여성적 체형에는 더블 버튼이, 몸이 마르고 납작해서 좌우로 넓어 보이는 사람은 싱글 버튼이 잘 어울린다.

언제나 고민하게 만드는(모델이 입은 것을 보면 너무 예쁘기 때문에) 칠부 소매나 퍼프 소매는 팔다리가 가늘고 길어야만 제 기능을 한다. 특히 가슴부터 아래로 갈수록 넓게 벌어지는 텐트형(전문 용어로 트라페즈 라인Trapeze Line)에 소매까지 짧은 디자인은 목과 사지가 긴 모델 체형만이 제대로 소화할 수 있다. 샤넬 재킷으로 대표되는 노칼라 재킷이나 코트는 심플해서 날씬해 보이지만 캐주얼한 아이템과 믹스 앤 매치하는 것이 훨씬 스타일리시하기 때문에 생각 없이 막 입을 아이템은 아니다. 칼라 역시 둥글납작한 플랫 칼라 같은 귀여운 디자인은 체구가 자그마한 사람에게, 숄 칼라처럼 우아한 디자인은 큰 사람에게 훨씬 더 잘 어울린다.

재킷 조금 다르게 입기

재킷을 너무 어렵게 생각하는 게 문제다. 그냥 매일 입는 청바지에 탱크 톱이라도 재킷 하나만 걸치면 스타일리시해진다. 관건은 고정관념을 파괴하는 것이다.

재킷과 비슷한 느낌의 옷을 받쳐 입는 건 누구나 할 수 있다. 전혀 다른 느낌의 아이템을 매치하거나 소매를 걷어 올린다든지, 소매를 허리에 묶는다든지(물론 그럴 수 없는 디자인은 제외) 하는 식으로 한 단계 업그레이드할 수 있다. 이런 과격한 믹스 앤 매치에 도전할 땐 색감을 비슷하게 통일하는 게 좋다. 재킷과 구두, 재킷과 스카프, 재킷과 가방 등 적어도 두 가지는 같은 색으로 맞춰준다. 만약 재킷 색이 빨강처럼 너무 강렬한 것이면 립스틱만 빨간색을 바른다든지, 같은 색이되 연한 톤인 핑크색 셔츠를 입는 식으로 작은 부분에 비슷한 색을 더한다. 남성복 착장법을 참고하자. 꼭 맞는 재킷 하나면 자연스런 스타일을 만들 수 있다.

재킷과 느낌이 전혀 다른 아이템을 섞어 입을 땐 같은 색이 골고루 들어가게 하면 자연스럽다.

it girl's item 10

Suit

Suit 아직도 정장은 일 년에 하루 이틀만 입는 옷이라고 생각하는가? 잘 고른 정장 한 벌은 평소에 캐주얼보다 멋지게 입을 수 있고, 특별한 날에는 공작처럼 화려한 변신을 약속하는 마법의 아이템이다. 일 년 내내 정장 한 벌을 나누고 꾸며서 입는 달인의 센스를 훔쳐볼 것!

남성적인 검은색 테일러드 수트를 사랑하는 패션 디자이너, 스텔라 매카트니

©STELLA MCCARTNEY

캐주얼보다 스타일리시하게 입는 정장

enjoy suit! suit!

영어로 수트Suit, 불어로 앙상블Ensemble은 모두 한 벌로 입는 옷을 말한다. 수트가 같은 소재, 같은 색으로 된 상하의를 의미하는 반면, 앙상블은 한 벌로 어울리기만 하면 된다는 포용력이 있다. 전자가 '통일'이라면 후자는 '조화'랄까? 사실은 조금 다른 개념이지만 우리나라에선 수트나 앙상블을 '정장'이란 카테고리에 밀어 넣곤 한다. 또 면접이나 경조사, 극도로 보수적인 직종의 전유물로 여긴다. "어휴, 비싸게 주고 샀는데 요즘 정장 입을 일이 없네" "첫 출근인데 정장을 입어야겠지?" 이것은 정장에 대한 고정관념을 적나라하게 드러내는 말이다.

예전 여대생들은 3~4학년만 되도 정장을 많이 입었다. 나도 취업 직후에 부지런히 정장을 사 모았던 것 같다. '강마에'처럼 쫙 빼입어야 커리어우먼이 될 수 있고, 지성인으로서 값을 한다고 생각했던 것 같다. 하지만 아무리 기억을 더듬어도 우리에게 '스타일'은 없었다. 오히려 그 중 살아남은 한두 아이템을 요즘 옷과 섞어 요긴하게 입을 때가 많다.

창의적이며 우아하게 정장을 소화했던 잇 걸, 재키 케네디

비틀즈 폴 매카트니의 딸이자 스타 디자이너인 스텔라 매카트니Stella McCartney는 아버지가 유행시킨 모즈 룩Mod's Look풍의 검은 바지 정장을 유니폼처럼 즐겨 입는다. 전설적 디자이너 가브리엘 샤넬도 자신이 만든 트위드 수트를 일할 때 작업복처럼 입었다. 사상이 담긴 정장 차림에선 카리스마가 묻어난다.

언젠가 유럽 사람들이 닳아빠지도록 정장을 입는 것을 보고 신선한 충격을 받은 적이 있다. 특히 프랑스 사람들은 매일같이 입는 정장 재킷이나 치마 같은 것이 하나쯤 있는 것 같다. 오래된 모직 재킷에 캐시미어 스웨터를 받쳐 입고 시장에 가는 아주머니, 무릎길이 펜슬 스커트에 꽃무늬 블라우스를 입고 화초에 물을 주는 할머니. 얼마나 스타일리시한가? 특별한 날이면 따로따로 떨어졌던 옷들이 원래 모습대로 근사한 한 벌을 이룬다. 그들에겐 우리가 생각하는 '정장'이 일상복일뿐더러, 얼마든지 펼쳤다 모았다 할 수 있는 실용적인 아이템인 것이다.

남자들도 '쿨 비즈 룩Cool Biz Look(넥타이 없이 셔츠만 입는 등 격의 없이 시원하게 입자는 생각)'을 주장하는 요즘, 여자에게 한 벌짜리 정장에 화이트 셔츠나 검은 펌프스Pumps를 강요하는 회사는 거의 없다. 이젠 '정장=일 혹은 행사용'이란 고정관념을 버리자. 정장은 무한대에 가까운 스타일을 펼칠 수 있는 놀이도구 같은 옷이어야 한다.

©DSQUARED

©DSQUARED

가장 편하게 입을 수 있는 아이템으로만 기본 정장을 구성한다.

치마 정장? 바지 정장?

'정장' 하면 바지 정장, 치마 정장 두 가지만 떠올리는 게 보통이지만, 사실 재킷과 원피스, 코트와 바지 등 의외의 조합도 얼마든지 가능하다. 모처럼 정장을 장만할 때의 기준은 평소 자신이 가장 편하게 입는 아이템들이어야 한다는 것이다. 그렇잖아도 정장 자체에 강박증이 있는데 평소 전혀 입지 않는 아이템이 모여 있기까지 하면 한 번 입고 방치할 확률 100%다. 장례식에도 입고 갈 수 있는 어두운 색과 자신이 가장 좋아하는 다른 색, 총 두 벌을 장만하는 게 좋다. 좋아하는 색 정장은 특히나 평소 편하게 입는 아이템으로만 구성된 것이라야 한다. 재킷 하나에 바지 하나, 치마 하나, 혹은 코트에 원피스와 치마 등 자신이 원하는 아이템을 모은 스리피스Three Piece면 한 벌로도 여러 벌처럼 다양하게 입을 수 있다.

거의 모든 사람에게 어울리는 디자인은 남성적인 테일러드 칼라 재킷에 무릎 아래가 약간 퍼진 부츠 컷 바지, 혹은 일자로 떨어지는 펜슬 스커트 세트다. 재킷을 열어서도 여며서도 입을 수 있고, 칼라를 뗐다 붙였다 할 수 있는 것처럼 변화 요소가 있으면 훨씬 실용적이다.

정장의 생명은 좋은 소재와 완벽한 피팅에 있다. 과거엔 정장을 입고 잘 어울린단 느낌이 든 적이 없다. 어딘가 모르게 엄마옷 같고 촌스러웠다. 그땐 단지 키가 크고 늘씬하지 않은 탓이라 생각했다. 하지만 그건 피팅의 문제였다. 대충 44~55 사이즈 옷을 사서 팔다리 길이만 싹둑 잘라 아톰 같은 모양으로 입었던 것이다. 우연히 나에게 딱 맞는 정장을 발견한 후, 체형만이 문제가 아니었다는 사실을 깨달았다. 좋은 피팅이란 소매통, 허리선 위치, V존의 모양과 길이, 바지통과 길이 등이 완벽하게 자기 몸에 딱 맞는 것이었다. 바비인형 옷처럼 완벽한 정장은 다리는 길게, 허리는 잘록하게, 가슴은 크게 만들어줬다. 뿐만 아니라 재킷은 재킷대로, 바지는 바지대로 다른 옷과 맞춰 입을 수 있어 활용도가 무한에 가까운 효자 아이템이었다. 소재도 중요하다. 사계절 두루 입으려면 얇고 조직이 촘촘한 모직이 가장 좋다. 번쩍이거나 무늬가 많이 들어간 것보다 무광에 조직감이 약간 느껴지는 까슬한 게 다른 옷과 매치하기 편하다. 색은 꼭 한 가지로 통일할 필요는 없다(장례식용은 제외). 한 벌처럼 느껴지기만 한다면 각기 다른 색으로 하거나 한 쪽에만 무늬가 들어가도 괜찮다. 항상 색이 밝거나 무늬가 들어간 쪽이 더 시선을 끈다는 것만은 명심할 것!

싸고 좋은 정장 한 벌 장만하기

백화점이나 디자이너 브랜드 정장은 깜짝 놀랄 만큼 비싸다. 하지만 그런 브랜드라고 모두 좋은 소재를 쓰는 건 아니다. 그렇다고 아주 저가 물건에서 괜찮

완벽한 피팅이 정장을 좋아하게 만든다.

은 소재를 기대하기도 어렵다. 기성복 중에서는 주로 정장이 나오는 브랜드가 좋다. 그 중 고가 모델을 보면 울이나 실크 소재 제품이 많은데, 이런 제품을 할인가에 사는 게 현명하다. 늘 그렇듯 폴리에스테르나 나일론이 주를 이루는 소재엔 비싼 값을 치를 필요가 없다. 최대한 주름 없이 매끈하게 흐르는 사이즈를 사서 조금이라도 큰 곳은 다 줄인다. 이 과정은 제2의 창조나 다름없다. 특히 재킷 허리가 쏙 들어가도록 줄이는 게 가장 중요하다. 어깨선이 맞고 허리선이 살아 있으면 값비싼 브랜드가 아니라도 세련되고 고급스러워 보인다. 이 작업을 거치지 않고 벙벙한 채로 입으면 순식간에 유한마담이나 학부모처럼 보인다. 정장은 한 벌이기 때문에 신체 비례가 더 적나라하게 드러나 보인다. 허리가 긴 체형은 허리선을 살짝 올려 수선하는 것도 좋다. 단, 어깨나 품이 큰 옷은 애초부터 안 사는 게 경제적인 방법이다.

Style TIP

정장 예쁘게 수선하기

- 어깨선은 가능한 건드리지 않는다. 넉넉한 것이 아니라 약간 불편한 듯하면서도 끼거나 팔뚝 살이 튀어나오지는 않는 것이 딱 맞는 어깨너비다. 1cm 차이로 옷의 느낌이 확 달라진다.
- 허리가 들어간 디자인인 경우 전신을 관찰한 후 이상적인 허리 높이에 표시를 하고 실제 허리에 꽉 낄 정도로 더 파준다.
- 재킷 길이가 어정쩡하면 다리가 짧아 보인다. 숏 재킷은 허리선 아래 10cm 정도, 중간 길이는 가랑이를 가릴 듯 말 듯할 정도, 롱 재킷은 무릎 윗부분까지 오도록 길이를 조정한다.
- 칼라가 목을 덮어 답답한 느낌이면 브이넥이나 라운드넥의 노칼라 재킷으로 바꿀 수 있다. 하지만 테일러드 칼라(브이넥)는 다림질을 해서 깊이를 늘여도 어색한 경우가 많다.
- 대부분 소매 길이에만 신경 쓰는데 소매통도 딱 맞게 줄이면 놀랄 만큼 섹시해진다. 팔 굵기도 사람마다 다르다.
- 치마 허리를 줄인다면 폭도 같이 줄여주는 게 좋다. 허리만 줄이면 치마가 좌우로 벌어진다.

현대 정장의 본고장인 유럽인은 아르마니Armani나 구찌Gucci 등 디자이너 브랜드가 아닌, 골목 사이의 유서 깊은 양복점에서 자신이 원하는 천을 골라 정장을 맞춘다. 크리스찬 디올Christian Dior이나 샤넬Chanel 같은 디자이너 하우스도 본래 상류층 여성들의 맞춤복(오트쿠튀르) 전문점이었음을 떠올려보라. 프랑스나 이탈리아의 멋쟁이 여성들은 돈이 별로 없어도 모으고 모아서 최고의 정장을 맞춰 평생 입는다. 시상식에 등장하는 셀레브리티도 엄청나게 오랜 시간을 피팅과 가봉에 투자한다.

우리나라에도 여성용 정장 맞춤점을 표방하는 곳이 꽤 많다. 하지만 실상을 들여다보면 주로 유흥업소 종사자를 위한 화려한 디자인에 별로 좋지 않은 소재를 쓴 것이 대부분이다. 또 44나 77 같은 특수 사이즈만 따로 제작해주면서 맞춤이라 주장하는 경우도 많다. 차라리 남성복 맞춤점 중에서 여자 정장을 취급하는 곳이 품질이 좋다. 대신 디자인도 남성 정장과 비슷하게 심플한 것이 많다. 55나 66으로 표기된 샘플을 입어보고 대충 조정하는 것보다 신체 치수를 다 재서 옷본을 만들고 가봉을 하는 것이 정

통이다.

기성복 중에서 맞춤 같은 옷을 발견하려면 평소에 매장에서 많이 입어보고 자신에게 딱 맞는 몇몇 브랜드와 사이즈를 알아놓아야 한다. 나도 이 방법으로 우연히 성공한 적이 있다. 옥션이나 지마켓 같은 이마켓 플레이스에서 원하는 브랜드와 사이즈의 중고 정장을 사는 것이다(물론 어깨둘레, 가슴둘레, 소매 길이, 허리둘레, 재킷 길이 등 실측 사이즈도 반드시 자기 사이즈와 맞춰봐야 한다). 모두 고급 숙녀복 브랜드라 소재와 봉제는 훌륭하다. 여기서 허리선이나 소매 길이처럼 안 맞는 부분, 목선이나 단추처럼 유행에 안 맞는 부분을 추가로 수선해서 맞춤처럼 만드는 것이다. 옷장 속에 오래 묵었던 옷도 수선을 마친 후 드라이클리닝을 하면 새 옷처럼 번듯하게 재탄생한다. 사람들이 다들 어디 거냐고 묻는 내 바지 정장은 어떤 주부가 결혼 후 10년간 묵혀놨다며 1만 원에 내놓은 것이다.

정장 한 벌, 캐주얼보다 스타일리시하게 입기

정장 한 벌로 얼마나 다양하게 스타일리시한 옷차림을 만들 수 있을까? 화이트 셔츠나 블라우스밖에 떠올리지 못하기 때문에 정장이 더욱 어렵고 귀찮게 느껴진다. 정장은 딱딱한 느낌일수록 무한대로 변신할 수 있다. 하얗게 빈 화선지에 담채화를 그릴 수 있듯이 말이다.

일단 신축성 있는 라운드넥 혹은 캐미솔 톱이 기본이다. 색이 화려하면 보수적인 정장에 포인트가 된다. 단순하고 컬러풀한 톱에 목걸이나 팔찌 같은 액세서

하나만 입으면 부담스러운 레이스 달린 실크 톱도 정장 안에선 여성스러움으로 작용한다
보수적인 정장에 화려한 스타킹으로 섹시함을 더한다.

리만 해줘도 스타일리시하고 도시적인 느낌이 살아난다. 면은 너무 캐주얼한 느낌이 나기 때문에 약간 광택이 있고 매끈한 실크 느낌이 더 잘 어울린다. 그냥 입으면 부담스러운 레이스 소재도 정장 안에 입으면 여성스럽고 섹시하게 표현된다. 얇은 캐시미어 스웨터도 정장과 찰떡궁합이다. 유럽 상류층이 사랑하는 업 타운 스타일이 된다. 단, 조직이 거칠거나 두꺼워서 재킷의 실루엣을 망치는 스웨터는 재킷 없이 하나만 입거나 안에 실크 톱을 받쳐 입는다.

스웨터와 카디건 트윈 세트는 어떤 정장 바지나 치마 위에도 입을 수 있는 든든한 친구다. 여기에 진주 목걸이를 하면 1950년대풍 글래머 느낌이 나고, 여성스런 팔찌형 시계와 잘 어울린다. 만약 재킷 단추가 높이 올라오는 디자인이면 안에 아무것도 안 받쳐 입는 것도 스타일리시하다. V존이 좁은데 억지로 톱이나 블라우스를 입으면 답답하고 보수적으로 보인다. 가슴골이 보일 듯 말 듯하게 열어놓고, 브로치나 벨트를 더하면 훨씬 세련돼 보인다. 노출이 적은 치마 정장에는 장갑을 끼거나 모자를 쓰거나 무늬가 화려한 스타킹을 신어서 큰 변화를 줄 수 있다. 몸에는 오히려 시선이 잘 안 가므로 체형에 콤플렉스가 있는 사람은 어둡고 노출이 적은 치마 정장이 해답이 될 수 있다.

연예인처럼 정장 재킷에 티셔츠나 청바지를 받쳐 입고 싶을 때 스타일을 망치지 않는 방법은 뭘까? (이 스타일은 자칫 잘못하면 남성 화류계 종사자처럼 보이기 십상이다.) 주제어는 바로 '통일감'이다. 정장 재킷은 캐주얼 재킷과 달리 아무래도 소재나 실루엣 자체가 격식 있는 느낌이 강하다. 받쳐 입는 티셔츠의 색상이나 질감 중 하나라도 재킷과 자연스럽게 어울려야 한다. 예를 들어 검은색 실크 정장 재킷 안에 질감이 전혀 다른 면 티셔츠를 입을 땐 무늬라도 검은 색이 들어간 게 좋다. 만약 티셔츠의 질감과 색상이 모두 재킷과 다를 땐 스카프나 목도리에 재킷 색이 들어가게 하는 등 비슷한 요소를 더한다. 그것도 아니면 딱 달라붙게 입어서 정장 재킷의 실루엣에 맞춰주는 게 좋다.

모양은 티셔츠라도 결이 곱고 부드러우며 딱 달라붙는 것은 톱처럼 정장 재킷에 어울린다. 청바지는 워싱이 안 들어가고 정장 바지처럼 똑 떨어지는 것이 가장 잘 어울린다. 청바지가 너무 따로 노는 것 같으면 그레이 진이나 블랙 진을 고려해볼 것! 특히 검은색 정장 재킷에 블랙 진은 무리 없이 녹아든다. 키가 커 보이려면 티셔츠와 바

©MOSCHINO

받쳐 입는 옷은 정장 아이템과 같은 색 무늬를!

©MOSCHINO

정장에 어울리는 가방, 목도리, 안경 등을 다양하게 활용해본다.

지 색을 통일하는 것(스카프나 벨트로 포인트를 주는 게 좋다)이 가장 효과적이고 재킷과 바지 색을 맞추는 것이 그 다음이다.

정장에 드는 가방이라고 꼭 정장풍일 필요는 없다. 다만 숄더 백일 경우 어깨에 멨을 때 어깨 실루엣을 망치지 않아야 하고 토트 백이면 발목까지 줄줄 늘어지지 않아야 한다. 치마 정장에 가장 어울리는 가방은 손잡이가 위에 달린 각 잡힌 토트 백이다. 치마 정장을 자주 입는 사람은 하나쯤 장만해두는 게 좋다. 구두는 베이지색이 가장 무난하고 정장 색과 비슷하게 맞춰주면 문제없다. 온몸을 어두운 색 정장으로 통일했으면 빨간 하이힐처럼 화려한 구두로 포인트를 주는 것도 좋다.

딱딱한 정장 재킷에 흐르는 듯 부드러운 옷을 받쳐 입어본다.

©SONIA RYKIEL

패션계의 전설, 케이트 모스

©REX

Katherine Ann Moss

PROFILE

Name Katherine Ann Moss
Birthday 1974.1.16
Occupation 모델, 패션 디자이너
Career 캘빈 클라인, 구찌, 돌체 앤 가바나, 루이 비통, 샤넬, 디올 등 거의 모든 디자이너 브랜드 모델. 톱 숍Top Shop에서 디자인.
Hobby 스타일링, 노래, 클러빙
Speciality 마약 중독자같이 깡마르고 창백한 여자 붐을 일으킨 '헤로인 시크Heroin Chic'의 본좌. 코카인 중독에 빠지기도 했지만 재기함.

PARIS SEXY! I ♥ NY

패션계의 전설로 기록될 이 놀라운 모델은 1980년대 슈퍼모델 중 최후의 승자라 할 수 있을 것이다. 패션모델이 엄청난 개런티와 외모, 가십거리로 연예인보다 우상화되던 시절이 있었다. 바로 1980년대 후반인데 클라우디아 쉬퍼, 나오미 캠벨, 크리스티 털링턴, 신디 로퍼 등이 그 주인공이다. 그들이 런웨이, 광고, 영화를 휩쓸고 있을 때 스톰 모델 에이전시가 한 말라빠진 소녀를 발굴했다. 멍한 표정에 화장기 없고 깡말라서 양 무릎도 잘 닿지 않는 14세 소녀 때문에 글래머러스한 슈퍼모델의 전성기는 막을 내렸다 해도 과언이 아니다. 사실, 21세기를 눈앞에 둔 세기말적 분위기가 그녀를 필요로 했던 것이다.

케이트 모스는 마치 1960년대 트위기의 등장처럼 강렬했다. 그녀를 주인공으로 한 유니섹스적인 캘빈 클라인 향수와 속옷 광고가 새로운 사조를 대변했다. 하지만 더 놀라운 건 케이트 모스가 단지 모델 에이전시에 의해 만들어진 가공의 인물이 아닌 시대의 아이콘으로 증명되었다는 것이다. 화려하지 않지만 문화적이고, 섹시하지 않지만 시크한 스타일이 전 세계로 퍼져 나가기 시작했다. 종종 보헤미안 스타일로 치부되긴 하지만, 그녀가 추구하는 것은 거칠지만 여성스럽고 전통적이면서도 혁신적인 오소독스한 이미지다. 자신의 마른 몸매를 이용해 1960~90년대에 이르는 영국식 모던 스타일을 제대로 구현했다는 평을 받는다. 특히 '런던' 하면 떠오르는 '낡은 블랙'을 그녀만큼 세련되고 조화롭게 입어내는 사람이 없다. 단지 유행시킨 아이템만 봐도, 스키니 진과 청키 힐(두껍고 굽이 높은 구두), 머플러, 블랙 재킷, 긴 모피 코트, 체크무늬 셔츠, 라이딩 부츠Riding Boots(승마용 부츠) 등 셀 수 없을 정도이고, 시에나 밀러가 자기 스타일을 따라했다는 이유로 싸우기까지 한 걸 보면 자부심도 대단하다.

한 차례의 약물 소동에도 스타일은 그녀를 지켜주는 든든한 보디가드였다. 그녀는 〈포브스Forbes〉 지가 꼽는 갑부의 반열에 올라섰고, 불혹을 바라보는 지금도 수많은 디자이너 브랜드 캠페인 모델로 뛰며 십대 소녀들의 워너비로 굳건히 자리하고 있다.

it girl's item 11

Coat

Coat 코트 자락을 휘날리며 낙엽 뒹구는 거리를 걸어보고 싶다. 진한 에스프레소에 음악이 어우러지는 카페 뒤 마고의 우울과 낭만……. 모두들 '코트' 하면 이런 풍경을 한 번쯤 떠올리지만, 사실은 미쉐린 타이어처럼 오동통해 보이는 게 발등의 불이다. 코트 하나로 날씬하게, 질리지 않게, 가을부터 봄까지 쭈욱 살아남는 법.

기본 중의 기본인 트렌치 코트. 스타일링에 더 많이 신경 써야 한다.

코트, 지루하지 않게 입기

enjoy coat! coat!

©PARC FILM

파리의 우울과 낭만, 영화 〈러브 스토리〉, 그리고 바바리 코트를 입은 남자……. 이토록 복잡다단한 상념을 한꺼번에 불러올 수 있는 옷이 있을까? 불치병에 걸린 비련의 여주인공처럼 낙엽 지는 플라타너스 사이를 걷거나 빨갛게 언 손을 호호 불며 자기 하나 나 하나 군밤을 까먹기 위해선 반드시 코트라는 드레스 코드를 지켜야 한다. 고독과 사랑. 코트가 의미하는 바는 바로 이것이다. 고독한 일상에 지친 나머지 소녀들에 대한 애정을 과도하게 표현하는 '바바리 맨'도 그래서 코트를 걸치는 것이리라.

코트는 그 어떤 외투보다 극적이다. 학창 시절 사랑해 마지않던 순정 만화 주인공들은 한결같이 코트를 입었다.《캔디》의 테리우스나《베르사이유의 장미》의 오스칼이 가죽 재킷을 입었다면 수많은 소녀들의 심금을 울릴 수 있었을까? 드라마 〈겨울 연가〉의 두 주인공이 오리털 파카를 입었다면 그 시리도록 안타까운 사랑을 표현할 수 있었을까?

이 모든 감흥을 제대로 느끼려면 코트란 옷을 정확하게 이해해야 한다. 내게는 자칫 아름다울 뻔(?)한 추억이 하나 있다. 고교 시절 음악 동호회에서 알게 된 한 오빠를 대학로에서 따로 만났다. 낙엽이 흩날리고 커피 향이 은은하게 감도는 11월 저녁 무렵이었다. 구하기 힘든 모 가수의 유작 앨범을 기꺼이 양보하겠노란 그 오빠와 소박하지만 따스한 첫사랑에 빠지기 딱 좋은 상황 아닌가?

하지만 난 결코 그 오빠와 맺어질 수 없었다. 횡단보도에 선 오빠의 '떡볶이 코트(더플 코트)'가 문제였다. 코트의 단추(토글) 사이사이를 연결한 고리가 끊어질 듯 부풀어 있었기 때문이다. 그저 약간의 복부비만일 뿐일 텐데 오빠는 왜 하필 떡볶이 코트와 고리로 하이라이트를 준 걸까? 염치없지만 앨범을 받은 은혜를 갚지는 못했다. 미쉐린 맨Michelin Man처럼 팽팽한 떡볶이 코트가 나로 하여금 연락을 두절하게 만들었던 것이다.

기본 코트

©TOMMY HILFIGER

클래식 코트 1 + 유행 코트 1로 승부하라

'코트' 하면 트렌치 코트Trench Coat(일명 바바리 코트)를 떠올리는 사람이 많다. 영국에서 탄생한 트렌치 코트는 이상하리만치 프랑스에서 히트해서 우리나라에까지 안착했다. 지난봄엔 거의 전 국민이 트렌치 코트를 입고 있는 이상 현상을 발견하기도 했다. 흔히 "베이지색 트렌치 코트가 제일 무난하겠지?" 하고 생각 없이 거금을 투자하곤 하는데, 사실 아주 기본적인 디자인일수록 입기 어렵다. 너무 많은 사람들이 입는데다 별다른 생각 없이 기본 아이템만 받쳐 입으면 초라해 보이기 쉽기 때문이다. 프랑스 배우 샤를로트 겡스부르 Charlotte Gainsbourg처럼 세련되게 트렌치 코트를 소화하기 위해선 단추를 여는 정도라든지, 벨트 묶는 법, 스카프나 가방 매치 등에 대한 영민한 계산이 필요하다. 스스로 패션 감각이 별로라고 생각한다면 디자인은 기본적인 것이라도 색깔이 튀는 코트가 낫다. 비슷한 색이나 보색 아이템을 받쳐 입는 것만으로도 굉장히 신경 쓴 것처럼 보인다. 심지어 올 블랙이나 올 브라운으로만 받쳐 입어도 코트와 색 대비가 돼서 세련돼 보인다. 특히 겨울 코트는 무조건 검은색만 고집하지 말자. 눈 오는 날 눈부신 아이보리나 춥고 칙칙한 거리에 한 점 불꽃처럼 보이는 빨간 코트는 얼마나 매력적인가? 검은색 코트는 관리를 잘못하면 먼지가 붙기 쉽고, 정말 실루엣에 신경 쓰지 않으면 초라해 보일 수도 있다. 사실 가장 좋은 방법은 검정, 베이지 등 아주 기본적인 디자인 하나와 앞으로 몇 년은 유행할 디자인으로 화사한 색을 하나씩 갖추는 것이다. '기본 코트'는 비싸고 보온성이 좋은 것으로, '유행 코트'는 조금 저렴하고 그리 춥지 않은 날 입는 용도가 좋다.

유행 코트

©MARC by MARC JACOBS

이브닝 코트

©GIORGIO ARMANI

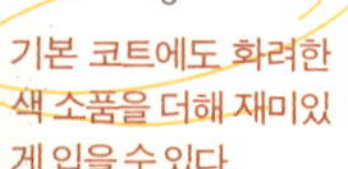

기본 코트에도 화려한 색 소품을 더해 재미있게 입을 수 있다.

여기에 하나를 더한다면 이브닝 코트Evening Coat다. 본래 드레스 위에 입는 코트를 말하는데 하나만 입으면 원피스처럼 보일 만큼 드레시한 디자인이다. 대개 옷의 실루엣을 망치지 않도록 얇고 가벼우며 광택 있는 소재로 되어 있고 앞이 열려 있다 뿐이지 언뜻 원피스처럼 보인다. 이십대 중반만 돼도 저녁 모임이나 파티에 갈 일이 생기기 마련인데 노출 심한 원피스 위에도 우아하게 입을 수 있다. 이브닝 코트를 하나 장만해놓으면 남자친구와의 기념일에 호텔 레스토랑에서 식사를 하더라도, 두꺼운 겉옷 때문에 어색해하고 쭈뼛거릴 필요가 없다. 특별한 날 입는 원피스와 가장 잘 어울리는 색과 소재로 한다.

코트 멋지게 열어 입는 기술

'코트' 하면 가장 먼저 떠오르는 이너웨어가 터틀넥 스웨터다. 추위도 막아주고 왠지 낭만이 솔솔 피어오르는 것 같다. 하지만 색이나 조직 선택에 신중을 기하지 않으면 답답하고 촌스럽기 쉽다. 절대불변의 법칙은 코트의 실루엣을 망치지 않도록 받쳐 입는 옷이 얇고 부드러워야 한다는 것이다. 색도 중요하다. 받쳐 입는 옷이 겉옷보다 어두운 색이면 몸은 날씬해 보이고 어깨는 넓어 보인다. 반대의 경우는 가슴이 커 보이는 대신 어깨는 좁아 보인다. 최대한 크고 날씬해 보이려면 코트를 조금 밝은 색으로 하고 상의와 하의를 비슷한 계통의 어두운 색으로 통일한다. 사실 재킷이나 코트를 완전히 여는 것만으로도 11자 선이 생기면서 어느 정도 날씬하고 세련돼 보이는 효과가 있다.

또 다른 문제는 그 공간을 어떻게 채울 것이냐다. 목걸이, 스카프, 벨트를 매치할 수 있는데 스카프는 목이 길고 얼굴도 작을 때 최대의 효과를 낸다. 스카프가 어울리는 코트는 크지 않고 납작한 것이다. 스카프 하나만 짧게 매면 허리 부분이 휑해 보일 수 있기 때문에 스카프 혹은 하의와 비슷한 색의 가는 벨트를 매면 좋다. 벨트 하나만 맬 땐 좀 굵은 것도 괜찮다. 목이 굵고 짧으며 얼굴도 크다면 V자로 길게 늘어지는 목걸이가 낫다. 진주 목걸이처럼 몇 겹을 두르는 디자인은 아무리 길어도 첫 번째 고리가 배꼽 위 5cm 이하로 내려오지 않게 해야 하체가 짧아 보이지 않는다. 물론 목걸이는 코트, 시계 등의 색과 어울려야 한다. 코트에 흰색이 들어가 있으면(주로 트위드 소재) 진주나 크리스털이, 원색이면 금색이 더 잘 어울린다. 검은색이나 베이지색 코트엔 어떤 액세서리도 어울리지만, 무광 금색 액세서리를 하면 럭셔리한 느낌이 살아난다. 단, 무늬나 색이 아주 화려한 톱을 받쳐 입었을 땐 어떤 액세서리도 안 하는 게 좋다. 대신 작은 귀걸이나 시계, 팔찌로 해결한다.

만약 코트를 열어 입었을 때 11자가 아닌 A라인을 이루면 어깨가 좁아 보이고

©DRIES VAN NOTEN

허리가 굵어 보인다. 이런 옷은 어깨는 남자처럼 넓고 몸이 마른 체형에만 어울린다. 반대로 Y자로 열리면 어깨가 좁고 허리와 엉덩이가 통통한 체형을 보완해준다. 또 긴 코트를 열어 입었을 땐 미니 스커트나 반바지가 특히 잘 어울리고, 짧은 코트에는 긴 톱이 의외성을 부여한다.

소재, 믿을 건 눈과 손밖에 없다

코트 소재 중 가장 흔한 것이 울Wool이다. 울은 보통 양모羊毛로 공기를 풍부하게 함유해서 따뜻하고 정전기가 없다. 하지만 울을 기준으로 그보다 좋은 소재도, 못한 소재도 얼마든지 있다. 한 번 장만하면 몇 년을 입어야 하는 만큼 좋은 소재를 찾는 건 당연하다. '섬유의 보석'으로 불리는 캐시미어Cashmere는 인도 카슈미르 지방에 사는 캐시미어 염소나 티베트산 염소의 솜털로 짠 직물이다. 가볍고 매끄러우며 따뜻해서 춥고 스산한 유럽 기후에 이보다 좋은 섬유가 없기에 유럽의 제국주의자들은 그야말로 미친 듯이 캐시미어를 약탈했다. 동양인들이 구찌나 루이비통 같은 브랜드에 목숨을 거는 대신 서양인들은 지금도 좋은 캐시미어 코트나 수트를 장만하기 위해 돈을 모은다.

모름지기 모毛의 세계에선 좋은 섬유일수록 채집하기도 짜기도 어렵기 마련이다. 캐시미어는 염소 4~6마리면 스웨터 한 장을 짤 수 있을 만큼 생산량이 적다. 요즘은 저급이나마 몇만 원짜리 캐시미어 스웨터도 많다. 캐시미어를 찾아야 할 아이템은 겨울용 코트나 스웨터처럼 따뜻하고 가벼워야 하는 옷이다. 또 섬유가 짧기 때문에 짜긴 힘들지만 표면이 매끈해서 정장 느낌을 내기 좋다. 캐시미어 혼용률이 높은 코트는 미세한 광택이 돌며 부피가 크더라도 한 손으로 들어도 거뜬할 만큼 가볍다. 스웨터도 가볍고 매끈해서 재킷 안에 입어도 실루엣이 망가지지 않는다. 하지만 보풀이나 주름이 생기고 해충이 번식하기 쉬워서 관리하기 까다롭다.

모헤어Mohair는 앙고라 산양에서 채취한다. 섬유가 길고 광택이 있어 독특한 멋이 난다. 대부분의 털실이 모헤어 혹은 모헤어의 느낌을 따라한 것이다. 최근 몇 년 새 인기를 끌고 있는 알파카Alpaca는 남미 산악지대에 사는 양과 낙타를 합성한 것처럼 생긴 동물이다. 역시 섬유가 길고 따뜻하지만 완제품은 일정하게 길이를 다듬어서 특유의 질감과 함께 사선으로 골이 생긴다. 이들 섬유는 고가이기 때문에 혼용률이 높을수록 고급으로 볼 수 있다. 캐시미어 코트라며 비싸게 팔면서 사실 10%밖에 안 들었다든지, 알파카 코트라고 하면서 실제 알파카 섬유는 하나도 안 든 짝퉁도 많다. 울을 바탕으로 캐시미어는 20% 이상 모헤어, 알파카는 40% 이상 섞인 정도면 충분히 고급이고, 그 다음은 순모, 울 60% 이상에 폴리

©MOJO.S.PHINE

에스테르, 아크릴, 나일론 등 합성 섬유를 혼방한 것이다(울 실크 혼방은 그보다 고급이다). 나쁜 소재일수록 합성 섬유 비율이 높고 정전기가 일며 두껍고 춥다.

좋은 소재로 정성껏 만든 코트를 제철에 정가로 사려면 너무나 비싸다. 철이 아닐 때 아웃렛이나 세일가, 심지어 땡처리로 유행에 신경 쓰지 말고 사는 게 제일 저렴하다. 좋은 옷이라면 50% 할인을 받아도 그리 싸지는 않을 것이다. 한 가지 쉬운 판별법은 안감의 섬유 조성이다. 안감에 실크, 비스코스Viscose(레이온Rayon), 큐프로Cupro, 아세테이트Acetate라고 되어 있는 것은 폴리에스테르나 나일론보다 고급이다. 폴리에스테르나 나일론은 워낙 싸기 때문에 그 유혹을 뿌리치고 조금이나마 원가가 많이 드는 소재를 썼다면 겉감에도 신경을 썼을 확률이 높기 때문이다.

조금이라도 옷과 관련된 사람이라면 입이 닳도록 하는 얘기지만 모 소재는 물빨래 하지 말고 다리지 말고 문지르지 말고 직사광선에 널지 말아야 한다. 솔직히 말하면 좋은 브러시로 먼지만 살짝 털고 드라이도 자주 안 하는 게 좋다. 옷장 안에 충분한 공간을 주고 보관하며 비닐 덮개를 벗기고 가끔 환기를 시켜준다. 좀벌레의 집중 공격을 받기 때문에 나프탈렌 주머니를 옷걸이 위에 걸어놓거나 옷장 구석구석에 삼나무 조각을 넣어둔다.

it girl's item 12

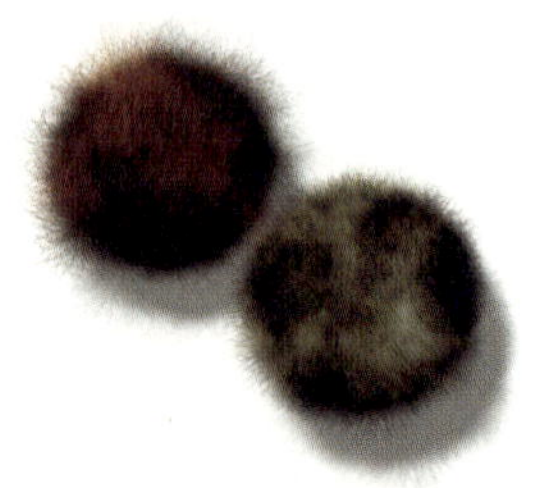

Leather &Fur

Leather&Fur 가죽이나 모피처럼 이미지가 극과 극을 달리는 아이템이 또 있을까? 잘 입으면 럭셔리하고 더할 나위 없이 시크하지만 못 입으면 유한마담이나 조폭처럼 보이기 십상이다. 꾸미지 않은 듯 자연스럽게 가죽·모피 아이템과 함께하는 방법은 무엇일까? 또, 최고의 품질을 최저가에 사는 방법은?

©TOP GIRL

가죽과 모피는 섹시하게도, 럭셔리하게도, 보헤미안 느낌으로도 입을 수 있는 천 가지 표정을 지녔다.

평생 스타일리시하게 입는 가죽·모피

enjoy leather & fur!

©STUDIO K.

가죽이나 모피를 잘 입었을 때의 멋스러움은 이루 말할 수 없다. 하지만 대부분의 사람들, 심지어 연예인도 한두 번씩은 아픔을 맛본다. 가죽은 어떻게 입느냐도 중요하지만 무엇을 사느냐가 너무나 중요하고, 처음 살 때는 대부분 보는 눈이 없어서 홀리듯 큰돈을 지불하기 때문이다. 변태나 폭주족처럼 보이지 않고 생활 속에 녹아든 듯 자연스럽게 입기란 보통 어려운 것이 아니다.

우선 자신에게 맞는 사이즈, 어울리는 색과 실루엣부터 찾아야 한다. 유럽인들은 가죽과 모피를 입는 데 있어 긴 역사를 자랑한다. 비록 모피는 동물보호주의자들 때문에 드러내놓고 입을 수 없는 살벌한 분위기이긴 하지만 말이다. 여담이지만 미국 영화 〈섹스 앤 더 시티〉에서 사만다가 수천만 원짜리 모피 코트에 달걀 세례를 받는 장면이 나온다. 그 정신적 고통이란……. 유럽인들은 그다지 좋은 소재나 브랜드 제품이 아니어도 자신에게 맞는 가죽 재킷 하나로 평생을 입으며 정말 다양한 스타일 감각을 뽐낸다. 시간이 있으면 인터넷에서 '겨울 파리 스트리트 패션'을 한 번쯤 검색해볼 것!

가죽 재킷은 스키니 진만큼 타이트하게

가죽 재킷은 잘 사면 평생을 입고도 빈티지로 팔 수 있을 만큼 가치 있는 옷이지만, 잘못 사면 수십 년 동안 묵히기만 하는 애물단지가 된다. 좋은 가죽 재킷을 싼 값에 샀다는 사람도 유행이 지나거나 핏이 안 좋으면 한참 묵혔다가 아까운 생각에 수선을 하기로 결심한다. 그런데 수선 비용이 생각보다 훨씬 비쌀 뿐 아니라 결과물도 그리 좋지 않아 두 번 울게 되는 경우가 태반이다.

가죽 재킷은 처음 살 때부터 완벽해야 한다. 유행을 타는 디자인이어도 무거워도 냄새가 나도 크기가 어정쩡해도 안 된다. 판매상이 아무리 현란한 말솜씨로 좋은 가죽이라 주장해도, 공장도가라 유혹해도 넘어가선 안 된다. 100% 내 것이란 생각이 들어야만 구입해야 하는 아이템이다.

©DIESEL

우선 사이즈는 몸과 한 치의 오차도 없을 만큼 타이트해야 한다. 어깨점이나 팔 길이 허리선이 어디 하나 뜨거나 남아돌면 안 된다. 그래야 맨몸과 다름없는 가죽만의 멋이 난다.

유행을 타지 않는 가장 기본적인 스타일로 라이딩 재킷 Riding Jacket(일명 모터사이클 재킷)이 있다. 허리선이 들어가고 전체적으로 슬림한 디자인이면 누구든 날씬해 보인다. 넓은 칼라와 지퍼의 디테일이 어깨는 당당하게, 가슴과 배는 말라 보이게 한다. 길이는 실제 허리선 바로 아래, 골반보다 위가 가장 늘씬해 보이고 다른 옷을 겹쳐 입기에도 좋다. 평소 이미지가 너무 남자 같거나 지나치게 마른 사람은 이 스타일이 안 어울리는 유일한 타입이다.

너무 마른 사람은 소매와 밑단이 탄력밴드 처리된 점퍼 스타일이 더 어울린다. 전체적으로 바람이 들어간 것처럼 볼륨감을 더해주기 때문이다. 길이는 실제 허리선 근처가 좋다. 만약 극도로 다리가 길고 말랐다면 그보다 약간 긴 것도 괜찮다.

박시한 테일러드 재킷이나 코트 스타일은 기본 디자인이라도 금방 구식처럼 보이거나 나이 들어 보이기 쉽다. 부피가 크기 때문에 가죽마저 무거우면 정말 둔탁해 보인다. 가벼운 스웨이드 가죽이나 부드럽고 얇은 양가죽이면 괜찮다. 몸집이 작은 사람에게 잘 어울리고 밝은 색이 더 세련돼 보인다. 아무 장식 없고 셔츠 칼라가 달린 것은 몸 앞판을 평평해 보이게 한다. 가슴이 너무 크거나 배가 나온 경우엔 차라리 이 디자인이 날씬해 보이지만, 웬

마른 몸매에 어울리는 점퍼 스타일

©DSQUARED

만큼 날씬한 사람은 오히려 볼륨감이 줄어들어 마이너스 효과다.

가죽 재킷에는 여성스런 아이템을

가죽 재킷에 가장 기본적으로 어울리는 것은 청바지나 레깅스다. 하지만 무엇보다 잘 어울리는 것은 정반대 느낌인 하늘하늘한 시폰 원피스다. 마찬가지로 축축 늘어지는 저지 소재 톱이나 티셔츠도 잘 어울린다. 가죽의 무겁고 남성적인 느낌을 상쇄시켜 사랑스럽게 표현하기 때문이다.

레깅스 아래엔 부츠나 구두를 신기 마련인데 재킷과 똑같은 소재는 정말 촌스럽다. 자칫 에스엠 플레이를 즐기는 사람처럼 보일 수 있기 때문이다. 가죽 재킷에 더하는 아이템은 질감이 완전히 다른 것이 좋다. 가죽 재킷이 반들반들한 양가죽이면 부츠는 스웨이드 소재, 모

©REX

가죽에는 의외로 하늘하늘하고 여성스런 소재가 잘 어울린다.

©SONGHAE LEE

가장 클래식하며 날씬해 보이는 효과도 있는 라이딩 재킷

자는 모직 펠트 소재나 니트로 매트하게 간다. 아무리 질감이 다르더라도 가죽 재킷 바로 아래 가죽 벨트를 한다든지 가죽 팔찌를 하는 것은 과하다. 색은 재킷과 같은 것을 하나 정도는 넣는 게 좋다. 소재를 모두 달리했기 때문에 가죽 재킷 하나만 튀는 색이면 통일감이 사라진다. 검은 가죽 재킷에 검은 레깅스는 최고로 날씬하고 키가 커 보인다.

가죽 재킷의 실루엣에 의해서도 하의가 달라져야 한다. 가죽 재킷이 일자로 똑 떨어지는 경우는 부츠 컷 팬츠나 플레어 스커트처럼 곡선으로 흐르는 하의가, 재킷 허리선이 쏙 들어갔으면 스키니 진이나 펜슬 스커트처럼 일자로 떨어지는 하의가 더 잘 어울린다. 적당히 허리선이 들어간 가죽 재킷에는 모든 하의가 어울리기 때문에 가장 추천할 만한 것이다.

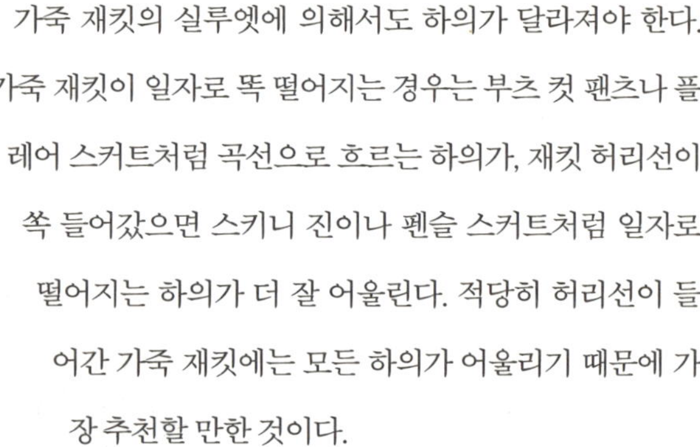

©STUDIO K

모피는 풍성하게, 나머지는 슬림하게

모피를 세련되게 입는 법

'모피' 하면 사모님이 떠오를 정도로 모피는 부와 여성미의 상징이다. 게다가 그 따뜻함은 세상 그 어떤 소재도 따라갈 수 없다. 얇은 토끼털 재킷만 입어봐도 마치 전기 매트라도 넣어놓은 듯 따뜻해서 깜짝 놀랄 것이다. 동물보호론자들이 온 힘을 다 바

남녀 모두 모피를 즐겨 입던 1967년, 트위기와 저스틴 드 비에뉴브

모피 숄을 조끼로 활용하기

쳐 모피를 반대한다 해도 인류가 모피를 사용한 역사는 너무나 길다.

나이가 어려서 부담스럽거나 너무 둔해 보이는 느낌이 싫다면 작은 모피 소품부터 시작해보자. 즉, 헤어밴드용 슈슈나 밍크 볼이 달린 귀걸이, 떼었다 붙였다 할 수 있는 모피 칼라처럼 말이다. 특히 모피 칼라는 코트나 재킷에 어울리는 색으로 하나 장만해놓으면 여러 옷에 매치해 완전히 다른 느낌을 줄 정도로 활용도가 높다. 모피의 질감에 익숙해지면 서서히 옷에 도전하자. 처음엔 조끼나 케이프Cape(옷깃이 넓어진 것 같은 망토형 상의), 슈러그Srug(짧은 여성용 재킷)처럼 작은 부분을 차지하는 아이템이 좋다. 한 가지 주의할 건 모피는 부피감 때문에 걸친 부분이 최대로 팽창돼 보인다는 것이다. 그렇잖아도 어깨가 넓고 올라간 사람이 모피 슈러그까지 걸치면 영화 〈300〉에 나오는 스파르타 전사처럼 보일지도 모른다.

모피는 한 가지 색으로 이루어진 것보다 미묘한 톤이 섞인 것이 많다. 그 중 한 가지 색, 특히 어둡고 차분한 색을 골라 옷을 받쳐 입으면 가장 세련된 스타일이 만들어진다. 〈섹스 앤 더 시티〉에서 파자마 위에 모피 코트를 입은 캐리는 여전히 스타일리시해 보인다. 자세히 보면 모피 코트에 있는 핑크색으로 상하의를 통일한 주도면밀함을 발견할 수 있다. 한 가지 색으로 균일하게 염색된 모피는 옷과 똑같이 취급하면 된다. 여우털이나 라쿤처럼 풍성한 모피에는 똑 떨어지는 펜슬 스커트나 스키니 진이 부피감의 대비를 이

뤄 어울린다. 반면 토끼털이나 양털처럼 털이 짧은 종류에는 너풀거리는 치마나 와이드 레그 진도 멋져 보인다.

토끼털, 양털부터 도전하자

제일 처음 도전할 수 있는 저렴하고 캐주얼한 것이 토끼털Rabbit이다. 털이 짧으면서도 매끄럽고 염색이 쉽기 때문에 재킷이나 코트처럼 옷 형태를 갖춘 아이템에 적당하다. 갈색과 검은색이 섞인 천연색을 그대로 살린 것은 고가의 모피처럼 보이는 장점도 있다. 토끼털의 단점은 쉽게 털이 빠지고 가죽이 찢어진다는 것. 십여 년을 입을 수 있는 소재가 아니기 때문에 고액을 투자할 필요는 없다.

10대부터 30대까지 두루 입을 수 있는 소재가 양털Lamb이다. 꼬불꼬불한 성질 때문에 사랑스럽고 귀여워 보이며 에스닉한 느낌도 주므로 조끼나 볼레로 같은 짧은 재킷에 특히 적합하다. 조금 여유가 생기면 좁고 긴 직사각형 여우털Fox 숄에 도전해보자. 목에 두르면 목도리로, 팔에 두르면 숄로, 어깨에 세로로 늘어뜨리고 벨트를 하면 조끼처럼 입을 수 있어 활용도가 높다. 라쿤Racoon은 너구리털을 말한다. 털이 길고 색상 변화가 있으며 생생해 보이지만 조금 뻣뻣해서 옷보다는 칼라에 많이 사용한다. 라쿤 소재 칼라는 모피를 파는 시장이나 브랜드 매장에서 십만 원 이내로 구할 수 있다. 심심한 코트나 재킷에 더하면 고급스런 느낌을 낼 수 있다.

우리나라 사람들이 가장 선호하는 밍크는 털이 짧지만 매끄럽기가 타의 추종을 불허한다. 밍크 소재는 털이 직모라 몸을 평면적으로 보이게 하는 특징이 있다. 즉, 어깨가 둥글거나 가슴이 큰 사람이 밍크 재킷을 입으면 직선적이고 납작해 보인다. 이것은 볼륨 있어 보이고 싶어하는 사람에겐 그리 어울리지 않는다는 말이기도 하다. 밍크는 장갑이나 소매 장식, 액세서리로도 충분히 즐길 수 있다.

흔히 말하는 무스탕Mustang이나 토스카나Toscana는 전문 용어로 '더블 페이스Double Face'라 부르는 가죽과 모피 양면을 다 살린 소재다. 무스탕은 성숙한 양을, 토스카나는 6개월 미만으로 새끼를 낳은 적 없는 어린 양을 사용했다는 게 다르다. 토스카나가 더 고급이라 털이 길며 따뜻하고 부드럽지만 세탁과 관리가 그만큼 까다로운 단점이 있다. 널리 사용되는 인조 무스탕은 합성 섬유인 폴리에스테르와 아크릴 털을 붙여 천연 무스탕처럼 만든 것이다. 온갖 색으로 염색할 수 있고 외형도 진짜와 비슷하게 만들 수 있으며 물빨래와 다림질도 가능하지만, 보온성이나 촉감 면에서는 천연 소재를 따라갈 수 없다. 무스탕, 토스카나는 안에 털이 있는 만큼 그리 날씬해 보이지 않는다. 가죽 재킷과 마찬가지로 꼭 낄 정도로 작은 것을 입어야 그나마 세련돼 보인다.

칼라는 모피로 처리하는 경우가 대부분인데 털이 풍성하고 칼라가 서는 디자인은 목이 가늘고 긴 사람에게, 짧고 납작한 칼라는 그 반대의 경우에 어울린다. 또 무스탕, 토스카나에 자주 들어가는 가로·세로 테이프 장식은 몸을 그 방향으로 팽창돼 보이게 한다. 가슴이 넓거나 허리가 긴 사람은 테이프 장식이 눈에 띄지 않는 것을 선택해야 한다.

모피류는 원피의 품질이 가격과 직결된다. 일반인은 잘 알아보기 힘들기 때문에 사가SAGA(유럽산 모피), 블랙 그라마Black Grama(검정 밍크 중 가장 품질이 좋은 것)처럼 모피 고유의 브랜드가 있다. 하지만 생산년도와 가공 방법에 의해서도 품질이 달라진다. 판매상에서 "눌린 건 걸어놓으면 금방 펴진다"고 하는 말은 믿지 말자. 좋은 모피는 털이 풍성하고 윤기가 흐르며 생생해야 하는데, 눌렸다는 것 자체가 재고이거나 품질이 좋지 않다는 증거다.

STyLe TIP

럭셔리한 느낌을 업! 모피 목도리

모피 목도리는 오래되거나 조직이 거친 코트, 카디건, 가죽 점퍼 등을 순식간에 고급스러워 보이게 한다. 요즘엔 옥션, 지마켓 같은 온라인 시장에서 가격 경쟁도 치열하고 값싼 중국산이 대량으로 유통돼 10만 원 이내에 여우털 목도리를 장만할 수 있다. 털이 짧은 밍크 소재보다 여우, 라쿤, 양털 등이 더 활용하기 쉽다. 컬러풀한 것이라도 옷과 비슷하면 한 세트처럼 자연스럽고, 베이지에서 짙은 밤색은 어떤 옷에도 잘 어울린다. 여우털 목도리라고 해서 머리까지 달린 복고풍은 나이 들어 보인다. 긴 직사각형으로 목에 두르면 형태를 잘 알아볼 수 없는 것이 좋다. 털이 심하게 빠지거나 눌린 것은 아무리 싸도 안 사는 게 좋다.

©STUDIO K.

21세기 판 진짜 공주, 샬롯 카시라기

©REX

Charlotte Marie Pomeline Casiraghi

PROFILE

Name Charlotte Marie Pomeline Casiraghi
Birthday 1986. 8. 3
Occupation 대학생
Career 〈인디펜던트〉지 인턴 기자, 〈어바브〉지 객원 에디터
Hobby 승마, 수영
Speciality 소르본느 대학에서도 수재로 꼽힘. 〈배니티 페어〉지 선정, 2006 세계 베스트 드레서 중 하나일 만큼 빼어난 패션 감각의 소유자. 샤넬의 칼 라거펠트와 친분이 각별하다.

PARIS

Sexy!

I ♥ NY

●소녀들의 꿈, 공주! 진짜 공주는 어떻게 생겼고 뭘 하며 살까? 그 해답이 바로 샬롯 카시라기다. 샬롯은 전 왕비 그레이스 켈리의 손녀이고 현 국왕의 여자 형제인 캐롤라인 공주의 딸이다. 형제 중에서도 외할머니인 그레이스 켈리의 용모를 제일 많이 닮아 우아하면서도 캐주얼한 이미지에 복잡미묘한 표정을 지녔다. 선입견과는 달리 그녀의 어린 시절은 순탄치 않았다. 아버지 카시라기 공을 불과 네 살 때 사고로 잃고, 언론의 추적을 피해 프랑스로 이사했으며, 열세 살 땐 어머니가 재혼해 새 아버지와 형제가 생겼다. 그런 와중에서도 그녀는 공부, 승마에서 두각을 드러내며 사교계에서 입지를 넓히는 등 자신만의 아우라를 확고히 다져갔다. 그녀의 스타일 감각은 그야말로 훌륭하다. 공식 행사에선 완벽하게 성장한 우아한 공주 이미지를 선보이지만, 친구들과의 파티나 클러빙에선 다소 선정적일 정도로 고혹적인 모습이다. 거리에서 찍힌 파파라치 컷에선 찢어진 청바지와 티셔츠, 가죽 재킷 차림으로 파리지엔 같은 자유분방함을 보인다.

●검은색을 가장 즐겨 입으며 몸에 딱 달라붙는 빨간색 원피스나 장미 무늬 원피스 등 1980년대 스타일도 거침없이 소화한다. 비결은 할리우드 스타처럼 억지로 자신을 바꾸지 않고 흐트러진 밤색 머리와 투명한 피부를 그대로 드러내는 데 있다. 정장을 할 때는 틀어 올린 머리, 샤넬과 발렌티노의 레이스가 달린 드레스와 보석으로 완벽한 18세기 공주로 변신한다. 그녀는 유행을 따르지 않으며 자신의 단점을 감추려고도 하지 않는다. 고전적이며 동시에 한없이 그루브Groove하다. 어떤 장소나 상황에도 격을 갖추면서 주위를 압도하는 매력을 뿜어내는 샬롯 카시라기는 진정한 잇 걸이다.

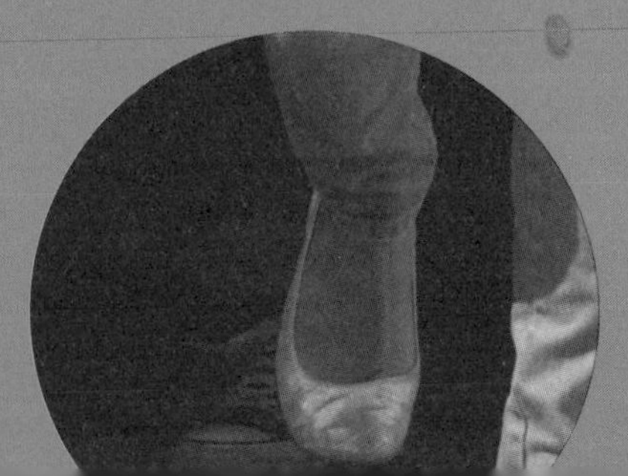

Part2

감각적인 당신의 소품 스타일링

Must have Accessories

it girl's item 13

Bag 1
good choice

Bag_ choice 가방은 한 번 사면 어떤 옷에도 함께 하는 단짝 친구 같은 존재다. 그래서 잇 걸 중 품질이 나쁜 가방을 드는 사람은 아무도 없다. 문제는 괜찮은 가방 값이 점점 비싸지고 있다는 것. 좋은 가방을 알아보고 싸게 사는 기술이 절실하다. 과거의 클래식 백과 떠오르는 클래식 백은 또 뭘까?

눈에 띄진 않지만 케이트 모스가 드는 가방은 항상 잇 백이 된다.

진정한 잇 걸이 선택하는 최고의 가방

enjoy bag! it bag!

전 세계 여자들은 왜 가방 때문에 몸살을 앓는가? 1970~80년대까지만 해도 물건을 옮기는 도구에서 크게 벗어나지 않았던 가방이 요즘엔 베끼고 고발하고 자랑하고 비난하는 대상이 돼버렸다. 여성 해방과 더불어 일하는 여자, 공부하는 여자가 폭발적으로 늘었기 때문일까? 가방은 노동의 고통을 감추고 신분을 드러내는 수단이며, 패스트 패션Fast Fashion(인스턴트 식품처럼 싸게, 빨리 생산하고 소비하는 패션)의 공허함을 채워주는 속 깊은 친구 같은 존재다. 배우 린제이 로한Lindsay Lohan이 에르메스 버킨 백Hermes Birkin Bag을 잃어버리고 엉엉 운 이유가 단지 가격 때문만은 아니었을 것이다.

잇 걸은 가방에 자신의 아이덴티티를 투영한다. 설령 협찬이란 이름으로 공짜가 뒷받침된다 하더라도 자기 스타일에 맞는 가방은 심사숙고해서 정하며 옷보다 가방 매치에 온 신경을 쏟는다. 모델 트위기Twiggy의 런치 박스 백Lunch Box Bag(도시락 가방처럼 네모진 가방)이 순식간에 전 세계로 퍼져 나가고, 그레이스 켈리

Grace Kelly가 들던 에르메스 켈리 백Hermes Kelly Bag의 아류작이 아직도 아주머니들의 외출용 가방 1순위인 걸 보면 그녀들의 영혼이 가방에 스며든 게 아닌가 하는 생각마저 든다. 샤넬 여사는 여자의 손을 가방에서 해방시키겠다는 생각으로 실용적이면서도 멋스러운 체인 달린 가방을 만들었다. 그 가방은 이제 해마다 가격을 올려도 서로 사겠다고 아귀다툼을 벌이는 대상이 됐다. 가방이 그것을 든 사람을 말해준다는 것. 가방을 고르거나 스타일링 할 때 잊어서는 안 되는 명제다.

최소의 투자로 최고의 가방 사기

한 번 가방을 사면 10년은 들 각오를 할 것
©AIGNER

자신의 이름을 딴 에르메스 버킨 백을 즐겨 드는 제인 버킨은 일본의 한 버라이어티 쇼에서 기행에 가까운 행동을 선보였다. 기무라 타쿠야가 남자도 이 가방을 들 수 있냐고 묻자 1천만 원 이상 하는 그 가방을 바닥에 패대기 치더니 짓밟은 후 "이제 당신도 쓸 수 있어요!" 하며 밝게 웃었다는 이야기다.

수천만 원짜리 가방을 색깔별로 살 수 있다면 얼마나 좋을까? 하지만 대부분의 사람들은 한두 개의 가방을 여러 옷에 어울리게 들어야 하는 처지다. 패

린제이 로한이 잃어버리고 울음을 터뜨렸다는 문제의 가방, 버킨

리스 힐튼Paris Hilton처럼 원하는 건 다 사는 잇 걸이 있는가 하면 커스틴 던스트Kirsten Dunst처럼 어느 브랜드인지도 모를 수수한 천 가방을 과감하게(?) 애용하는 잇 걸도 많다. 하지만 그 둘에게도 공통점은 분명히 있다.

패션 잡지 에디터인 한 친구는 빈티지 스타일을 참 좋아한다. 그녀는 종로 5가 구제 시장을 뒤져서 찾은 찰스 주르당Charles Jourdan이나 니나 리치Nina Ricci 같은 진짜 빈티지 가방을 잘 수선(염색+세탁)해서 독특한 스타일로 재탄생시키곤 한다. 물론 수선비용이 두세 배 드는 게 보통이지만, 1970~80년대의 독특한 분위기는 어디에서도 찾을 수 없는 것이다. 인터넷 쇼핑몰을 운영하는 또 다른 지인은 본인의 세련된 스타일로 '대박을 터뜨려서' 웬만한 중소기업 CEO 수입이 부럽지 않다. 그녀의 판매 주력 상품은 싸고 유행에 맞는 옷과 '명품 스타일' 가방이다. 특히 잇 백을 재빠르게 잡아내는 명품 스타일 가방이 효자 상품이다. 하지만 난 그녀가 사석에서 자기 상품을 드는 걸 본 적이 없다. 본인이 드는 가방은 모두 오리지널 명품이기 때문이다. 그녀는 로고가 없다든지, 봉제 실이 약간 가늘다든지, 핑크색에 형광 빛이 돈다든지 하는 명품 스타일 가방이 얼마나 스타일을 망치는지 잘 알고 있다.

스타일은 달라도 이들이 가방을 보는 기준은 비슷하다. 첫째, 일정 수준의 품질을 갖춘 웰메이드Well Made 제품이어야 한다는 것이다. 천이든 가죽이든 고급 소재로 정성 들여 만든 가방은 낡아도 수선이나 재창조를 하면 나름의 멋이 난다. 하지만 '비닐봉지'에 가까운 물건에 오래돼 보이는 칠을 한다고 빈티지 스타일이 되는 건 아니다. 둘째, 또 하나의 중요한 기준은 '자기가 주장하고자 하는 철학이 무엇인가'이다. 럭셔리해 보이고 싶어서 '명품 스타일' 잇 백It Bag만 사들이는

©MICHAEL KORS
©DYLAN RYU photo by AN WOONG CHUL

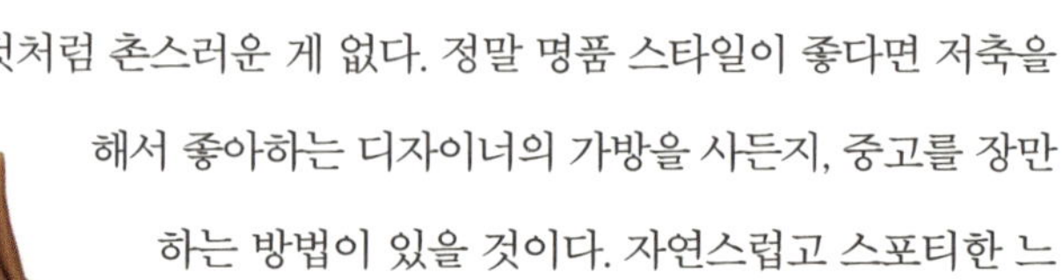

것처럼 촌스러운 게 없다. 정말 명품 스타일이 좋다면 저축을 해서 좋아하는 디자이너의 가방을 사든지, 중고를 장만하는 방법이 있을 것이다. 자연스럽고 스포티한 느낌을 중시하면서 에르메스 캔버스 가방에 막대한 돈을 들이는 것도 우습다. 엘엘빈LLBean이나 팀버랜드Timberland 등에서 수백분의 일 가격에 오리지널 캔버스 토트 백을 구할 수 있기 때문이다.

시장이나 저가 브랜드에서 실용적이고 괜찮은 가방을 찾는다 해도 꼭 체크해야 할 조건들이 있다. 첫째, 가죽을 표방한다면 100% 천연가죽이어야 한다는 것. 양가죽이 소가죽보다, 표면이 우툴두툴한 페블 레더Pebble Leather보다 매끈하고 부드러운 나파 레더Nappa Leather가 고급이다. PVC, 일명 '레자' 소재는 절대로 사지 말 것! 내구성도 떨어지고 '빈티'가 나기 쉽다. 싸다고 이런 가방을 산다면 중국 현지

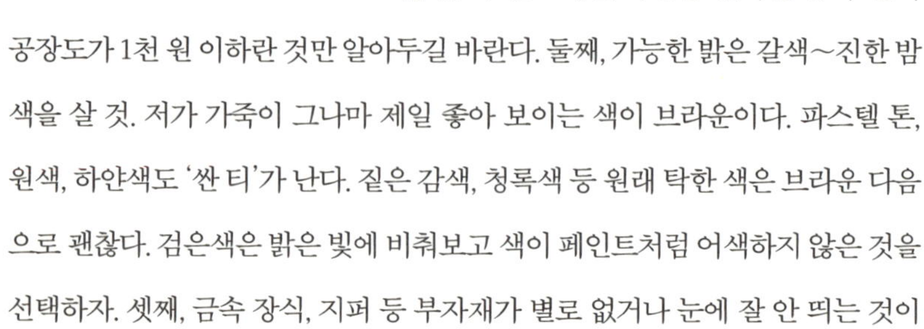

공장도가 1천 원 이하란 것만 알아두길 바란다. 둘째, 가능한 밝은 갈색~진한 밤색을 살 것. 저가 가죽이 그나마 제일 좋아 보이는 색이 브라운이다. 파스텔 톤, 원색, 하얀색도 '싼 티'가 난다. 짙은 감색, 청록색 등 원래 탁한 색은 브라운 다음으로 괜찮다. 검은색은 밝은 빛에 비춰보고 색이 페인트처럼 어색하지 않은 것을 선택하자. 셋째, 금속 장식, 지퍼 등 부자재가 별로 없거나 눈에 잘 안 띄는 것이

좋다. 저가 가방의 금색·은색 금속 부자재는 결정적으로 싼 티가 난다. 아예 없거나 약간 부식된 놋쇠 느낌 부자재를 쓴 것이 낫다. 넷째, 어떤 타 브랜드로도 오해받지 않을 심플한 형태가 좋다. '짝퉁'도 아닌 어설픈 디자인이 스타일을 좀먹는다. 다섯째, 이상한 냄새(약 냄새)가 나지 않아야 한다. 냄새가 나는 건 일단 가공이 잘못됐거나 유독한 화공약품을 썼다는 증거다. 이런 화공약품은 피부와 인후를 통해 침투해 건강까지 해친다는 걸 명심하라.

중저가 브랜드의 고가 제품 VS 고가 브랜드의 저가 제품

좀 더 돈을 모았다면 어떤 브랜드를 사야 할까? 가방을 가격대에 따라 나눠본다면 주력 모델 기준으로 저가는 20만 원 이하, 중가는 20~100만 원, 고가는 그 이상이다. 이것은 업계에서 통용되는 분류 기준이다. 저가와 중가 브랜드의 차이는 그리 크지 않다. 백화점에서 70만 원에 파는 가방이나 잘 만든 시장표 15만 원짜리나 비슷하다는 이야기다. 다른 건 디자이너 이름값과 마케팅 비용일 뿐이다. 하지만 주력 모델이 100만 원 이상인 브랜드는 확연히 다른 품질을 보인다. 물론 100만 원대라면 가죽이나 가공 둘 중 하나는 '메이드 인 이탈리아'여야 한다. 한마디로 말해 '메이드 인 차이나'와 '메이드 인 이탈리아' 사이엔 엄청난 차이가 있다. 꼭 이탈리아인의 기술력이 우수하다기보다는 생산비 자체를 높이 책정했다는 증거다. 즉, 소재와 부자재, 수량, 검수 면에서 좀 더 높은 기준을 적용했다는 것이다. 일부 프랑스, 스페인, 영국, 미국에서 생산하는 브랜드도 있다.

내겐 똑같은 값에 산 가방 두 개가 있다. 하나는 신제품이 나오자마자 지인에게 부탁해 이탈리아에서 공수한 중가 브랜드(메이드 인 차이나인 것을 발견했을 때의 충격이란……)이고, 또 하나는 60% 세일을 해서 산 디자이너 브랜드(메이드 인 이탈리아)였다. 하지만 둘의 품질은 하늘과 땅 차이였다. 난 지금 정가에 산 것을 들지 않는다. 매번 손잡이에서 튀어나오는 실밥, 찌그러지는 몸통을 감당할 자신이 없기 때문이다. 하지만 할인받아 산 디자이너 브랜드 가방은 조금씩 우아하게 낡아갔다. 요즘 중저가 브랜드 중에는 가격은 고가 브랜드와 비슷한데 품질은 그렇지 못한 가방도 상당하므로 더욱 안목이 필요하다.

똑같은 예산이면 메이드 인 이탈리아로 가죽 소재의 고급 제품을 할인받는 게 가장 이득이다. 브랜드 이름에만 혹해 달려드는 대중을 겨냥해서 로고만 잘 보이고 비닐이나 천 소재로 만든 가방은 여전히 바가지다. 100만 원짜리 가죽 가방의 수입 원가가 25만 원이라면 60만 원짜리 폴리우레탄 소재 가방은 10만 원, 20만 원짜리 짝퉁 가방은 2만 원 정도라 할 수 있다. 참고로 우리나라에는 세계 최대 가방 회사가 있고, 그 중국 현지 공장에서 유수의 명품 브랜드 가방을 OEM(주문자 상표 부착 방식) 혹은 ODM(제조자 디자인 생산)으로 생산하고 있다.

©LANE CRAWFORD

홍콩 레인 크로포드 백화점의 여름·겨울 세일은 한 번쯤 노려볼 만하다.

미래의 클래식 백을 점찍어라

샤넬 2.55백이나 에르메스 켈리 백처럼 같은 디자인이 수십 년 동안 팔리는 모델을 '클래식 백'이라고 한다. 유행 타는 잇 백에 대한 반작용으로 클래식 백이 잘 팔리면서 매년 20% 이상 가격을 인상하는 브랜드도 많다. 그래서 내로라하는 브랜드의 디자이너들은 옷이 아닌 클래식 백을 만들어내기 위해 오늘도 안간힘을 쓰고 있는 것이다. 인기가 식지 않는 클래식 백은 일단 가방 자체의 구조적 완성도가 높다. 로댕의 〈생각하는 사람〉은 웅크리고 있는 자세를 어디에서 봐도 절묘한 균형을 이룬다. 만약 그가 팔다리를 쫙 펴고 멍하니 앉아 있다면 명작이 됐을까? 가방 역시 가로·세로의 비율, 잠금 장식의 크기와 위치, 들었을 때의 편안함과 무게감 등이 모두 일정 수준 이상일 때 비로소 아름다워 보인다.

안테프리마의 개성 있는 플라스틱 소재 가방

수많은 중저가 브랜드가 클래식 백의 디자인을 차용하고 재조합한다. 샤넬의 누빔 바느질, 루이비통의 모노그램, 에르메스의 자물쇠 등을 마구 섞어보지만 오리지널의 조화로움을 뛰어넘기는 어렵다.

하지만 클래식 백을 장만한다고 단숨에 공주가 되는 것도 아니다. 너무 잘 알려진 클래식 백은 진짜를 사도 가짜처럼 보일 수 있고, 세일도 잘 하지 않으면서 헉 소리 나게 비싸며, 가방보다 사람이 없어(?) 보이는 슬픈 경우도 생긴다(신데렐라처럼 우아한 그레이스 켈리가 들었던 에르메스 켈리 백을 기품 없고 촌스러운 사람이 든 모습을 떠올려보라). 대신 스스로 미래의 클래식 백을 발굴해보는 건 어떨까? 독자적이며 완성도도 있고 실용성까지 갖춘 디자인을 완전히 새로 만들어내기란 정말 힘들다. 하지만 간혹 그런 작품이 탄생하고 잇 걸들은 그것을 알아본다. 잇 걸에 의해 잇 백으로 히트하고 몇 년에 걸쳐 실용성까지 검증되면 새로운 클래식으로 등극하는 것이다.

그러기 위해선 역시 클래식 백을 충분히 아이쇼핑하는 과정이 필요하다. 가방을 보는 안목이 높아지면 짝퉁에 속는 일에서도 해방될 수 있고, 중저가 브랜드에서도 흙 속의 진주를 발견할 수 있을 것이다.

과거의 클래식

FENDI BAGUETTE 펜디 바게트

LOUIS VUITTON SPEEDY
루이비통 스피디

HERMES BIRKIN 에르메스 버킨

CHANEL 2.55 샤넬 2.55

CHRISTIAN DIOR LADY DIOR
크리스찬 디올 레이디 디올

새로운 클래식

MARNI BALOON 마르니 벌룬
MULBERRY BAYSWATER 멀버리 베이스워터
JIMMY CHOO RAMONA 지미 추 라모나
TILA MARCH ZELIG TOTE 틸라 마르슈 젤리그 토트
REBBECA MINKOFF MORNING AFTER 레베카 민코프 모닝 애프터
BULGA BUTTERFLY 불가 버터플라이

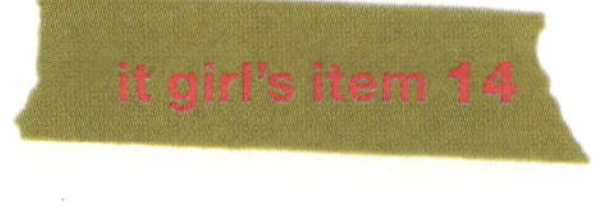

Bag 2 good styling

Bag_ styling 잇 걸은 몸매가 좋아 보이는 옷뿐 아니라 체형에 어울리는 가방도 한눈에 알아본다. 키와 신체 비례에 따른 나의 맞춤 가방은? 뿐만 아니라 가방에도 T.P.O가 있다. 격에 맞게 가방을 들면 세련미가 온몸에서 폴폴 묻어난다. 낮에도, 밤에도, 회사나 학교에서도, 클럽에서도!

화려한 클러치 하나로 파티 준비를 마친 프랑스 모델 오드리 마네

라이프 스타일에 맞춘 가방의 스타일링

enjoy bag styling!

가방에도 T.P.O가 있다.

©TOMMY HILFIGER

좋은 옷을 입어도 가방 때문에 초라해 보이거나 거금을 투자한 가방이 사람을 밀어내는(?) 경우가 부지기수다. '가방의 바다'에서 자신을 위해 태어난 가방을 찾는 건 보통 일이 아니다. 포털 사이트 문답 코너엔 "저에게 어울리는 가방은 무엇일까요?"란 질문이 넘쳐난다. 이 막막한 상황에 한 줄기 실마리가 있다면 가방에도 T.P.O(때Time, 장소Place, 목적Occasion)가 있다는 사실이다. 여기에 자신의 체형이나 스타일도 고려해야 한다. 스님이 클러치백을, 영부인이 비닐봉지를 들었다 생각해보라. 거기까진 아니더라도 소 한 마리를 넣을 듯한 서류 가방을 짊어지고 소개팅에 나가거나 이브닝 백에 가까운 파우치를 들고 학교에 가는 것도 흔히 볼 수 있는 미스 매치다. 아무리 비싸고 좋은 가방이라도 그 사람과 상황에 맞지 않으면 우스꽝스러울 따름이다. 경제적 여건상 가방을 한두 개만 장만할 수 있다면 더더욱 T.P.O부터 따져봐야 한다.

낮에 들어서 데이 백, 실용적인 것이 우선

말 그대로 낮에 드는 가방이다. 일상생활에서 드는 가방 전체가 데이 백Day Bag이라 해도 무리가 없을 것이다. 한번 장만하면 거의 매일 들게 되고 최소 5년은 함께 해야 한다. 그래서 데이 백은 단짝 친구 같은 존재로 골라야 한다. 당장에 예뻐 보이는 것보다 자기 취향과 라이프스타일에 맞는 편안함이 키포인트다.

숄더 백 Shoulder Bag

학생이나 직장인이라면 서류와 수첩 등이 모두 들어가는 일명 워크 백Work Bag이 하나쯤 있어야 한다. 테이크아웃 커피의 여유도 가방에서 손이 자유로울 때나 가능하다. 덮개Flap가 달린 것보다 한 손으로 지퍼를 열 수 있는 디자인이 편하다. 지퍼도 없이 위가 완전히 열린 디자인은 학생 때까지만 적합하다. 아주 자유로운 직종이 아니고선 가방 안 물건이 훤히 보이면 프로페셔널해 보이지 않기 때문이다. 바닥은 네모지고 단단한 소재로 되어 있어야 하고 금속 발이 네 개 이상 달린 것이 좋다. 어깨에 메봐서 편안하고 손으로 잡지 않아도 흘러내리지 않아야 한다. 바닥 폭이 너무 넓으면 어깨에 걸쳤을 때 팔이 뜨고 가방 옆면이 점점 쭈그러지므로 평소 소지품만큼만 들어가는 두께가 좋다.

호보 백Hobo Bag은 바닥면이 따로 없고 둥그런 주머니처럼 생긴 가방이다. 부피는 크지만 무게는 가벼운 짐을 많이 넣어야 하는 사람에게 적당하다. 단, 캔버스처럼 딱딱한 소재에 가죽으로 모서리를 단단히 덧댄 디자인은 업무용으로도 괜찮다. 긴 끈이 달린 작은 핸드백은 데이트나 쇼핑 등 사적이며 우아한 목적에

키가 크고 다리가 긴 사람에겐 둥그렇고 늘어지는 호보 백이 어울린다.

어울린다. 끈 길이를 조절할 수 있어야 최적의 길이를 찾을 수 있다. 일명 '크로스 백Cross Bag'이라 부르는 메신저 백Messenger Bag은 캐주얼한 느낌이 아주 강하다.

가방의 크기와 모양은 체형과 완전히 똑같아서도, 너무 반대여서도 안 된다. 몸집이 크고 각진 편인데 커다랗고 네모진 숄더 백을 들면 그야말로 큼지막한 상자처럼 보인다. 이런 가방은 몸매에 볼륨감도 있고 상·하체가 균형 잡힌 사람에게서 빛을 발한다. 반대로 몸매가 둥글고 전체적으로 통통한 사람은 몸통과 너비가 비슷하되 입생로랑 다운타운 백YSL Downtown Bag처럼 넓은 부분과 좁은 부분이 공존하는 마름모꼴이 좋다. 상체는 튼튼하지만 하체는 마르고 길쭉하다면, 주머니처럼 둥그스름한 모양에 어느 정도 큼직한 호보 백을 길게 늘여서 메는 게 잘 어울린다. 반대로 상체가 빈약하고 하체가 튼튼한 타입은 위가 넓은 사다리꼴이나 가로로 긴 가방을 어깨 가까이 짧게 맨다. 온몸이 마르고 긴 사람은 어느 정도 큼직하고 가죽과 형태가 부드러운 곡선형인 것이 좋다. 키가 크고 다리가 긴 사람에겐 둥그런 호보 백이 특히 잘 어울린다.

토트 백 Tote Bag

팔에 걸거나 손에 드는 가방이 토트 백이다. 요즘엔 숄더 백과 토트 백 겸용이 많지만 손으로만 들 수 있는 디자인이라면 팔 힘도 중요한 기준으로 삼아야 된다. 가방 자체가 무겁거나 물건을 많이 가지고 다니는 사람이면 토트 백은 적당하지 않다.

©CALVIN KLEIN

네모지고 넉넉한 쇼퍼 백

일명 '보스턴 백Boston Bag'이라고도 부르는 새철Sachel 백은 엄밀히 말해 제대로 된 업무용 가방이 아니다. 주로 데이트나 친구와의 만남에 적합한, 학생 혹은 주부 느낌의 가방이다. 공무원, 금융계, 대기업 등 조금이라도 갖춰 입어야 할 직종이면 새철 백은 피하는 게 좋다.

체형 면에서 보면 가방이 주로 허리 주위에 위치하기 때문에 허리가 굵거나 허벅지가 튼튼하다면 어머니 느낌(?)이 나기 십상이다. 에르메스 켈리 백처럼 각이 잡힌 형태에 윗부분에 짧은 손잡이가 달린 가방은 톱 핸들Top Handle이라고 한다. 주로 낮에 입는 정장에 매치한다. 종이 쇼핑 백과 비슷하게 생긴 직사각형 토트 백은 쇼퍼Shopper라고도 한다. 큰 서류 등 짐이 많이 들어가고 어깨에도 부담이 없지만, 손에 들면 바닥과 얼마 떨어지지 않기 때문에 키가 크고 다리가 긴 체형에만 어울린다. 사실 세로가 가로보다 긴 모든 가방이 키 작은 사람에겐 별로 어울리지 않는다. 주로 드는 가방과 잘 어울리는 색으로 캔버스나 가벼운 PVC 소재 쇼퍼 백을 접어서 갖고 다니며 보조 가방으로 쓰는 것도 굿 센스! 비닐봉지로부터 스타일을 지켜주며 에코 시크Eco Chic(환경을 지키며 멋도 내는 것)를 실천하는 방법이기도 하다.

무난한 소재에 큼직한 클러치는 낮·밤 모두 들 수 있다.

여배우처럼 화려하게, 이브닝 백

공 모양이 귀여운 이브닝 백

이브닝 백Evening Bag은 말 그대로 저녁 시간을 위한 가방이다. 서양에서 저녁이란 파티, 데이트, 소규모 저녁 모임 등 사교 활동을 하는 시간이다. 낮 동안 지고 다녔던 무거운 가방에서 벗어나 좀 더 작고 우아하고 고급스런 가방으로 바꿔주는 것이다. 사교 모임과는 관계없는 삶을 산다고 해도 클러빙, 동창회, 졸업 파티, 결혼식 등 반드시 이브닝 백이 필요한 순간이 한 번쯤은 닥친다. 결혼식이나 저녁 모임처럼 격식 있으면서도 즐거워야 할 자리에 커다랗고 칙칙한 숄더 백을 드는 건 촌스럽다 못해 무례한 일이다. 일이 끝나고 바로 가더라도 이브닝 백을 따로 가져가서 바꿔주는 게 좋다.

격식 있는 옷(롱 드레스)일수록 이브닝 백은 작고 단순한 형태가 좋다. 대신 소재와 부자재가 좋은 것으로 한다. 반대로 캐주얼한 옷(칵테일 드레스나 바지)에는 장식이 적고 큼직한 것이 어울린다. 처음 파티에서 이브닝 백을 들려면 너무 튀지 않을까 해서 자신이 없을 수도 있다. 이럴 땐 옷, 이브닝 백, 구두를 같은 색으로 통일하고, 셋 중 하나는 광택이나 크리스털 장식, 무늬, 레이스 등 장식 요소가 집중적으로 들어가게 하는 것이 좋다. 어느 정도 경력이 쌓이면 이브닝 백과 옷(무늬 있는 옷이면 그 중 한 가지 색), 혹은 이브닝 백과 구두를 통일하는 식으로 두 가지를 같은 색으로 맞춰준다. 물론 은색 클러치를 들고 금색 귀걸이를 하는 우는 범하지 않으리라 믿는다. 이브닝 백을 든 손에는 시계를 하지 않는다. 다른 쪽 손목에 굵은 뱅글Bangle(수갑처럼 단단한 고리 형태의 팔찌)이나 화려한 팔찌를 하면 세련돼 보인다.

클러치 Clutch

요즘엔 손으로 쥐는 클러치 중 큼직한 것을 데이 백으로 활용하는 경우도 많다. 몇 년 전 모 연예인이 청바지에 실버 클러치를 들어 복제품을 양산한 적이 있다. 나이도 어리고 파티에 갈 일도 별로 없는 사람은 비교적 저렴한 소재에 큼지막한 데이용 클러치부터 도전하는 게 좋다. 레깅스나 진처럼 캐주얼한 아이템에 큰 데이용 클러치를 들면 도시적이고 세련돼 보인다. 단, 손에 쥐고 전신 거울을 봤을 때 키나 몸집에 비해 너무 무거워 보이거나 초라해 보이지 않는 적당한 크기와 형태여야 한다.

너무 튀는 색보다 베이지나 검은색, 빈티지 느낌의 은색 등이 활용도가 높다. 은색에 약간 녹이 슬어 누렇게 보이는 것 같은 오묘한 색이면 더욱 여러 옷에 어울린다. 합성 피혁에 악어가죽이나 뱀피무늬를 찍었다든지, 싸구려 유리로 보석 느낌을 낸 가짜는 피하는 게 좋다. 싸구려 소재로 고급스런 느낌을 내려고 노력한 것보다는 단순한 소가죽이나 양가죽, 새틴, 플라스틱 스팽글이 달린 것이 훨씬 고급스러워 보인다. 한복집에서 파는 단순하고 현대적인 느낌의 클러치도 금속 장식이 없는 편지 봉투 모양은 의외로 싸고 훌륭하다. 악어가죽(앨리게이터)은 니트 스웨터나 진과도 잘 어울려서 한번 장만하면 활용도가 높지만, 좋은 것은

구두와 가방 색을 통일한 경우
옷 무늬 중 한 가지와 가방 색을 통일한 경우

웬만한 차 한 대 값이 안 부러울 때도 많다. 이태원 가죽 전문점이나 인터넷 맞춤점에서 맞추면 가격도 훨씬 싸고 품질도 괜찮다.

미노디에르 Minaudiere

미노디에르는 금속 상자를 보석이나 귀금속으로 장식한 클러치의 한 종류이다. 요즘엔 금속 상자 대신 나무나 플라스틱 등 독특한 소재를 쓰기도 한다. 립스틱과 거울 정도만 넣을 수 있는 작은 크기이고 이브닝 백 중에서도 가장 격식 있

모양이 독특한 미노디에르

고 귀족적인 느낌이다. 미노디에르의 최고봉은 주디스 리버 Judith Leiber란 브랜드다. 금속 상자에 크리스털을 촘촘히 붙여 올빼미, 개구리, 토마토, 부처, 딱정벌레 등 정교한 형태를 표현해 스미소니언 박물관과 메트로폴리탄 미술관에도 전시됐다. 시중의 미노디에르에는 대부분 주디스 리버 복제품이지만 시장에서 파는 것도 의외로 나쁘지 않다. 화려한 크리스털 장식으로 인해 '조명발'이 대단하기 때문이다. 우리나라 상황에서 보면 저녁부터 늦은 밤에 열리는 연말 파티, 옷은 시폰이나 새틴 드레스 정도에나 어울리는 것이라 꼭 갖춰야 할 필요는 없다.

퍼스 Purse

우리말로 지갑이라고 번역되지만 클러치나 미노디에르가 아닌 이브닝 백의 대부분을 퍼스라고 부른다. 주로 새틴 Satin이나 타프타 등 실크 소재로 만드는데 화장품 파우치처럼 작은 크기에 어깨나 손목에 걸 수 있는 끈이 달렸다. 동전 지갑 형태, 작은 핸드백 형태, 밑면이 동그랗거나 세모난 주머니 형태 등 다양하다. 여성스럽고 귀여운 이미지가 있고 비즈나 술, 조화 등 장식물이 어느 정도 달려 있어야 아름다워 보인다. 퍼스는 가능한 드레스와 같은 색, 같은 감으로 해야 잘 어울린다.

©www.parkk.co.kr
벨벳에 섬세한 패치워크를 한 퍼스
©CHANEL
디자인은 단순해도 스팽글이
화려하면 이브닝 백이다.
단색 가죽과 뱀피가 어울린
봉투Envelope형 클러치
©FRANCES B
©GIANFRANCO FERRE
모양이 독특한 미노디에르
©FRANCES B
낮에도 들 수 있는 가죽 소재 클러치
©MOSCHINO
새틴에 비즈로 장식한 클러치
딱딱한 상자에 뱀피를 덧붙인
미노디에르
©AIGNER

옷이 단순하면 화려한 가방을, 옷이 화려하면 단순한 가방을

어느 주말, 꽤 격식 있는 레스토랑에서 식사를 하다가 친구에게 오늘 스타일이 참 세련되고 고급스러워 보인다는 칭찬을 들었다. 당시 내가 걸치고 있던 물건은 이렇다. 1만 원짜리 검은 원피스(길거리표), 5천 원짜리 회색 니트 카디건(샘플 세일), 7만 원짜리 마이클 코어스 Michael Kors 구두(폭탄 세일), 55만 원짜리 지미추 Jimmy Choo 이브닝 백(폭탄 세일).

홍콩에서, 그것도 50% 할인된 가격으로 55만 원짜리 검은색 실크 소재 이브닝 백을 살 때, 참 고민스러웠다. 크리스털 브로치 같은 장식이 달린 것 외엔 특별할 게 없는, 폴리에스테르라 해도 무방한 실크 소재 주머니일 뿐이었다. 하지만 눈을 질끈 감고 산 그 가방은 조선간장처럼 서서히 빛을 발하기 시작했다. 평범한 옷에도 고급스러움을 더하는 힘이 있었던 것이다.

자신이 평소 어떤 스타일을 즐기느냐에 따라 가방도 달라져야 한다. 하지만 자기가 좋아하는 스타일의 가방만 고집하는 건 조금 위험하다. '가방 + 옷 = 스타일'이기 때문이다. 즉, 화려한 프린트가 들어간 복고풍 옷을 맘껏 입고 싶으면 투박하고 단순한 통가죽 빈티지 가방을, 검은색 일색으로 프렌치 시크를 연출하고 싶으면 악어가죽 느낌의 화려한 가방을 들어 전체적으로 '+'도 '−'도 아닌 '0'을 만드는 것이 최종적으로 스타일을 돋보이게 한다.

여기서 화려하다는 것은 꼭 로고나 금속 장식이 번쩍이는, 비싸 보이는 가방을 의미하지 않는다. 페이턴트 소재처럼 가죽 위에 광택 가공을 했다든지, 지퍼가 많이 달렸다든지, 크기가 과장되게 크다든지 하는 식으로 무언가 장식적 요소가 가미된 것이다. 마찬가지로 옷이 광택 있는 실크 소재이거나 무늬가 많은 스카프를 둘렀거나 주름이 많이 잡혔거나 하면 이미 화려한 느낌이므로 가방은 단순한 걸 매치하는 게 좋다.

구찌나 루이비통의 모노그램 라인이 지금까지 사랑받는 이유는 그것이 단순하지도 화려하지도 않기 때문이다. 무늬는 화려하지만 색과 형태는 지극히 단순하다. 결과적으로 어디에나 어느 정도 어울리는 가방이다. 사람들을 평준화시킨다는 단점은 있지만…….

옷이 단순하면 가방은 화려하게

의상이 화려할수록 가방은 단순한 것이 좋다.

좋은 가방
싸게 장만하기

1. 중고 명품점

중고 명품 가방은 때로 새 것과 별반 다를 바 없는 경우가 많다. 또 오래전 모델이면 대량생산이 보편화된 요즘보다 완성도 높고 보존 가치가 있는 상품도 많다. 최근에 나온 잇 백일수록 거품이 심하고, 오래되거나 특이한 모델은 매우 싼 것이 특징이다.

필웨이 www.feelway.com 국내 사이트 중에서 중고 명품 거래가 가장 활발한 곳. 예전에 나온 카르티에, 구찌 핸드백 같은 건 10만 원 이하에도 살 수 있다. 루이비통, 펜디, 디올 등의 비인기 모델도 품질에 비해 싼 편이다.

캐시캐시 www.cashcash.co.kr 명품을 담보로 맡기고 현금을 대출해가는 전당포다. 그만큼 좋은 상품이 많고 검증도 철저히 한다. 수량은 많지 않지만 새 것 같은 것이 대부분이라 금방 품절되곤 한다.

2. 진열 상품

백화점이나 면세점에도 진열 상품이나 흠이 생긴 상품은 수시로 세일한다. 대개 비공개적으로 점원과의 대화를 통해 흥정되는 경우가 많다. 가죽이 부드러워서 손톱자국이 생긴 정도는 괜찮지만, 구조가 틀어졌거나 일부 바느질이 불량한 경우는 사면 후회하기 쉽다.

반품 럭셔리 www.vpluxury.com 중고 명품 중 일명 'USED S'라 불리는 진열 상품을 모아 판매하는 곳. 가격은 백화점이나 부티크 세일가보다 약간 싼 수준이므로 상태에 따라 신중하게 선택해야 한다. 보증서와 더스트 백이 모두 있는 제품이 좋다.

신세계몰 http://mall.shinsegae.com 백화점 중 스크래치 상품을 많이 내놓는 곳. 인터넷으로도 구입 가능하다. 상품 검색창에 '스크래치'라고 치면 된다.

3. 해외 쇼핑

특히 홍콩의 세일은 무식할 정도다. 타이밍이 중요한데 초반에는 30%, 후반에는 70~90%까지 할인한다. 7월 초와 12월 초부터 시작해 8월 말과 2월 말까지 계속된다.

레인 크로포드 www.lanecrawford.com 홍콩 최대의 럭셔리 백화점. 특히 한국인이 좋아하는 스타일이 많다. 인기 모델은 세일 초반에 품절되기 쉽다. 세일 후반엔 가방은 50% 정도까지 할인하고 일정 금액 이상 구입하면 추가 할인도 해준다.

*

©MOSCHINO

조이스 아웃렛 27층 전체가 아웃렛으로 가득한 건물에서도 가장 인기 있는 곳. 이월 기간에 따라 할인율이 달라지는데 8개월 후에는 70%까지 할인된다. 건물 입구에서 층별 가이드를 받아가는 것이 좋다. 21/F, Horizon Plaza. Ap Lei Chau +852-2814-8313

4. 맞춤 가방

자기 마음대로 가죽 색과 무늬까지 정할 수 있는 장점이 있지만 디자인이 세련되지 못한 흠도 있다. 최대한 부속품이 필요 없는 단순한 디자인을 선택해 좋은 가죽을 쓰는 게 좋다. 색상도 천연가죽 색이나 검은색이 실패율이 낮다.

피터 최 뱀가죽, 타조가죽 등 일반 브랜드에서는 한없이 비싼 엑조틱 레더Exotic Leather를 주로 다룬다. 네모지고 작은 클러치 가방을 주문해볼 것을 추천한다. 제작 기간은 한 달 정도. 02-798-8734

아이닛시 www.inissi.com 가죽 소재 옷을 주로 하지만 가방도 맞춰준다. 컬러풀한 가죽이 많고 유행에도 민감하므로 샘플 사진으로 견적을 받아보는 게 좋다.

5. 해외 인터넷 쇼핑몰

국내 부티크보다 훨씬 가격이 싸면서 한국까지 직접 배송해주는 곳이 많다. 특히 여름·겨울 세일 기간 막판에는 60~70%까지 할인하기도 하므로 자주 체크한다. 국내에 반입시 운송료 포함 15만 원이 넘으면 관세를 물어야 하지만, 관세를 포함해도 싼 경우가 많다.

네타포르테 www.net-a-porter.com 유명 브랜드가 모두 입점한 공신력 있는 영국발 명품 쇼핑몰. 디자이너 컬렉션 정보 등 패션 뉴스가 발빠르게 올라와 패션 관련자라면 꼭 '즐겨찾기' 해야 한다.

루이자 비아 로마 www.luisaviaroma.com 실속파들이 많이 찾는 이탈리아 편집 매장. 세일이 잦고 아웃렛도 항시 운영한다. 전 세계로 직배송한다. 유로화로 결제되므로 환율을 잘 확인해야 한다.

it girl's item 15

Shoes

Shoes 새 구두를 신을 때 그 달콤한 고통은 사랑에 빠질 때의 느낌과 꼭 같다. 그래서 잇 걸들은 쇼퍼홀릭은 아니라도 슈어홀릭인 경우가 많다. 잇 걸 스타일의 출발점인 구두는 사실 모양보다도 몸매를 완벽하게 받쳐주느냐가 중요하다. 그다음 옷, 다리와의 조화를 생각하면 비로소 짜릿한 스타일이 모습을 드러낸다.

소문난 쇼퍼홀릭, 특히 슈어홀릭인 린제이 로한.
몸매가 늘씬해 보이는 하이힐 펌프스를 즐겨 신는다.

잇 걸은 예쁜 몸매를 만드는 구두를 신는다

enjoy shoes! shoes!

어른들은 왜 일찍이 《신데렐라》와 《오즈의 마법사》를 읽어준 걸까? 예쁜 구두가 우리를 행복의 나라로 데려다준다는 게 새빨간 거짓말인데도……. 안데르센의 《빨간 구두》와 톨스토이의 《사람은 무엇으로 사는가》의 처절한 결말까지 알고 나면 교훈은 좀 더 분명해진다. '구두는 (사악한) 욕망이다.' 그럼에도 불구하고 이 땅의 슈어홀릭Shoeaholic(구두 중독자) 수는 늘어만 간다. 소개팅에 실패를 거듭할수록, 남자친구 대신 여고 동창과 지새는 밤이 늘어갈수록, 그녀들의 신발장은 형형색색 예쁜 구두로 가득 차는 것이다. 하이힐을 신을 때, 그 날아갈 듯한 기분과 뻐근한 고통이 사랑과 너무 닮았기 때문일까?

모두들 구두의 최면에서 깨어나야 한다. 구두의 노예가 아닌, 구두를 지배하는 잇 걸이 되기 위해……! 스타일리시한 사람은

구두가 많다. 하지만 구두가 많다고 스타일리시한 건 아니다. 구두는 독립된 개인의 취향이지만 동시에 전신의 스타일을 마무리 짓는 종속적 존재이기도 하다. 그날의 스타일에 어떤 구두가 필요한지 동물적 감각으로 알아내고, 그 구두가 신발장에 반짝이듯 자리하게 하는 것, 그것이 바로 잇 걸이 올라야 할 궁극의 경지다.

예쁜 구두보다 예쁜 몸매를 만드는 구두

'돼지 목에 진주 목걸이'란 속담이 있다. 그걸 '돼지 발에 마놀로 블라닉Manolo Blanik'으로 바꾸면 너무 잔인할까? 사람들은 체형 커버에 사활을 걸면서 족형足形 커버엔 무심한 듯하다. 미국 드라마 〈섹스 앤 더 시티〉가 히트하면서 패션에 관심 없는 사람들도 마놀로 블라닉이란 이름에 열광하기 시작했다. 마치 신흥종교처럼 찬양과 경배가 난무한다. 1백만 원을 감당할 능력이 있다 해도 난 주위에서 마놀로 블라닉이 어울리는 사람을 거의 본 적이 없다. 그렇다. 캐리의 발은 길고 마른, 전형적인 서양인의 발인 것이다. 신데렐라의 유리구두처럼 그녀에게 딱 들어맞는 마놀로 블라닉이 짧고 통통한 한국 여자의 발엔 마치 메주 묶은 새끼줄처럼 애처로워 보이는 경우가 많았다.

가장 다리가 길고 예뻐 보이는 디자인

구두는 브랜드마다 사이즈마다 라스트Last(구두를 만들 때 쓰는 발 모양의 나무 틀)가 다르기 때문에 남에게 어울린다고 나에게도 잘 어울릴 확률이 제로에 가깝다. 발이 잘 들어간다고 해도 맞는 것이 아니다. 사실 구두는 소품이라기보다는 '발이 입는 옷'이기 때문에 몸의 맨 아랫부분으로서 몸매를 자연스럽게 마무리하고 예쁘게 보정해줘야 한다. 장갑이 손가락 부분이 너무 길어 남아돈다든지, 목수가 쓰는 면장갑처럼 투박하다면 얼마나 꼴불견이겠는가? 하지만 슈어홀릭의 신화적 인물, 캐리 때문인지 브랜드에만 열광하고 형태에 대해서는 지나치게 너그러운 사람들이 많다.

난 키도 작지만 발은 더 작다. 외국 사이즈로 34, 한국에선 220 정도다. 내 구두는 대부분 플랫폼Platform이라 부르는 앞굽이 약간 있고 앞코가 긴 하이힐이다. 플랫폼이라고 해서 구두 아래 벽돌을 단 것 같은 통굽을 생각하면 곤란하다. 1.5cm 정도의 플랫폼에 발등 노출은 많고 발 옆은 든든히 감싸주는 디자인을 신으면 몸도 마음도 안정된다. '신상'을 부르짖는 모 연예인도 화보 촬영 땐 반드시 자기 구두를 가지고 다닌다. 자신에게 맞는 굽, 형태, 디자인이 얼마나 전신에 영향을 미치는지 잘 알기 때문이다.

스타일리시한 사람일수록 구두가 아닌 전체를 생각한다. 그래서 구두를 살 땐 반드시 전신 거울을 봐야 한다. 잘 맞는 구두는 즉각 몸매가 예뻐 보인다. 세부적인 디자인은 사실 이차적 문제다. 수많은 파파라치 컷을 보면 셀레브리티가 가장 즐겨 신는 구두 브랜드는 크리스티앙 루부탱Christian Loubutin이다. 그것도 심플한

키가 아주 작다
플랫폼이 있고 코가 길쭉하면서 약간 뚫린 핍 토 펌프스 혹은 하이힐 샌들.

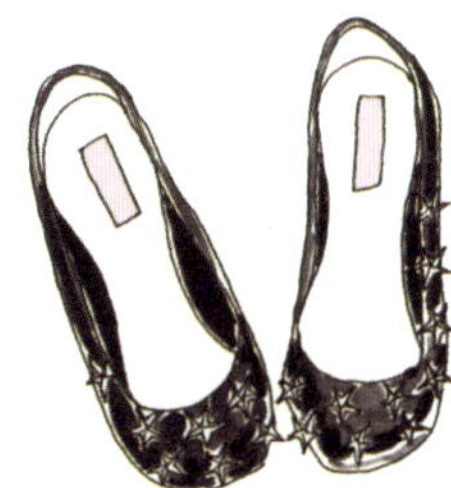

발볼이 넓고 살이 많다
발 옆부분이 비어져 나오지 않도록 넓고 단단하게 받쳐 주면서 코로 갈수록 좁아지는 디자인.

발목이 굵다
코에 가까운 발등vamp에 가로로 넓은 장식이 있는 미들 힐 혹은 발목을 아예 가리는 앵클 부츠.

동그랗고 작은 발
X자 스트랩 혹은 사선 스트랩이 있고 코가 길고 뾰족한 디자인. 코가 뾰족하고 살짝 들린 미들 힐 부츠.

마르고 긴 칼발
코가 동그랗고 짧으며 발등을 많이 덮는 낮은 굽, 가로 스트랩이 연달아 들어간 글래디에이터Gladiator 샌들, 코가 짧고 발목 아래까지 오는 부티.

검은색 핍 토 펌프스Peep Toe Pumps(앞이 약간 뚫린 펌프스). 굽이 높으면서도 적당한 플랫폼과 안정적인 형태로 발과 몸매를 예쁘게 만들어주기 때문이다. 이기적인 몸매의 소유자들도 더 예쁜 몸매가 절실했던 것이다.

튀는 구두? 무난한 구두? 스타일에 달렸다

누가 강요하지도 않았는데 검은 구두만 사는 사람이 있다. 반면 중독된 듯 컬러풀하고 화려한 구두만 사는 사람도 있다. 자기 취향대로 사는 건 좋은 일이지만 구두의 경우는 조금 다르다. 우선 어떤 스타일에 신을 것인가부터 생각해봐야 한다. 검은색, 회색, 베이지색 일색의 심플한 스타일을 좋아하는 사람이 구두마저 단순하다면 조금 지루하다. 한두 켤레는 섹시한 스트랩Strap 슈즈나 빨간 하이힐처럼 재미있는 구두가 있어도 좋다. 반면 온통 무지개색으로 가득한 옷장의 소유자라면 옷을 돋보이게 하기 위해서라도 검은색, 갈색, 베이지색의 단순한 구두가 필요하지 않을까?

구두와 옷의 균형을 생각하며 스타일링을 하다 보면, 일주일에 거의 5일은 신는 구두가 있음을 발견하게 될 것이다. 그런 구두는 다음에 비슷한 스타일을 살 때 좀 비싼 것도 괜찮다. 충분히 값을 하고도 남을 테니까.

모양이 아주 단순한 구두라도 광택 있는 페이턴트 소재라면 은근히 튄다. 맨다리에 검은색 구두도 강한 명도 차 때문에 시선을 집중시킨다. 진짜 무난한 구두는 다리 색과 같으면서 광택과 장식이 없는 것이다. 즉, 맨다리에 치마를 입는

하나쯤 갖춰야 할 사계절 기본 구두들

다리 색과 같은 구두는 결점을 감춰주고 가장 늘씬해 보인다.

차분한 옷에 튀는 색 구두는 세련돼 보이지만 다리를 강조한다.

하의와 구두 색이 비슷하면 역시 다리가 길어 보인다.

옷과 어울리되 한껏 화려해야 하는 주얼 슈즈.

사람이면 베이지색 가죽 구두이고, 검은 스타킹을 즐겨 신는 사람이면 검은색 무광 스웨이드 소재가 가장 눈에 안 띈다. 청바지를 즐겨 입는 사람이면 검은색에 가까운 짙은 감색이나 검은색 가죽 소재 구두가 좋다. 다리 색에 구두를 맞추는 건 가장 하체가 길어 보이는 방법이기도 하다. 이런저런 옷에 두루 무난한 것은 밝은 갈색의 가죽 소재다. 파스텔 톤 코트건 레이스 블라우스건 무난하게 소화해낸다. 벨트나 목걸이처럼 금속 소재 액세서리를 즐겨 하는 사람은 그 액세서리와 같은 색(금색, 은색, 동색 중 하나) 구두도 무난하다고 볼 수 있다.

그럼, 옷과 전혀 색이나 디자인이 다른 구두를 신는 건 어떨까? 굉장히 강렬하고 패셔너블한 느낌을 준다. 크리스티나 아길레라Christina Aguilera나 니콜 리치Nicole Richie가 자주 활용하는 방법이다. 주로 빨강, 초록, 파랑처럼 강렬한 원색이 적당한데, 몸집이나 발이 작은 사람에게 특히 잘 어울린다. 화장에도 신경 써서 복고풍 눈매에 빨간 립스틱을 바르면 더할 나위 없이 섹시하고 귀여워 보인다. 대신 시선을 발 쪽으로 끌어당겨 전신을 훑게 만들기 때문에 특히 다리에 자신 있는 사람이 시도해볼 만하다.

구두를 신는 데 있어 '주제를 파악하는' 것은 너무나 중요하다. '올 여름 대유행, 주얼Jewel 슈즈'란 광고가 잡지를 가득 메운다 해도, 이브닝 슈즈의 일종인 주얼 슈즈를 신으면서 럭셔리함을 염두에 두지 않는다면 오히려 초라해진다. 무릎까지 촘촘히 끈을 묶는 부츠를 신으면서 안젤리나 졸리Angelina Jolie가 뿜어내는 카리스마와 섹시함을 상상하지 않았다면, 남자들에게 "군화 신었냐?"는 놀림을 당해도 할 말이 없다. 거리에서 발레리나용 토 슈즈Toe Shoes를 신는 후배가 있다. 느슨하게 풀어진 셔츠와 히피풍 긴 치마, 거기에 베이지색 토 슈즈가 "저는 자유를 갈망해요!"란 말을 온몸으로 외쳐댄다. 구두의 주제를 파악하면 어떻게 행동해야 할지도 답이 나온다. 예를 들어 앞이 살짝 트인 핍 토 슈즈Peep Toe Shoes는 명백한 유혹이다. 잘 가꾼 맨발을 살짝 보이든지 컬러풀한 타이츠를 신고 자신만만하게 걸어야 한다.

부츠는 제 2의 다리다

부츠를 고를 때 가장 신경 써야 할 것은 유행이 아니다. 절대로 부츠 입구가 다리의 취약 부위에 위치해선 안 된다는 것! 황소 발목에 부티Bootie(발목 아래까지 오는 아주 짧은 부츠)가 웬 말이며, 알통이 불거진 종아리에 그 무슨 앵클 부츠Ankle Boots란 말인가. 우리나라는 겨울마다 일사분란하게 '유행 부츠'를 장만하기 때문에 특히나 주의해야 한다. 다리 중 가장 예쁜 부분 바로 아래까지 오는 부츠, 그것이 바로 당신의 부츠다. 즉, 다른 덴 다 자신 없어도 발목만은 가늘다면 부티가, 허벅지가 곧고 탄력 있으면 니 하이 부츠Knee High Boots(무릎 위까지 오는 부츠)가 천생연분이다. 다리가 휜 케이트 모스는 어떻게 이것저것 다 신느냐고? 가슴에 손을 얹고 생각하라. 케이트 모스의 다리는 분명 보통 사람보다 10배는 예쁘다.

한 가지 딜레마라면 부츠는 치마나 바지 길이와 묘한 공생 관계에 있다. 미니 스커트나 반바지에는 니 하이 부츠가, 무릎 아래까지 오는 크롭트 팬츠에는 부티나 앵클 부츠가 잘 어울린다. 만약 짧은 바지에 앵클 부츠를 신었다면 부츠와 같은 색 스타킹이라도 신어서 연결감을 줘야 한다. 이 규칙에서 벗어나면 답답해 보이거나, 반대로 썰렁해 보인다.

미니 스커트를 꼭 입고 싶은데 다리가 굵고 짧으며 휘기까지 했다면? 많은 일본 여자들이 바로 이런 고민에 빠진바, 그들은 '미각美脚 부츠'라는 독특한 스타일을 만들어냈다. 하이힐에 앞코는 뾰족하고 플랫폼Platform이 적당히 있으면서 바비 인형 부츠처럼 다리의 곡선을 따라 올라가는, 무릎 아래 혹

차분한 색 옷을 입을 때 화려한 포인트를 주는 부츠

부티나 앵클 부츠는 입구가 다리의 굵은 부위에 오지 않도록 할 것

은 무릎 위 길이의 부츠다. 게다가 대부분 가죽이 아닌 합성 섬유나 합성 스웨이드 소재이다. 이것이 바로 다리가 예뻐 보이기 위해 부츠가 충족시켜야 할 모든 조건을 설명한다. 다리 길이는 굽뿐 아니라 코에 의해서도 상당히 좌우되므로 동그란 것보다 어느 정도 날렵한 것이 좋다. 전체적인 키를 높이는 플랫폼 역시 포기할 수 없는 무기다. 합성 소재인 데도 이유가 있다. 신축성이 전혀 없는 가죽으로는 적당히 다리에 달라붙는 느낌을 살리기 어렵다. 게다가 아무리 광택이 없어도 주름이나 반사광 때문에 다리의 굵은 부분이나 휜 부분이 드러나기 마련이다. 물론 다리에 심한 콤플렉스가 없다면 천연가죽 소재가 훨씬 고급스럽다.

신축성이 있고 날렵한 형태라
다리가 예뻐 보이는 부츠

it girl's item 16

Sneakers

Sneakers '살금살금 걷는 사람'이란 뜻의 스니커즈(Sneakers). 하지만 스니커즈는 정반대로 당당한 잇 걸의 전유물이다. 정장 치마에도 청바지에도 어디든 어울리는 편하고 스타일리시한 아이템으로 다시 태어났기 때문. 물론 그 자유로움 속에도 스타일링의 룰은 있다. 스니커즈 마니아에게 훔쳐온 놀라운 비밀은?

LA의 유명 디제이이자 린제이 로한의 절친인
사만다 론슨은 300켤레가 넘는 스니커즈 콜렉터

걸어다니는 패션, 스니커즈

enjoy sneakers!

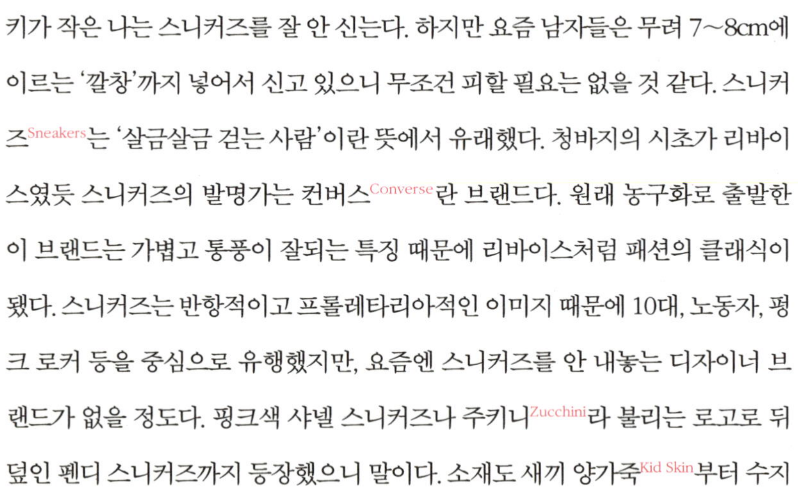

키가 작은 나는 스니커즈를 잘 안 신는다. 하지만 요즘 남자들은 무려 7~8cm에 이르는 '깔창'까지 넣어서 신고 있으니 무조건 피할 필요는 없을 것 같다. 스니커즈Sneakers는 '살금살금 걷는 사람'이란 뜻에서 유래했다. 청바지의 시초가 리바이스였듯 스니커즈의 발명가는 컨버스Converse란 브랜드다. 원래 농구화로 출발한 이 브랜드는 가볍고 통풍이 잘되는 특징 때문에 리바이스처럼 패션의 클래식이 됐다. 스니커즈는 반항적이고 프롤레타리아적인 이미지 때문에 10대, 노동자, 펑크 로커 등을 중심으로 유행했지만, 요즘엔 스니커즈를 안 내놓는 디자이너 브랜드가 없을 정도다. 핑크색 샤넬 스니커즈나 주키니Zucchini라 불리는 로고로 뒤덮인 펜디 스니커즈까지 등장했으니 말이다. 소재도 새끼 양가죽Kid Skin부터 수지 코팅을 한 캔버스Canvas, 스팽글, 페이턴트 레더Patent Leather 등 천차만별이라 구두의 위치를 위협할 수준이다.

잇 걸 중에도 스니커즈 중독자가 많다. 린제이 로한의 동성 애인이란 풍문이

도는 사만다 론슨Samantha Ronson은 300켤레가 넘는 스니커즈를 일 년 내내 돌려 신는다고 한다. 편한 스타일을 좋아하는 커스틴 던스트도 스니커즈 마니아다. 티셔츠에 미니 스커트나 레깅스, 캔버스 소재 스니커즈를 신는 게 그녀의 일상복이다. 구두 마니아가 마놀로 블라닉, 크리스티앙 루부탱에 전율을 일으킨다면, 스니커즈 마니아는 컨버스, 나이키, 반스, 블라도 같은 이름을 꿈속에서도 외친다.

스키니 진, 레깅스와 매치하기

스니커즈도 구두와 마찬가지로 전체적인 실루엣이 중요하다. 같은 브랜드 내에도 코가 날렵하고 발목을 많이 조이는 것이 있는가 하면, 만두처럼 앞이 둥글고 입구가 벙벙한 것이 있다. 정답은 자신의 몸매와 약간 반대로 신는 것이다. 전체적으로 마르고 날카로운 느낌이면 동그란 것이, 통통하고 둥근 느낌이면 날렵한 스니커즈가 더 어울린다. 하지만 심하리만치 반대 느낌이면 오히려 우스꽝스럽다.

투박한 스니커즈에는 스키니 진이나 레깅스를!

투박하고 스포티한 스니커즈를 가장 돋보이게 하는 옷은 단연 스키니 진이나 레깅스다. 투박하고 큼직한 스니커즈와 대비돼 안정돼 보이고 스니커즈의 구석 구석을 다 보여줄 수 있기 때문이다. 특히 끈을 풀어 헐렁하게 신을수록 바지는

여러 가지 색이 들어간 스니커즈는
옷에 스니커즈 색을 응용한다.

타이트한 것이 좋다. 스포티한 스니커즈에는 로고나 밑창 등에 색이 들어가는 경우가 대부분인데, 스니커즈를 구성하는 색과 옷 색을 어느 정도 통일해야 세련돼 보인다. 스니커즈가 검은색 바탕에 빨간색 로고와 흰색 밑창으로 구성돼 있으면, 검은색 무늬가 들어간 빨간색 티셔츠에 스키니 진 정도로 입는 것이다. 특히 흰색 밑창이나 로고가 들어간 스니커즈엔 흰색 옷이나 소품이 하나쯤 들어가게 하면 스포티한 느낌이 빛을 발한다.

오로지 스니커즈만 돋보이게 하는 방법도 있다. 남자 연예인 사이를 무섭도록 휩쓸고 지나간, 스포티한 흰색 하이 톱 스니커즈High Top Sneakers(발목이 높은 스니커즈)를 검은 옷에 매치하는 룩이 그 예다. 옷과 대비되는 단색 스니커즈를 신으면 시선이 온통 발끝으로 향한다. 춤을 추거나 다리를 꼬는 등 하체의 움직임을 섹시하게 만들어주는 효과가 있다. 발목 부분을 조이지 않고 뒤집어서 부피감을 최대로 하기도 한다. 뉴욕이나 런던을 배경으로 하는 남성복 신진 디자이너들이 이 언밸런스한 룩을 '발명'했다. 하지만 그들이 기용한 패션쇼 모델들은 정말 다리가 가늘고 긴, 어디를 강조해도 어색하지 않은 축복받은 자들이란 걸 명심하라. 다리가 짧고 발목마저 무를 연상시키는 사람은 스니커즈만 따로 노는 스타일, 특히 하이 톱 스니커즈는 정말 주의해야 한다.

날렵한 스니커즈는 구두 대신 신는다

스포티한 것과 정반대로 드레시한 스니커즈는 어떨까? 스니커즈의 형태는

하얀 스니커즈는 옷 중 어느 한 곳이 흰 색이면 멋지다.

띠고 있지만 코와 실루엣이 날렵해서 구두처럼 보이는 것들이다. 날렵한 스니커즈는 가죽 소재에 검은색이나 갈색 계통으로 하나 갖고 있으면 정말로 구두 대신 신어도 된다. 남자들이 정장에 스니커즈를 신는 것은 이제 거부할 수 없는 하나의 스타일로 굳어졌고, 구두 기능을 하는 이들 스니커즈를 하이브리드 슈즈Hybrid Shoes라고도 부른다. 여자들은 꼭 바지 정장에 신지 않아도 헐렁한 바지나 치마에 잘 어울린다. 브랜드 로고가 연속적으로 들어간 모노그램 타입도 많은데 로고를 포함해 전체적으로 베이지~갈색을 띠는 것이 가장 실용적이다.

컨버스로 대표되는 캔버스 소재 스니커즈는 투박하지도 날렵하지도 않은 그야말로 스탠다드다. 대부분의 옷에 어울리며 입구까지 끈을 묶는 하이 톱 스타일은 부피가 작아서 앵클 부츠처럼 신을 수 있다. 미니 스커트, 스키니 진, 칠부 바지, 원피스 등 앵클 부츠가 어울릴 만한 아이템엔 모두 캔버스 소재 하이 톱을 매치할 수 있다.

입구가 낮은 것은 하이 톱과 반대로 로 톱Low Top이라고 한다. 바닥이 납작한 로 톱은 자칫 키가 작아 보일 수 있다. 입구가 발목 혹은 발등 어느 지점에 위치하느냐에 성패가 달렸다. 조금이라도 가는 부분이 노출되게 하는 것이 관건이다. 스니커즈와 비슷한 색이면서 훨씬 진한 양말이나 레깅스, 스타킹을 신는 것도 방법이다. 일명 '골지'라고 하는 발목을 조이는 리브Rib 조직이면 더욱 좋다. 캔버스 스니커즈는 앞부분

가죽 소재, 차분한 색깔의 스니커즈는
구두 대신 신을 수 있다.

과 밑창이 흰색이기 때문에 몸판도 흰색인 것이 기본이 된다. 하얗게 빤 스니커즈는 물 빠진 빈티지 청바지나 흰 면바지, 흰색 줄무늬 티셔츠 등 리조트 룩과 특히 잘 어울린다.

스니커즈 끈 묶기도 스타일이다

끈 없이 슬리퍼처럼 신는 슬립 온 타입 스니커즈도 많지만, 아무래도 끈 있는 타입이 발에 적당한 긴장감을 준다. 스니커즈 끈을 예쁘게 못 묶는 사람이 많은데, 생각보다 간단하고 방법별로 스타일뿐 아니라 발에 와 닿는 느낌이 다르다.

가장 기본은 위아래 묶기Over Under Lacing이다. 먼저 스니커즈 끈을 밖에서 안으로 넣어 일자를 만든 후 한 번은 안에서, 한 번은 밖에서 X자를 만들며 올라가는 방법이다. 처음과 끝만 일자고 스니커즈 위로 나란히 X자가 나타나기 때문에 깔끔하다. 반드시 구멍의 짝이 짝수여야 한다. 특히 납작한 끈일 때 가지런해 보인다. 교차 묶기Criss Cross Lacing는 처음엔 끈이 안에서 밖으로 나오게 하고 번갈아 들어갔다 나왔다 하면서 올라간다. 끈이 계속 안팎으로 교차되기 때문에 탄력이 있어 발이 편안하지만 동그랗고 단단한 끈이어야 예쁘다. 조금 특별한 방법은 나비 넥타이 묶기Bow Tie Lacing라고 해서 일자로 올라갔다 X를 한 번 만들고 다시 일자로 올라가는 것이다. 끈 구멍이 작거나 끈이 굵어서 전부 교차시키면 투박해 보일 때 효과적이다.

끈이 스니커즈와 다른 색이면 또 다른 장식 요소가 된다. 스니커즈 끈와 옷 무늬 색을 비슷하게 통일한다든지, 아예 반대 색으로 연출하면 한결 스타일리시한 스니커즈가 된다.

스니커즈 기본 끈 매기

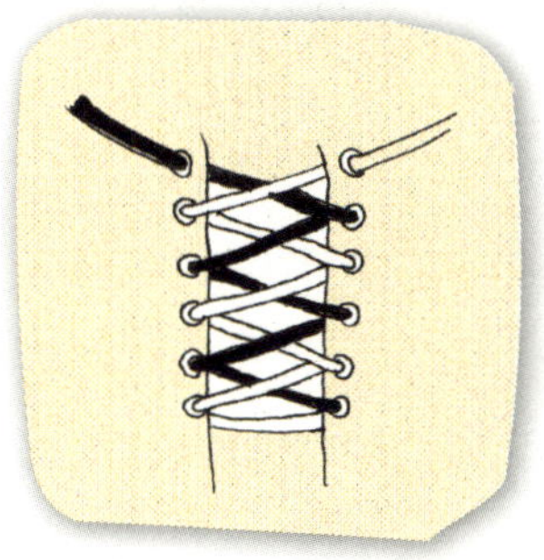

교차 묶기
끈이 안팎으로 드나들며 교차 탄력이 좋다. 활동이 많은 사람, 스포츠화에 적당하다.

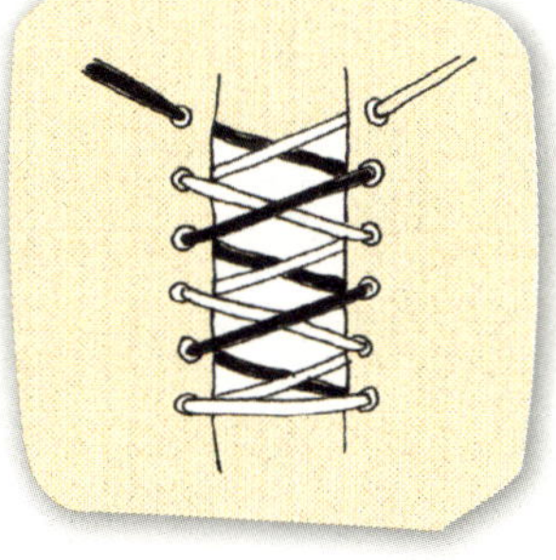

위아래 묶기
X자가 나란히 생겨 가장 깔끔하다. 캔버스화나 가죽 소재 스니커즈를 정장처럼 신을 때 예쁘다.

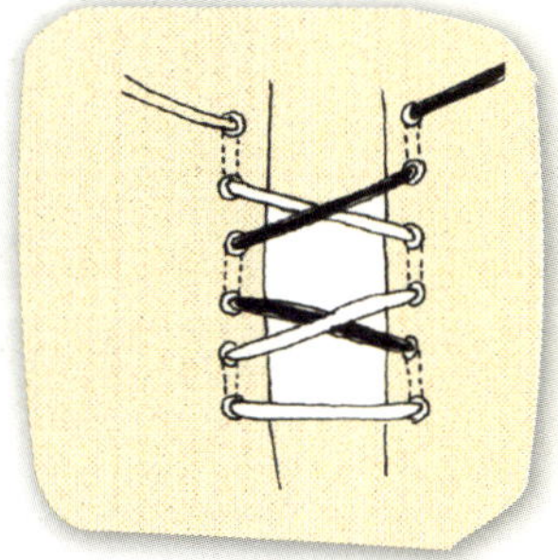

나비넥타이 묶기
X자가 적게 나타나서 끈이 굵어도 투박해 보이지 않는다. 스니커즈 구멍이 작거나 간격이 너무 밭을 때 적합하다.

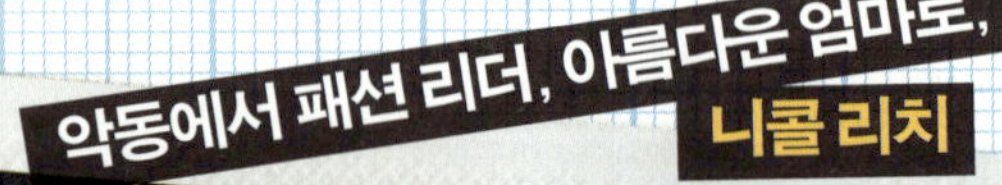

악동에서 패션 리더, 아름다운 엄마로,
니콜 리치

©REX

Nicole Camille Richie

PROFILE

Name Nicole Camile Richie

Birthday 1981. 9. 21

Occupation 가수, 배우

Career TV 리얼리티 쇼 〈The Simple Life〉, 영화 〈Kids in America〉, 라이오넬 리치의 뮤직비디오 출연 등

Hobby 쇼핑, 디자인, 파티, 노래 부르기

Speciality 가수 라이오넬 리치의 양녀, 마이클 잭슨이 대부, 패리스 힐튼과 유치원 동기. 주얼리 브랜드를 론칭하고 스타일 북을 쓸 정도로 패션에 관심이 지대함. 조엘 매든과의 사이에 딸 하나, 아들 하나.

PARIS

SEXY!

I ♥ NY

니콜 리치가 항간의 주목을 얻게 된 계기는 패리스 힐튼과 함께 출연한 미국 FOX-TV의 〈심플 라이프〉다. 유명 가수 라이오넬 리치의 양녀지만, 워낙 배경이 화려한 패리스 힐튼의 보조 격으로 출연해 통통하고 성격 나쁜 캐릭터로 인상을 굳혔다. 부잣집 딸 두 명의 좌충우돌 여행기인 이 리얼리티 쇼는 둘의 문제적 행동으로 대히트했다. 패리스 힐튼은 스타로 떠올랐고 니콜 리치는 '시즌 2'를 찍는 시점에서 극한의 다이어트를 감행한다. 단 몇 달 만에 62kg에서 38kg으로! 그와 함께 스타일도 확 바꾼다. 알록달록하고 펑키한 액세서리와 레게 머리에 집착하던 스타일을 버리고, 특급 스타일리스트 레이첼 조Rachel Zoe를 기용해 베이지, 검은색, 금색 등 고급스러우면서도 화려한 할리우드 여배우 스타일로 변신한 것이다. 이때부터 니콜 리치는 언론의 관심을 한몸에 받게 됐고, 유명 브랜드 광고 모델과 가수로 나설 수 있었다. 하지만 그녀 자신의 스타일링 역시 레이첼 조의 그것에 전혀 뒤지지 않는다. 평소 입는 옷과 액세서리는 색이나 무게감을 고려해 주의 깊게 선택한 것이고, 어디 한 군데 부자연스러운 부분이 없다. 단지 통통한 몸에 어떤 옷을 입어도 우스꽝스러웠던 것이 날씬해진 후 우아한 스타일과 함께 더욱 빛을 발하게 된 것이다.

니콜 리치는 자신의 히스패닉 혈통에서 영향을 받은 듯 약간의 보헤미안 감성을 사랑한다. 1960년대 히피처럼 두건을 두르거나 커다란 복고풍 버그아이 선글라스를 걸치는 게 트레이드 마크다. 또 길게 늘어지는 체인 목걸이나 크고 부드러운 가죽 가방, 알록달록한 구두와 머플러도 즐겨 한다. 약간의 재미있는 소품은 157cm의 그녀를 사랑스럽고 독특해 보이게 한다. 왜소한 몸을 매력적으로 보이게 하는 방법은 니콜 리치에게 배워보자. 아주 짧은 반바지나 딱 달라붙는 스키니 진 혹은 레깅스, 허리선이 확실하게 들어간 미니 원피스나 아예 발목까지 내려오는 히피풍 드레스. 자루처럼 보이는 어중간한 길이의 옷은 '절대 사절'이어야 한다. 자신감과 센스만 있다면 키는 문제가 되지 않는다.

it girl's item 17

Jewelry

Jewelry 잇 걸의 액세서리 스타일링은 드라마틱하다. 단순한 옷에 화려한 액세서리가 너무 잘 어울리기도 하고 아무렇게나 걸친 것 같은데 각기 다른 디자인이 자연스레 조화를 이룬다. 액세서리 선택, 옷과의 매치도 사실은 기술이다. 값비싼 보석이 아닌 시장표 액세서리로도 시크해질 수 있다.

강아지에게도 자신과비슷한 목걸이를 걸어줄 만큼(?) 주얼리를 사랑하는 패리스 힐튼

스타일의 완성, 액세서리

enjoy your jewelry!

©www.parkk.co.kr

어떤 사람이 패션 감각이 있느냐 없느냐를 판가름하려면 액세서리(좁은 범위로 주얼리Jewelry)를 보면 된다. 액세서리는 그것의 태생적 속물근성(화려하게 꾸미고 싶다, 신분을 과시하고 싶다) 때문에 더욱 철학적이며 고차원적 취향이 필요하다. "나 이렇게 부자예요. 하지만 일부러 꾸민 것 같진 않죠?" 하고 외치는 것처럼. 그래서 쩔그렁거리는 한 냥짜리 순금 사슬 목걸이는 전혀 부유해 보이지 않지만, 백만분의 1미터 두께로 도금한 케네스 제이 레인Kenneth Jay Lane 목걸이는 그보다 비싸며 추앙까지 받는다.

스타일이란 것은 팍팍한 삶에도 굴하지 않는 정신적 여유에서 나오며, 액세서리야말로 그 상징물이다. 멋에 대해 마음이 열려 있는 사람만이 차분히 액세서리를 구상할 수 있다. 그런 이유로 심리적 보험과도 같은 결혼반지나 급할 때 팔기 위한 금반지는 진정한 액세서리가 아니라고 생각한다. 다행히 지금은 왕비만이 떨잠을 꽂을 수 있고 귀족 사회에서만 아르누보Art Nouveau(19~20세기 유럽에서 유행한 건축 및 예술 양식) 보석이 유행하던 시대가 아니다. 우리에겐 무엇으로든 어디에든 장식할 수 있는 자유가 있다. 그 자유를 맘껏, 하지만 세련되게 누리는 것이야말로 잇 걸이 액세서리를 대하는 방식이다.

액세서리 먼저 정하고 옷 입기

액세서리의 힘은 실로 대단하다. 티셔츠에 레깅스만 걸쳤을 뿐인데 범상치 않은 귀걸이로 도시적인 세련미를 뿜어낼 수도 있고, 튜브 톱 원피스에 이국적인 팔찌 여러 개를 겹쳐 리조트 룩을 만들 수도 있다.

©STELLA MCCARTNEY

하지만 감각이 없는 사람은 옷과 액세서리를 매치하는 작업 자체를 어려워한다. 그래서 어떤 옷이든 때 낀 결혼반지 하나로 밀어붙이기도 하고 얼토당토않은 액세서리를, 그것도 과도하게 걸쳐서 웃음거리가 되기도 한다. 촌스럽기로 유명한 몇몇 연예인들은 대개 후자의 경우다(패셔너블해 보이려는 의욕이 앞섰기 때문일 것이다). 대부분 평범한 사람들은 옷을 다 입은 후 어울리는 액세서리가 없어서 애를 먹는다(그래서 난《잇 스타일》에서 자신에게 어울리는 액세서

단순한 옷에 화려한 액세서리를 하면 둘 다 돋보인다.

©SONIA RYKIEL

티셔츠에도 잘 어울리는 목걸이
©www.parkk.co.kr

리는 기회 닿는 대로 부지런히 장만하라고 충고한 바 있다). 이런 경우를 방지하려면 정반대의 발상이 필요하다. 액세서리를 먼저 정하고 그에 어울리는 옷을 입는 것이다. 액세서리를 조화롭게 하면 옷은 극도로 단순해도 되기 때문이다. 옷 입는 데 많은 시간을 투자하고 싶지 않은 사람에겐 차라리 이 편이 낫다.

액세서리는 화장대나 옷장 등 눈에 잘 띄는 곳에 종류별로 진열한다. 가장 좋은 것은 서랍식으로 된 투명 아크릴 보석함이다. 아니면 서랍장의 큰 서랍 하나를 통째로 투자해서 검은 벨벳을 깔고 보석상처럼 꾸며도 좋다. 목걸이, 귀걸이, 반지 등 종류별로 나누고, 다시 나무나 금 등 색상별로 나눈다. 한 상자에 뭉쳐서 넣거나 격자 철망 같은 것에 지저분하게 걸지 말자. 찾기도 어렵고, 옷 위에 걸쳤을 때 느낌을 상상하기도 힘들다.

자신에게 딱인 액세서리만 모아라

자신에게 어울리는 액세서리를 해야 한다는 것은 두말할 필요도 없는 진리다. 어떤 대단한 유행이 찾아오더라도 자신에게 안 어울리면 단호하게 포기해야 한다. 우선 자신에게 어울리는 소재나 디자인이 무엇인지부터 알아야 한다. 피부가 노랗고 따뜻한 느낌이 들면 웜 톤Warm Tone, 붉으면서 희거나 검으면서 탁하

면 쿨 톤Cool Tone이다. 기본적으로 전자는 금색이, 후자는 은색이 어울린다. 그리고 눈동자를 봐서 또렷하고 맑은 느낌이면 광택 있는 소재(보석, 유광 금속 등)가, 흰자위와 경계가 흐릿하고 부드러운 느낌이면 광택 없는 소재(무광 처리한 금속, 나무 등)가 더 잘 어울린다. 또 피부가 탱탱하고 윤기가 날 때는 유광 소재가, 탁하고 트러블이 있을 땐 무광 소재가 낫다. 여러 가지 소재를 두루 경험하다 보면 유난히 잘 어울리는 소재가 모습을 드러낼 것이다.

액세서리에는 사이즈가 없지만 몸집이나 체형에 따른 제한은 있다. 한 덩치 하는 사람이 참깨만 한 귀걸이를 붙였다든지, 가늘고 짧은 목에 사디스트 같은 쇠사슬을 두르는 것 모두 안쓰러운 일이다. 손거울 앞에서 액세서리를 대어보는 것은 별 의미가 없다. 잠시 양해를 구하더라도 전신 거울을 찾아 몸이 편안하게 받아들이는 크기인지를 확인해야 한다. 체형도 중요한데, 몸집이 작은 편이라도 얼굴이 큰 사람은 목걸이도 어느 정도 길고 굵기가 있어야 하고, 덩치가 커도 팔이 오동통하고 짧으면 팔찌도 가늘고 손목뼈 아래로 늘어지는 것이 좋다.

가장 쉬운 방법, '3점 독립의 법칙'

액세서리를 해서 오히려 엄청나게 촌스러운 '극악의 역효과'를 보려면 서로 안 어울리는 액세서리를 주렁주렁 매달면 된다. 사실 나 역시 꽤 오랜 세월을 펑크족 혹은 안논족An-Non族(일본 잡지 〈anan〉과 〈Non · no〉 스타일을 추구하는 청소년들)으로 오해받으며 살았기 때문에, 액세서리의 미스 매치에는 일가견이 있다. 파티에 가는 신데렐라가 아닌 이상 요즘엔 액세서리를 세트로 맞춰 하는 게 오히려 촌스럽다. 조금씩 다른 소재와 디자인이면서도 액세서리가 자연스럽게 어울리도록 하는 방법은 무엇일까? 그 1단계로 '3점의 법칙'이 있다. 액세서리를 세 개까지만, 그것도 적당한 간격을 두고 하는 것이다. 예를 들면 선글라스·목걸이·반지 혹은 목걸이·팔찌·귀걸이처럼 말이다. 큼직하게 늘어지는 귀걸이와 목걸이를 같이 하면 둘 다 촌스러워 보인다. 별 생각 없이 안경에 늘어지는 귀걸이를 하는 것도 엄청난 미스 매치다.

금색으로 번쩍이는 시계를 차고 굵은 금반지를 하면 사채업자처럼 보일 우려가 있다. 그저 반지를 다른 손으로 살짝 옮겨주는 것만으로 훨씬 세련된 느낌을 낼 수 있다. 생각지도 않은 벨트 같은 것이 두드러지는 액세서리로 작용할 때도 있다. 예를 들어 브랜드 로고가 들어간 금속 버클이 달린 것은 늘어지는 목걸이나 두꺼운 뱅글 같은 것을 안 하는

액세서리를 여러 개 하더라도 색이나 소재는 어느 정도 통일하는 게 좋다.

게 좋다.

액세서리를 여러 개 모아서 할 때도 법칙이 있다. 색상이나 소재는 통일하고 크기에는 강약을 주는 것이다. 여름 잡지 화보에 꼭 등장하는 굵은 뱅글은 비슷한 굵기를 색색으로 하면 참 촌스럽다. 색은 몇 가지로 제한하고 굵고 가는 것이 함께 들어가야 한다. 브로치는 비슷한 색으로 작은 것과 큰 것 하나를 달면 강약이 있어 세련돼 보인다. 반지도 검지에 큰 칵테일 링을 꼈으면 약지나 다른 손엔 가늘고 심플한 것을 끼는 게 어울린다.

색과 형태가 조화로운 뱅글

©www.parkk.co.kr

겹쳐하기 좋은 진주 목걸이

액세서리 착용에 능수능란한 사람은 이런 법칙을 감으로 안다. 무엇이 어떻게 안 어울리는지를 모를 때는 전신 거울 앞에 서서 조금이라도 무거워 보이거나 부담스러운 액세서리를 뺀다. 케이트 모스도 "나가기 전 거울 앞에 서서 뺄 건 다 뺀다"고 했다. 안 어울리는 세 개보다 두 개가 낫고, 화룡점정처럼 포인트가 되는 액세서리 하나는 백 개보다 낫다.

재클린 케네디는 의상에 최고로 잘 어울리는 액세서리 한두 점을 귀신처럼 매치하는 재주가 있었다. 많은 보석이 있었지만 브랜드 네임이나 가격에 연연하지 않고 자신과 그날의 의상에 어울리는 것만 했다. 액세서리가 꼭 옷에 묻힐 필요는 없다. 하지만 꼭 있어야 할 자리에 있는 것이 가장 중요한 의무다.

고급 단계, 얼굴형 · 옷과의 궁합을 맞춰라

액세서리가 있어야 할 자리를 자연스레 알아보는 단계에 이르렀다면 액세서리가 만드는 형태나 이미지에 주목할 차례다. 특히 목걸이는 특별하다. 짧은 목걸이(초커)는 약간 팬 네크라인에, 긴 목걸이는 그보다 더 깊이 팬 네크라인이나 터틀넥에 어울리는데, 목걸이가 만드는 모양과 옷의 네크라인이 부딪치지 않아야 한다. 즉, 브이넥 옷에 펜던트Pendant가 달려서 V자로 늘어지는 목걸이, 라운드넥에 펜던트 없이 동그란 초커는 너무 비슷해서 서로의 장점을 감쇄한다(깊이 팬 브이넥 테일러드 칼라 재킷에 튜브 톱을 받쳐 입었으면 전체적 네크라인은 사다리꼴이 된다). 만약 라운드넥에 동그랗게 늘어지는 목걸이를 하고 싶다면 최소한 포물선의 각도라도 달라야 한다. 네크라인은 좀 넓게 퍼진 라운드형이고 목걸이는 반원에 가까운 호선을 그리는 것처럼 말이다.

네크라인, 얼굴형과 조화를 이루는지 체크!

ⓒSONIA RYKIEL

얼굴형도 충분히 고려해야 한다. 얼굴이 동그라면 펜던트가 달려 V자를 만드는 목걸이가, 턱이 뾰족하면 라운드형 목걸이가 어울린다. 자신의 턱선과 똑같은 각도의 목걸이를 하는 건 "나 이렇게 각졌어요" 혹은 "뾰족해요"라고 광고하는 것과 같다. 또한 목 길이와 목걸이 길이는 반비례한다. 긴 목에 짧

ⓒSTELLA MCCARTNEY

은 목걸이, 짧은 목엔 긴 목걸이다.

조금 어렵지만 네크라인, 목걸이, 얼굴형, 목 길이, 이 네 가지가 조화를 이뤘을 때 자신의 장점을 가장 돋보이게 할 수 있다. 턱이 화살표처럼 뾰족하고 목이 긴 모 연예인이 V자로 떨어지는 긴 목걸이에 긴 브이넥 톱을 입은 걸 본 적이 있다. 정말 '스타일리스트가 안티'가 아닐까 하는 생각마저 들었다.

자신만의 액세서리를 만들자

꼭 돈이 많아야 액세서리를 갖출 수 있는 건 아니다. 동대문 종합시장에 가면 비즈 공예에 몰두한 DIY족이 아침부터 바글바글하다. 파는 물건도 온갖 구슬과 철사, 실리콘 총까지 없는 게 없다. 사실 아이디어만 있다면, 자신만의 액세서리를 만드는 건 어렵지도 돈이 많이 들지도 않는다. 하지만 만든다는 기쁨 때문에 촌스러운 걸 대량생산하거나 기성품보다 더 많은 재료비를 들이진 말자. 재료비는 적당히, 결과물은 최고여야 한다. 가장 쉬운 게 단추 뒤에 클립을 붙이는 귀걸이다. 고급스런 단추를 사고(혹은 안 입는 옷에 있는 걸 재활용) 뒷면에 금속 클립을 실리콘 총으로 붙이기만 하면 된다.

여름 필수품인 터키석 목걸이나 팔찌는 정말 아무 기술도 필요 없다. 원석을 사서 낚싯줄에 끼운 후 손으로 매듭만 지으면 끝이다. 시중에서 파는 것은 대부분 플라스틱이며, 원석일 경우 상당히 값이 나가기 때문에 직접 만드는 게 이득인 아이템이다.

자신에게 어울리는 소재와 길이의 금속 체인이 있다면(그래서 처음부터 체인은 좋은 걸 사야 한다) 펜던트만 달아서 얼마든지 새 목걸이로 변신시킬 수 있다. 심지어 싫증 난 머리핀이나 열쇠, 립글로스 같은 것도 1초면 달 수 있지 않은가? 끝이 뾰족한 펜치, 그리고 체인과 같은 색 고리를 장만해놓으면 달 수 있는 건 거의 무한대로 늘어난다. 이 외에도 지겨워지거나 싼 소품에 약간의 변화를 주면 전혀 다른 액세서리를 만들어낼 수 있다.

it girl's item 18

Watch

Watch 시계는 단순히 시간을 보는 도구가 아니다. 잘 고른 시계 하나가 주렁주렁 매단 액세서리보다 나을 때도 많다. 진짜 명품 시계와 진짜 스타일리시한 시계. 당신이 지향하는 바는 무엇인가? 아이덴티티를 보여주는 시계 선택법과 예상치 못한 매치법.

시계마저 크고 화려한 걸 좋아하는 패리스 힐튼, 자신이 디자인한 시계도 있다.

개성 있고 세련된 스타일을 만드는 시계

enjoy your watch!

뭔가를 몸에 걸치는 걸 싫어하지만 시계를 깜빡한 날엔 하루 종일 불안하다. “지금 몇 시나 됐어요?” 하는 작업의 기술은 30년도 전에 부모님 세대에서 막을 내렸다. 쉴 새 없이 가방을 뒤적여 휴대폰을 확인하는 사람은 그저 무기력해 보일 뿐이다. 시계라는 것은 그 사람의 세상에 대한 시각을 보여주는 상징적인 소품이다. 몇 년 전 한 패션 잡지에 ‘시계로 남자의 성격과 배경을 알아본다’는 칼럼을 썼다가 일부 남자 독자에게 힐난을 당한 적이 있다. 하지만 하루하루 세상을 살아갈수록 내 주장이 옳았다는 생각을 더더욱 굽힐 수 없다. 짝퉁을 수십만 원 주고 사면서 싸다고 잘 만들었다고 감탄하게 하는 물건도 시계가 유일하고, 망할 놈의 물건이라고 망치로 때려 부수며 조직 사회에 대한 분노를 투영하게 하는(실화다) 물건도 시계가 유일하다. 현대 사회에 발붙이고 살려면 누구나 시간은 알아야 하고, 스타일과 더불어 ‘가치관’이란 것도 시계 선택의 기준이 된다.

좋은 시계는 겉모습으로 말하지 않는다

우리는 크리스찬 디올, 샤넬, 구찌 등 디자이너 브랜드 제품을 '명품'으로 부르는 데 주저함이 없다. 하지만 그런 단순한 발상이 전혀 통하지 않는 분야가 있다. 바로 시계가 그 중 하나다. 명품이라 부를 수 있는 시계 브랜드는 일반인에게 굉장히 생소한 이름이며, 피라미드처럼 상호간에 서열이 정해져 있는 게 특징이다. 오랜 시간 동안 누적된 기술력의 벽에 의해서 말이다. 인간이 만든 기계로 행성 간 운행 규칙을 따라잡는다는 자체가 너무나 큰 도전이었기에 시계 기술은 선택받은 자들만이 맛볼 수 있었고 그 자체가 신분을 의미했다.

세계 3대 명품 시계 브랜드로는 파텍 필립Patek Philippe, 바셰론 콘스탄틴Vacheron Constantin, 브레게Breguet를 꼽는다. 이들에 의해 가장 복잡한 소기계인 시계의 역사가 시작됐고 태엽, 투르비용Tourbillon(지구의 중력에 따른 오차를 바로잡는 장치), 천문 달력 등 시계 기술이 발전해 나갔다. 지금도 보석 없이 기계만으로 수십억 원에 이르는 앤티크 워치Antique Watch는 대부분 이들 브랜드에서 나온다.

하지만 시계 역사상 혁명적인 사건인 세이코Seiko 사의 쿼츠 무브먼트Quartz Movement(배터리식)의 발명으로 마침내 누구나 손목 시계를 갖게 됐다. 쿼츠는 값이 싸고 정확하기 때문이다. 시계가 '좋다' '나쁘다' 하는 것은 마치 싸고 푸짐한 백반 집과 미슐랭 가이드의 별 세 개짜리 레스토랑을 비교하는 것과 같다. 맛있고 배부르게 먹고 싶은 사람에겐 당연히 백반 집이 좋을 것이고, 미식과 문화를 따지는 사람이면 당연히 스리 스타 레스토랑 쪽일 것이다. 결론적으로 시계가 얼마짜리든 시간을 보는 데는 큰 차이가 없다.

맞선을 보듯 시계를 골라라

요즘처럼 '명품 짝퉁 시계'가 범람한 적이 있었나 싶다. 브랜드 이름만 치면 수십 개의 짝퉁 시계 쇼핑몰이 줄줄이 뜬다. 홍콩 명품이라느니, 스위스 무브먼트라느니 수선을 떨고, 버스 안이나 재래시장에도 명품 시계 하나 안 찬 사람이 없다. 홍콩 거주민으로서 말하지만 홍콩엔 진짜 명품 시계 소매점은 많아도 짝퉁 시계 공장은 없다. 진짜 명품 시계를 살 물질적 · 정신적 여유가 없으면 짝퉁도 사지 말아야 한다. 경제적 여건이 뻔히 보이는데 어설픈 짝퉁 명품 시계가 사람을 더 초라하게 만들고, 전문직이나 고소득 자영업자라면 분명히 언젠가 진짜 명품을 찬 사람과 마주치게 될 것이다. 더욱 짜증스러운 건 짝퉁 명품 시계의 엄청난 바가지다. 겉모습은 그럴듯하게 따라해도 사실은 중국제 저질 무브먼트가 속을 꽉 채운 몇천 원짜리이기 때문이다. 학생이나 직장 초년생이라면 10만 원 이내에 살 수 있는 쿼츠 시계로도 충분하다.

시계처럼 자신과 한 몸이 되어 오랫동안 함께하는 물건이 없고, 바로 눈에 띄는 소품이기 때문에 처음 만난 사람과 시계에 대한 이야기로 운을 떼게 되는 경우도 많다. 그렇다면 정말 마음이 가는, 괜찮은 애인 같은 시계를 하나쯤 마련해야 하지 않을까? 앞서 말했듯 대부분 디자이너 브랜드 시계는 명품이 아니다. '명품'이라고 주장하는 20~50만 원대 브랜드도 뚜껑을 열어보면 몇만 원짜리 시계와 다른 점이 없는 경우가 많다. 그 브랜드를 너무나 좋아하거나 디자인을 즐길 목적이

고급 시계

전통의 명품 시계

©RADO

©OMEGA

아니라면 스와치Swatch, 세이코Seiko, 타이멕스Timex, 카시오Casio, 티쏘Tissot 등 시계 전문 브랜드에서 괜찮은 모델을 사는 게 훨씬 현명하다.

패션 시계라고 해서 성능이나 기술력이 떨어지는 건 절대 아니다. 스위스에 본사를 둔 스와치 그룹만 해도 오메가Omega, 라도Rado, 론진Longines 등 고급 시계 브랜드를 거느리고 있으며, 스와치는 그 기술력을 최저가에 누릴 수 있는 브랜드다. 뿐만 아니라 세계에서 가장 얇은 시계, 액세서리처럼 바꿔가며 착용할 수 있는 시계 등 패션쇼만큼 다양한 컬렉션을 시즌마다 선보인다.

좀 더 고급을 지향한다면 오메가, 라도, 보메 에 메르시에Baume et Mercier, 레이먼드 웨일Raymond Weil, 오리스Oris 등이 저렴한 가격에 품질 좋은 모델을 갖추고 있다. 절대 여성스러움을 잃지 않겠다는 사람은 샤넬, 구찌, 크리스찬 디올, 에르메스 등 디자이너 브랜드가 적합하고, 카르티에Cartier, 쇼메Chaumet, 불가리Bulgari, 부셰론Boucheron 등은 여성용 보석 시계로 전통을 자랑한다. 도금 제품(좋은 브랜드일 경우 벗겨지지 않으며 뒷면에 버메일Vermail이란 표기가 되어 있다)이나 스테인리스 스틸 케이스는 고가 모델의 10분의 1밖에 되지 않는 경우도 많으니 참고할 것.

swatch
©SWATCH
스와치는 패션 시계란 개념을 만들어낸 스위스 시계 브랜드다.

'피부 톤, 액세서리, 스타일' + 시계

시계를 차기 전에 주로 어떤 액세서리를 하는지, 피부 톤이 어떤지는 꼭 따져 봐야 한다. 피부가 따뜻한 톤이라서 주로 금색 액세서리가 잘 어울리고 주로 드는 가방의 부자재도 금색 위주라면 시계도 금색으로 해야 한다. 은색의 경우도 마찬가지다. 사실 두 가지를 다 장만하는 게 가장 좋지만, 여의치 않으면 금색·은색이 섞인 콤비 컬러가 좋다. 가죽 줄은 검은색이나 갈색이 가장 실용적이지만 기분에 따라 줄을 바꿀 수 있는 디자인이면 금상첨화다. 밝은 브라운~베이지색은 피부색과 비슷해서 가장 자연스럽고 구두나 벨트와도 잘 어울린다. 청바지를 자주 입는 사람에겐 검은색보다 의외로 잘 어울리는 것이 짙은 감색Navy이다. 정장풍 시계라도 캐주얼에 활용할 수 있다. 검은색은 단정하고 보수적인 느낌을 주며 흰색 셔츠나 회색 수트처럼 보수적인 아이템에 환상적으로 어울린다. 노란색, 오렌지색, 초록색 등은 액세서리를 잘 안 하는 사람에게 확실한 포인트를 주며 개성 있고 세련된 사람이란 인상을 줄 수 있다.

밝은 색 가죽 줄은 지저분하게 때가 타 있지 않도록 항상 신경 써야 한다. 시계 줄은 정기적으로 과감하게 바꿔주고 시계 줄이 워낙 독특해서 국내에서 구하기 어려운 모델은 처음부터 안 사는 게 낫다. 시계 줄로 쓰이는 가죽 중 가장 무난하면서도 우아해 보이는 것은 리저드Lizard라 불리는 도마뱀 가죽과 크로코다일Crocodile이라 불리는 악어가죽이다. 합성 가죽 줄은 습기가 차고 색감에 깊이가 없으므로 피하는 게 좋다.

여자로 태어나길 잘했다는 생각이 들 때가 팔찌형 시계를 찰 때다. 뱅글처럼,

피부 톤, 주얼리, 소품, 시계의 색감이 서로 어울려야 한다.

체인이나 참Charm처럼 생긴 팔찌형 시계는 여자들만을 위한 선물이다. 드레스에도 잘 어울리지만, 청바지나 탱크 톱에 대조적인 느낌으로 매치할 수도 있다. 꼭 껴야 하는 결혼 반지가 아니라면 시계를 찬 손에 반지를 여러 개 끼는 건 그리 권장할 만하지 않다. 시계를 찬 손엔 시계와 어울리는 심플한 반지 하나만 끼고 큰 칵테일 링은 다른 손에 껴보자.

큼직한 남자 시계나 스포츠 시계를 좋아하는 사람도 많은데, 아예 액세서리를 하지 않거나 시계 색과 비슷한 금속제 뱅글, 천 소재 팔찌 여러 개와 겹치면 재미있는 효과가 난다. 티셔츠나 트랙 수트Track Suit(일명 '추리닝') 같은 스포티한 아이템에 잘 어울리지만 의외로 여성적인 니트 카디건이나 캐미솔 톱에도 멋지다. 하지만 이런 시계를 일 년 사계절 어떤 옷에나 매치할 순 없다. 때로는 정장풍 시계를 차야 할 경우도 있는 것이다. 소개팅이나 면접 자리에 주먹만 한 남자 시계를 차고 온 여자들을 내 주위 남자들은 참 무서워하는(?) 듯했다.

팔찌형 시계는 말 그대로 팔찌와 같은 주얼리 역할을 한다.

저렴하고 좋은 시계, 앤티크 워치

빈티지 옷만의 멋이 있듯 좋은 브랜드의 단종된 모델 시계도 고급스럽고 독특한 매력이 있다. 주로 카르티에, 오메가, 롤렉스Rolex, 라도Rado, 세이코 등 어머니 세대가 애용하던 고급 브랜드인데, 품질이나 세월의 가치에 비해 가격은 매우 낮게(몇만 원~몇십 만원) 형성돼 있다. 고장 나거나 빠진 부품만 없다면 가격이 부풀려진 최신 디자이너 시계보다 앤티크 워치가 훨씬 좋은 선택일 수 있다.

탑타임 www.toptime.co.kr

시계 수리, 경매, 담보 대출까지 하는 명품 시계 전문점. 가격은 눈이 튀어나올 정도지만 믿을 수 있고 물량이 많아서 조금이라도 저가에 나온 상품은 금세 품절된다. 매장을 방문하면 직접 착용해볼 수 있다.

왓치4989 www.watch4989.co.kr

중고 시계를 직거래할 수 있는 사이트. 수수료가 적은 만큼 저가에 좋은 상품을 구할 수 있지만 안목이 필요하다. 명품 시계부터 패션 시계까지 브랜드가 다양하다.

방씨네 아빠시계 www.abbawatch.co.kr

부모님 세대가 애용하던 1970~80년대 세이코, 라도, 오메가 등 브랜드의 진짜 빈티지 모델만을 판매하는 곳. 앤티크 시계만의 독특한 멋이 있고 가격도 대부분 10만 원 내외로 부담 없다.

필웨이 www.feelway.com

중고 명품 매매 사이트지만 시계 물량도 상당하다. 가격대별로 정렬하면 예산에 맞춰 명품 시계를 비교하며 쇼핑할 수 있다. 가격이 싼 것은 대부분 오래된 모델이지만 오히려 멋스럽다.

지라드 www.girards.com

1980년대 이전 시계를 주로 소개한다. 해밀턴Hamilton, 불로바Bulova, 구렌Gruen 등 국내에 희귀한 브랜드와 모델이 많아서 독특한 디자인을 발견할 수 있다. 뒤 덮개를 열고 무브먼트까지 보여준다.

it girl's item 19

Scarf &Shawl

Scarf&Shawl 추운 날 목덜미가 따스해서, 혹은 찜통더위에도 그 화려하고도 보헤미안적인 매력 때문에 포기할 수 없다. 서양에선 스카프로 통칭되곤 하는 스카프 · 머플러 · 숄은 제대로 두를 줄 알고, 스타일에 어울려야 비로소 멋이 나는 까다로운 아이템. A부터 Z까지 활용법을 잇 걸들에게 배워보자.

시에나 밀러는 보헤미안 느낌으로 길게 스카프를 즐겨 맨다.

©REX

스카프&숄의 천가지 표정

enjoy scarf & shawl!

샤넬 가방을 카페 의자에 걸어놓고 신나게 수다를 떨고 나니 가방이 없어졌더란 슬픈 이야기를 들은 적이 있다. 몇 달 후 나에게 똑같은 일이 일어났다! 카페에서 잠시 책을 읽고 있었는데 어깨에 두른 스카프가 감쪽같이 사라진 것이다. 내가 정말 분노한 것은 그 스카프가 한정판이어서 이젠 구하려야 구할 수도 없는 무늬라는 것, 그리고 가져간 사람은 그 사실엔 관심조차 없었을 거란 점이다. 살인적인 에어컨 바람으로부터 어깨를 지켜주던 스카프, 금요일 밤 어느 바에서 여우 꼬리처럼 살랑거리던 스카프, 창백하고 기운 없는 얼굴에 생명수처럼 혈색을 주던 스카프……. 스카프의 고마움이 그토록 버라이어티하게 다가올 줄이야.

게다가 예로부터 목 주위를 감싸는 것은 고귀함을

상징했다. 스카프(외국에선 목도리도 스카프라고 부른다)는 대개 얼굴과 목덜미를 포근하게 감싼다. 르네상스 시대의 러프 칼라Ruff Collar는 신분이 높을수록 풍성해서 엘리자베스 여왕은 목을 못 가눌 것 같은 모습으로 그림 속에 남아 있다. 후줄근한 옷차림에도 따스함, 섹시함, 생동감뿐 아니라 고귀한 이미지까지 더할 수 있다니, 참 괜찮은 소품 아닌가?

브랜드가 아닌 소재 · 색상 · 무늬를 보라

거리에 나가보면 좌판에 널린 게 스카프지만 몇 가지 엄격한 기준을 잊어선 안 된다. 첫째는 소재다. 대개 맨살에 닿는다는 것을 감안할 때 절대적으로 천연섬유(실크, 캐시미어, 모, 면, 마 등)여야 하고 그 중에서도 최고 품질이면 더욱 좋다.

명품 스카프는 100% 실크거나 실크와 캐시미어 혼방이며, 숄은 80% 이상 캐시미어인 경우가 많다. 터프한 멋으로 매는 면이나 마 소재도 이집트 면이나 리넨Linen(아마)으로 드라큘라의 키스처럼 감미로운 것이 좋은 것이다.

한 지인이 애지중지하는 샤투시Shahtoosh(티베트 영양 솜털로 짠 소재로 멸종 위기여서 사냥·채취·무역 금지 품목이다) 소재 숄은 꽤 오래전 원주민에게 구입했음에도 1백만 원을 호가했고(요즘은 1천만 원이 넘는다), 이제는 구할 수도 없다고 한다. 이 숄은 놀랍게도 정말 동물의 솜털과 똑같은 감촉(두께가 9~11μm)이며 손바닥만 한 주머니에 구겨 넣어도 쏙 들어갈 만큼 부피가 작은데 꺼내면 완벽하게 펴진다. 또 깃털처럼 가볍지만 어깨에 두르면 두꺼운 담요 이상으로 따뜻하다. 이것이 바로 좋은 소재의 기준인 것이다. 그보다는 못하지만 고급으로 치는 것이 캐시미어의 일종인 파시미나Pashmina다. 소재가 좋은 스카프나 숄은 수십 년이 지나도 그대로라 그만큼 투자 가치가 있다.

둘째, 색상 역시 중요하다. 늘 그렇지만 나쁜 물건은 같은 원색이라도 탁하거나 형광 빛이 돈다. 천연 염색 한복처럼 은은하고 고급스런 색상이 도는 것, 무늬가 밀리지 않고 정교하게 나염된 것이 좋고 무엇보다 얼굴에 댔을 때 안색을 확 살려주는 것이 자기 피부에 맞는, 언제나 애인처럼 쓸 수 있는 스카프 · 숄이다.

스카프 길이, 매듭으로 체형을 커버하라

프랑스 여자들은 스카프 하나로 무궁무진한 스타일을 연출하기로 유명하다. 속옷이나 조끼, 치마도 스카프 한 장으로 만들어낸다. 하지만 이 모든 스카프 연출법을 공부할 필요는 없다. 자신만의 트레이드 마크 같은 연출법 한두 개면 충분하지 않을까?

가장 흔한 방법으로 둘둘 돌려 말아서 한 자락 혹은 두 자락을 앞으로 늘어뜨리는 것이 있다. 이때는 자신의 키가 열쇠다. 키가 작은데 멋모르고 집시처럼 길게 늘어뜨렸다가 끝이 바닥에 닿을 정도가 되면 안쓰러울 만큼 왜소해 보인다. 모델이 아니라면 구두를 신은 상태에서 키의 3분의 2 지점보다 길게 늘어지면 안 되며, 키가 작을수록 짧게 매는 것이 좋다. 두 자락보다는 한 자락이, 황금비율의 옆가르마처럼 귀보다 약간 바깥에서 늘어뜨리는 게 날씬해 보인다.

스카프를 목 주위에 적당히 풍성하게 두르면
얼굴도 작아 보인다.

숄과 벨트를 재킷처럼
ⓒLACOSTE
ⓒMICHAEL KORS
스카프를 두건으로
스카프를 부드러운 옷에 묶으면
벨트로 활용할 수 있다.
ⓒTOMMY HILFIGER
ⓒLACOSTE
머플러를 넥타이처럼

목 주위에 적당히 풍성하게 두르면 얼굴이 작아 보인다. 스카프 자락이 턱 끝에 살짝 닿아 '살포시 파묻힐 정도'가 딱 좋다. 너무 크게 둘둘 감으면 머리 자체가 커 보이고, 반대로 목을 조르듯 딱 달라붙게 두르면 교수형 일보 직전처럼 애처롭다. 스카프가 흘러내리지 않도록 브로치나 스카프 링으로 고정하면 모양도 자유자재로 조절할 수 있다.

케이트 모스는 긴 스카프를 넥타이처럼 두르기를 좋아한다. 재킷을 열어 입었을 때 밋밋해 보이면 목걸이 대신 포인트를 줄 수 있고 목이 짧은 사람에게도 곧잘 어울린다. 긴 스카프를 반으로 접어 양끝을 통과시키는 방법은 어느 정도 키도 크고 어깨가 넓으면서 얼굴도 작은 이기적인 몸매에 어울린다. 너무 캐주얼한 방법이라 자칫 초라해 보일 수 있기 때문이다. 니콜 리치처럼 머리가 작고 두상에도 자신이 있으면 히피풍으로 머리에 둘러도 멋스럽다.

스카프도 분명한 액세서리이기 때문에 화려한 색일수록 시선을 얼굴 쪽으로 집중시킨다. 단지 보온용으로 자연스럽게 두르고 싶으면 옷과 비슷한 색이나 차분한 색을 선택해야 한다.

스카프 매는 법

앞에서 뒤로 두른 후 양끝을 앞으로 내려 접어 고리를 만든 후 좌우를 교차시켜 아래에서 위로 뺀다. 미끄럽지 않은 모직 머플러에 적합하다.

그냥 가볍게 한쪽을 뒤로 넘긴다. 스카프 자체의 무늬가 화려할 때 적합하다. 미끄러운 소재면 브로치로 고정해도 예쁘다.

앞에서 뒤로 두 번 돌려 감은 후 그 사이로 양끝 자락을 뺀다. 목에 단단하고 따뜻하게 감기며 술이 달린 디자인일 경우 특히 예쁘다.

끝 자락이 앞으로 나오게 리본을 만든 후 매듭 안으로 교차시켜 다시 한 번 리본 모양을 만든다. 길고 하늘하늘한 스카프에 적합하다.

정사각형 스카프를 대각선으로 접어 양 모서리를 목에 한 번 돌려 감은 후 앞에서 묶어준다. 단정해 보인다.

길고 하늘하늘한 스카프를 넥타이와 같은 방법으로 느슨하게 맨다. 보헤미안 느낌이 나며 페도라와 잘 어울린다.

정사각형 스카프를 대각선으로 접어 목 뒤에서 매듭을 만들고 남은 자락을 다시 앞으로 내린다. 가장자리에 줄무늬가 있는 스카프에 특히 적합하다.

길고 무늬가 잔잔한 스카프는 여름에 쓰는 밀짚모자에 두르기 좋다. 특히 파스텔 톤 시폰 소재가 바람에 날리면 예쁘다.

정사각형 스카프를 똑바로 놓고 10cm 정도 폭으로 아코디언처럼 접는다. 목에 두른 후 붕대 매듭처럼 두 번 묶어 사각매듭을 짓는다.

대각선으로 접은 스카프 끝 자락을 앞에서 사각으로 매듭짓는 단순한 방법. 실크 스카프의 화려한 무늬가 뒤에서 잘 표현된다.

정사각형 스카프를 대각선으로 돌돌 말아 머리에 묶는다. 그냥 묶으면 미끄러지기 쉬우므로 고무줄로 먼저 고정해둔다.

앞으로 양끝 자락을 내려 리본 모양으로 묶는다. 긴 직사각형 스카프에 적합하고 대각선으로 말아 끝을 뾰족하게 하면 색다르다.

it girl's item 20

Stocking

Stocking 날씬하고 섹시한 다리에 대한 열망은 남자뿐 아니라 여자들도 뒤흔든다. 얇고 투명한 나일론 스타킹부터 총천연색 복고풍 레깅스까지 서랍을 꽉꽉 채우고 싶은 심정이다. 하지만 받쳐주지 않는 다리가 문제. 옷을 더 아름답게 표현하면서 다리도 예뻐 보이는 잇 걸들의 스타킹·타이츠·레깅스 스타일링!

모나코 공주 샬롯 카시라기는 반투명한 검은 스타킹으로 섹시한 이미지를 만든다.

다리가 예뻐지는 스타킹·타이츠·레깅스

enjoy stocking!

섹시한 각선미를 돋보이게 하는 스타킹·타이츠·레깅스 등 양말류를 통틀어 호저리Hosiery라고 한다. 그 어원은 중세 유럽의 남자 하의였던 호즈Hose다. 14~16세기에 최고로 유행한 호즈는 처음엔 무릎 양말처럼 착용했지만 점점 길어져 허리까지 올려 입게 된, 참으로 민망한 물건이었다. 영화 〈로미오와 줄리엣(1968)〉에선 하체의 실루엣이 적나라하게 드러나는데다 알록달록 무늬까지 넣은 호즈를 입은 남자들이 군무를 추는 발레리노처럼 등장한다.

거기에 비하면 여자들이 본격적으로 스타킹 패션을 즐기기 시작한 건 한참 후다. 남자들에게 바통을 이어받아 17세기부터 신기 시작했다고 하나 본격적으로 다리를 드러낸 건 치마가 짧아진 20세기나 되어서였다. 이렇게 어렵게 빼앗아와서인지 나폴레옹의 황후 조세핀은 실크 호즈를 특히 아꼈는데, 당시 가격으로 치면 보석만큼의 가치가 있었다고 한다.

요즘처럼 질기고 투명한 스타킹이 탄생한 건 1938년, 뒤퐁Dupont 사에서 나일

©SONGHAE LEE

론을 개발한 덕분이다. '기적'이라 불리며 사치품으로 여겨지던 나일론 스타킹은 방적 기술의 발달로 십여 년 만에 싼 값에 전 세계로 퍼져 나갔다. 여자들이 다리 제모를 시작한 것도 미니 스커트가 생긴 것도 그 덕분이랄 수 있으니, 얼마나 신통방통한 일인가. 신기하게도 스타킹Stocking을 잘 신으면 다리가 예뻐 보이고, 얇은 타이츠Tights 한 장이 매서운 겨울바람을 막아주며, 파리지엔의 다리는 레깅스Leggings가 책임진다. 여자에게 호저리는 두 번 다시 빼앗길 수 없는 보석 같은 존재다.

꼭 갖춰야 할 스타킹 · 타이츠 · 레깅스의 기본은?

스타킹에 자주 등장하는 데니어Denier는 두께의 단위지만 정확히는 원사의 굵기를 나타낸다. 1데니어는 원료 1g으로 9,000m를 뽑은 실의 두께다. 2데니어는 같은 무게로 그 반인 4,500m를 뽑은 것이다. 데니어의 수가 높아질수록 실이 두꺼워지고 두꺼운 실로 짠 만큼 스타킹도 두껍고 불투명해진다. 5~10데니어는 거의 보이지 않을 만큼 투명하며 다리의 음영만을 살려줘 섹시한 파티 룩에 어울린다. 여름을 제외한 계절에 두루 신을 수 있는 두께는 40~50데니어. 색은 분명히 드러나지만 반투명하고 두꺼워 보이지 않으며 올도 잘 나가지 않는다. 80데니어 이상부터는 완전히 불투명해서 오파크 타이츠(통칭 '타이츠')나 레깅스로 볼 수 있다.

가장 기본이 되는 것은 거의 다 비치는 살색과 검은색 시어Sheer 스타킹과 검은색, 짙은 남색, 짙은 밤색 타이츠다. 레깅스는 다리 중 가장 날씬하고 선이 예쁜 부위에서 끝나는 것으로 검은색, 회색, 잿빛, 푸른색이 도는 잿빛, 밤색 등 탁한 색이 실용적이다.

호저리는 너무 싼 것만 찾지 말고 몇 개를 사더라도 좋은 것을 갖추는 게 중요하다. 싸구려 스타킹이나 타이츠는 한 번 신으면 다리 모양으로 축 늘어지고 쉽게 구멍이 난다. 레깅스도 저급품은 다리에 딱 달라붙지 않고 내복 바지 같은 느낌이다. 좋은 것은 데니어와 사이즈(S, M, L), 섬유 조성을 명확히 표기한다. 또 발끝과 발꿈치를 보강하고 가랑이 부위를 면으로 처리해 통풍이 잘 되게 하는 등 세부적으로 신경을 많이 쓴다. 특히 품질 차가 큰 것은 일명 '골지'라 부르는 세로줄무늬 조직 제품이다. 좋은 것은 다리를 날씬해 보이게 하고 고급스럽지만, 나쁜 것은 줄 조직이 곧 늘어나 엉망이 돼버린다. 얇은 스타킹은 수명만 보면 좋은 것이나 나쁜 것에 큰 차이가 없지만, 두꺼운 타이츠나 레깅스는 엄청난 내구성의 차이를 보인다. 즉, 좋은 걸 장만하면 거의 평생 신을 수 있다.

옷과 스타킹, 색과 질감을 맞춘다

스타일에 스타킹을 맞추는 것이 기본이다. 하늘하늘한 꽃무늬 원피스에 검은 타이츠가 어불성설이듯, 고전적이며 섹시한 모직 검은색 정장에는 반투명한 검

옷, 구두, 스타킹을 같은 색으로
맞추면 키가 커 보인다.

©MOSCHINO

검은 정장에는 얇고 투명한
검은 스타킹이 가장 잘 어울린다.

©TOMMY HILFIGER

원색 타이츠는 옷 무늬 중 한 가지와 통일하면 자연스럽다.

은색 스타킹이, 후드 달린 티셔츠와 데님 스커트에는 불투명한 타이츠나 레깅스가 어울린다. 성숙해 보이고 정장 느낌이 나는 옷에 얇은 것을, 캐주얼하고 어려 보이는 옷에 두꺼운 것을 신는다. 너무나 간단한 원리지만 거리에 나가보면 이것조차 무시하는 사람이 수도 없이 많다. 나아가 다리를 캔버스처럼 활용하고 싶다면 무늬나 색깔이 들어간 것에 도전할 수 있다. 가장 쉬운 방법은 색깔을 살짝 바꿔주는 것. 즉, 검은색 정장에 회색 스타킹을, 빨간 점퍼에 핑크 타이츠를 신는 것처럼 동색 계열에서 융통성을 발휘하는 것이다.

혹은 옷과 같은 색이되 무늬가 들어간 것도 드라마틱하다. 검은색 정장에 검은색 줄무늬가 들어간 스타킹, 하얀 티셔츠에 하얀 물방울무늬가 살짝 들어간 타이츠는 세련되게 어울린다. 색깔 있는 스타킹을 신을 때는 옷에 맞추느냐 구두에 맞추느냐가 전혀 다른 느낌이 난다. 옷에 맞추면 구두가 두드러지기 때문에 구두와 발 모양이 예뻐야 하고, 다리 전체를 한 번쯤 훑어보게 하므로 섹시하고 여성스럽다. 구두에 맞추면 롱부츠를 신은 것과 같은 효과다. 옷을 돋보이게 하고 다리를 깔끔하게 정리해준다.

옷과 구두, 스타킹을 같은 색으로 맞추면 가장 키가 커 보이지만 소품을 잘 활용하지 못할 경우 초라해 보일 수도 있다.

극도로 다리에 자신이 있다면 스타킹만 튀는 색으로 해보자. 특히 옷이 검은색이나 짙은 남색, 밤색처럼 어두운 색일 때는 핫 핑크, 노랑, 초록, 파랑 같은 원색 스타킹이 빛을 발한다. 대신 옷의 실루엣이나 기타 소품은 최대한 단순하게 하자.

온몸을 같은 색으로 통일하고 스타킹만 튀는 색으로 하면 파격적인 멋이 난다.

STyle TIP

스타킹 & 레깅스 관리법

고급 스타킹이 순간의 실수로 구멍 나서 버려야 했던 경험이 있을 것이다. 얇고 섬세한 것일수록 올이 나가기 쉽다. 스타킹 회사들이 더 튼튼하게 만들 수 있는데도 계속 팔아먹으려고(?) 올이 나가도록 설계한다는 음모론도 들려온다.

우선 스타킹을 신을 때는 손톱이 너무 길거나 갈라진 곳이 없는지 잘 봐야 한다. 손톱이 길면 좀 남세스럽긴 하지만 주방용 고무장갑을 끼면 안전하다. 발톱 역시 짧고 둥글게 다듬어야 하고 발뒤꿈치의 각질이 거칠지 않도록 보디로션을 미리 발라준다. 양쪽 발끝을 먼저 맞추고 접은 스타킹을 다리를 향해 살살 올리듯 신어야 한다. 앞뒤가 있는 스타킹은 반드시 모양대로 신는다.

세탁할 땐 망이 촘촘하고 동그란 속옷용 세탁 망에 넣어서 세탁기로 약하게 돌리거나 플라스틱 물병 같은 것에 세제를 푼 물과 스타킹을 넣고 강하게 흔들면 효과적이다.

레깅스도 마찬가지인데 마찰에 약해 보풀이 이는 소재가 많으므로 손세탁이 좋다. 특히 표면이 반들반들하고 탄력이 강하거나 펄이 있는 레깅스가 상하기 쉽다. 헹굴 땐 섬유 린스를 사용해야 부드럽고 탄력도 좋아진다.

설명할 수 없는 프렌치 시크의 정점, 루 드와이옹

©REX

Lou Doillon

PROFILE

Name Lou Doillon
Birthday 1982.9.4
Occupation 배우, 모델
Career 영화 〈Go Go Tales〉 〈Sisters〉 〈Saint Ange〉 〈Blanche〉 〈Embrassez qui vous voudrez〉 등, 지방시, 갭 모델, 리쿠퍼 크리에이티브 파트너
Hobby 쇼핑, 스타일링 & 디자인, 작곡
Speciality 아홉 살 때 독특한 스타일로 주목받고 열한 살 때 피어싱을 할 정도로 패션 감각이 뛰어나다. 감독인 아버지와 배우 겸 가수인 어머니의 끼를 물려받아 패션, 음악, 연기에도 재능.

PARIS SEXY! I ♥ NY

우리나라엔 잘 알려진 바 없는 이 프랑스 모델 겸 배우를 설명하려면 우선 화려한 가계도부터 들여다봐야 한다. 엄마는 프랑스 샹송계의 전설이자 '버킨백'으로 유명한 제인 버킨, 아버지가 다른 언니는 프랑스의 국민 배우 샤를로트 겡스부르다. 루 드와이옹은 두 패션의 여신에게서 '프렌치 시크'의 감성을 충만하게 흡수하며 자랐다. 그녀의 스타일을 관찰하다 보면 "어쩌면 저렇게 아무렇게나 입은 것 같은데 멋스러울까?" 하는 감탄이 연이어 나온다. 심지어 머리는 잘 빗지도 않은 것 같고, 튀어나온 이는 교정조차 하지 않았다. 그런데도 트렌치 코트에 실크 해트라도 쓰면 그대로 패션 화보가 된다. 오래된 실크 드레스에 구겨진 회색 모직 재킷을 입는다든지, 잠옷 같은 면 원피스에 레깅스를 신는 스타일은 마땅히 칭찬할 만하다. 그런데 체크무늬 셔츠에 청바지만 입었는데 세련된 건 대체 왜일까?

그녀는 자연스러움이란 무엇인지를 누구보다도 잘 알고 있는 듯하다. 파리지엔 대부분이 유행을 따르지 않지만, 그녀는 철저할 만큼 유행을 무시한다. 기준은 오직 자신의 감성에 맞느냐, 그렇지 않느냐다. 소재는 시대의 유산에서 마구 끄집어낸다. 스페인 무적함대의 모자나 영국 신사의 톱 해트, 중동에서 입는 하렘 팬츠, 1930년대 미국 재즈 뮤지션이 입었을 듯한 스윙 팬츠, 마리 앙트와네트가 입었을 것 같은 실크 드레스, 1970년대 헤비메탈 밴드가 그려진 티셔츠까지……. 끌리는 것을 모은 후 하나의 그래픽처럼 재조합하는 것이다. 루 드와이옹의 스타일을 사랑한다면 절대적으로 지켜야 할 몇 가지 법칙이 있다. 유행한다는 이유로 불편하게 느끼는 옷을 입지 말 것, 체격이 어떻든 간에 자기 몸에 딱 맞는 옷을 입을 것, 옷장 속에 십여 년째 박힌 옷이나 벼룩시장에서 건진 아이템을 귀하게 여기라는 것이다. 옷 색상은 두세 가지로 통일하고 화장은 가볍지만 분위기 있게 하며, 목선이나 팔, 다리, 등처럼 자신 있는 어느 한 곳을 과감하게 드러내면 루 드와이옹의 경지는 멀지 않을 것이다.

it girl's item 21

Eyewear

Eyewear 선글라스 끼고 바람에 머리를 날리는 세계의 잇 걸들, 눈이 나쁘지 않아도 안경 하나로 스타일을 두 배 업그레이드시키는 그녀들. 관건은 아이웨어가 잘 어울리는 사람이 따로 있는 게 아니라 내 얼굴과 스타일에 딱 맞는 아이웨어를 찾아야 한다는 사실이다. 색상, 테, 소재까지 완벽한 100%의 아이웨어를!

선글라스로 카리스마를 뿜어내는 케이트 모스

강렬한 카리스마, 안경·선글라스

enjoy eyewear!

선글라스 마니아 린제이 로한

재클린 케네디는 "나는 눈 사이가 멀고 머리도 커서 어울리는 안경을 찾기도 힘들고 맞추는 데도 오래 걸린다"고 푸념한 바 있다. 하지만 그녀는 지금까지도 맹위를 떨치는 '재키 스타일 선글라스'를 대유행시킨 장본인이다. 머리에 두른 스카프를 덮을 듯 커다란 선글라스는 그녀의 상징이자 우아함과 개성의 근원이다. 심플한 스타일에 화룡점정처럼 환상적인 아메리칸 시크의 상징이 실은 콤플렉스로부터 비롯됐다는 게 놀랍지 않은가? 사실 자신의 얼굴형이나 눈 모양에 완벽하게 만족하는 사람이 몇이나 될까? 하지만 고맙게도 몇 가지 단점쯤은 안경이나 선글라스로 상당 부분 커버할 수 있다. 잇 걸 중엔 눈이 나쁘지 않은데도 도수 없는 안경을 끼거나 사시사철 선글라스를 달고 사는 사람이 많다. 대인기피증이라기보다는 드라마틱하게 얼굴 느낌을 바꿔주는 아이웨어의 매력에 빠진 것이다.

안경이나 선글라스를 끼는 사람은 첫인상을 결정짓는 눈에 가장 큰 액세서리를 한 것이기 때문에 스타일도 행동도 거기에 어느 정도 맞출 필요가 있다. 안경과 선글라스는 전신과 생활에까지 영향을 미치는, 가장 강력한 패션 소품이다.

얼굴형과 안경테의 궁합 맞추기

아이웨어는 수능시험을 치듯 신중하게 골라야 한다. 테와 렌즈의 모양 및 색상에 따라 인상이 많이 달라지기 때문이다. 상점에서 이것저것 써보면 자연스레 자신에게 어울리는 모양을 발견할 수 있다. 그런데 자신에 대한 왜곡된 이미지나 유행 때문에 말도 안 되는 테를 쓰는 사람도 많다. 그렇잖아도 네모진 얼굴에 창문처럼 커다란 네모형 테를 써서 강조하는가 하면, 길고 뾰족한 얼굴에 가로로 길고 납작한 테를 써서 십자가처럼 보이는 사람도 있다. 눈썰미가 없는 사람은 최소한 지인 두 명을 데려가 인상이 어떤지 봐달라고 하는 게 상책이다.

그도 아니라면 레이 밴Ray Ban에서 만든 애비에이터Aviator 선글라스, 일명 '잠자리 안경' 스타일에 가까운 것이 무난하다. 이 형태는 미국에서 개발됐지만 한국인에게 특히 잘 어울린다. 왜냐하면 대체적으로 뺨이 길고 눈이 작은 한국인의 얼굴형을 양옆으로 비스듬하게 처진 렌즈가 커버해주기 때문이다. 눈이 훨씬 길고 아래

©MARNI

얼굴형에 어울리는 아이웨어만이 스타일을 업그레이드한다.

©LACOSTE

에 있는 것처럼 보여 서구적인 미인형으로 바꿔준다.

©RAY BAN by LUXOTTICA

동그란 얼굴

좌우로 넓고 각진 테. 위 테가 아래 테보다 넓은 사다리꼴이 얼굴을 샤프해 보이게 한다. 아래 테는 광대뼈 윗부분까지만 오는 것이 좋다. 눈꼬리 쪽이 올라간 캐츠아이형도 잘 어울린다.

긴 얼굴

©CALVIN KLEIN by LOOK OPTICS

코와 뺨이 긴 북방계형 얼굴이다. 렌즈가 얼굴을 세로로 넓게 덮는 것이 좋지만 동그랗거나 정사각형이면 눈이 너무 작아 보이므로 앞서 말한 '잠자리 안경' 스타일이 가장 잘 어울린다. 위 테는 확실히 눈썹 아래에 오고, 아래 테는 가능한 광대뼈까지 가리는 것이 좋다.

각진 얼굴

©KARL LAGERFELD by LOOK OPTICS

두 가지 포인트를 지키자. 안경다리와 연결된 부분이 코걸이보다 높이 올라가야 한다는 것, 그리고 전체적으로(특히 아래 테 부분에) 각진 부분 없이 곡선을 이뤄야 한다는 것. 인상이 강해 보이기 때문에 테 색상은 밝고 부드러운 것이 좋다.

달걀형 얼굴

완벽한 달걀형은 모든 테가 다 어울리지만 이마가 넓고 턱이 작은 형은 눈썹 위까지 덮어 주는 재키 스타일의 버그아이Bug Eye 선글라스가 특히 잘 어울린다. 평범한 안경은 윗부분과 아랫부분이 비슷한 모양인 타원형이 무난하다.

스타일과 아이웨어를 매치하는 공식

렌즈나 테와 같은 색 옷이나 소품을 매치하는 것만으로도 굉장히 스타일리시해 보인다. 검은 선글라스를 꼈다고 꼭 온몸을 검은색으로 맞출 필요는 없다. 아주 작은 곳, 받쳐 입은 티셔츠나 가방, 구두 같은 작은 부분에 같은 색을 더하면 된다. 심지어 빨간 테 안경을 쓰고 빨간 립글로스만 발라줘도 아이웨어가 힘을 얻는다. 평범하지 않은 색일수록 아이웨어만 그 색으로 하면 실패하기 쉽다.

아이웨어는 가능한 그 느낌에 옷을 맞추는 게 좋다. 즉, 1950년대풍 캐츠아이 뿔테 안경을 썼으면 옷도 여성스런 블라우스나 펜슬 스커트, 카디건 같은 전형적인 스타일을 하나쯤 입어주는 것이 좋다. 도시적인 검은색 선글라스를 쓰고 뜬금없이 컨트리풍 꽃무늬 긴 치마를 입으면 독특한 멋은커녕 정말 촌스러워 보인다.

이것은 '아이웨어 = 인상'이라는 독특한 공식 때문이다. 마치 도시적이고 세련된 사람이 '몸뻬' 바지를 입은 것처럼 아이웨어와 옷이 부딪치는 것이다. 그래서 안경이나 선글라스는 하나만 고집하기보다 모양은 비슷하더라도 느낌은 조금씩 다른 것을 갖추는 게 좋다. 거의 유일하게 믹스 앤 매치가 가능한 선글라스가 애비에이터 스타일이다. 페도라나 재킷처럼 남성적인 아이템이 가장 잘 어울리지만 여성스런 치마나 블라우스에도 이 선글라스를 쓰면 재미있는 대비가 생긴다. 아마도 너무 오랫동안 다양한 스타일에 응용된 탓일 것이다. 느낌이 비슷한 금속제 긴 목걸이 같은 보조 소품을 사용하면 더욱 세련돼 보인다.

아이웨어와 같은 색 옷이나 소품을 한두 가지 더하면 두 배는 스타일리시하다.

정말 눈을 보호하는 선글라스는?

선글라스는 자외선으로부터 눈을 보호하기 위해 끼는 것이다. 여름철 강렬한 태양 앞에 무방비로 나와 눈이 화끈거리는 경험을 한 적이 있다면 꼭 선글라스를 챙겨야 한다. 자외선은 안구 화상으로 인한 각막염을 일으키며 심하면 백내장까지 유발한다.

핵심은 렌즈다. 눈이 나쁜 사람은 안경사가 시력 검사 후 렌즈 도수를 맞추기 때문에 차라리 안전하다. 문제는 눈 좋은 사람이 도수 없는 선글라스를 싼 맛에 마구잡이로 사는 것이다. 도수 없는 선글라스는 패션 소품이기 때문에 시력 보호에 대한 법적 규제가 전혀 없다. 'UV 코팅'이란 스티커 역시 아주 저가 제품이나 가짜인 경우엔 신뢰할 수 없다. 비싼 선글라스도 렌즈 표면에 흠집이 많이 났거나 오래 쓰면 눈이 나빠지는 지름길이며 머리까지 아프다. 눈이 민감한 사람은 오클리Oakley, 레이 밴Ray Ban 등 선글라스 전문 브랜드가 좋다. 패션 선글라스는 국내에서라면 공식 수입업체를 통해 들어온 완전히 새 제품, 즉 남이 써보지 않은 것을 구입한다. 렌즈는 UV 코팅이 된 것 혹은 렌즈 자체에 자외선 차단 기능이 갖춰져 있는 것이어야 하고, 너무 진하거나 밝지 않아야 한다.

갈색 렌즈는 눈밭, 수면, 하늘 등 빛이 강한 야외에서 쓰기에 적합하고 시내 운전에도 좋다. 초록색은 눈이 편안해서 오래 운전하는 사람에게 좋고 도심의 한낮에 쓰기에 적합하다. 노란색 계열은 밤에 운전할 때나 흐린 날씨에도 시야를 또렷하게 해주지만 너무 더운 곳엔 부적합하다. 빨간색이나 너무 어두운 색은 오히려 눈을 피로하게 한다. 선글라스를 끼고 흰 종이나 밝은 곳을 보아 진하기가 균일한지, 신문이나 책을 보아 글자가 또렷하게 보이는지를 관찰해야 한다.

선글라스는 눈뿐 아니라 얼굴 전체를 보호하기 위해 끼는 것이다. 처음 썼을 때 콧등이나 귀가 아프면 안경 전문점에서 '교정해준다'고 해도 사지 말 것. 소재에 따라 얼굴에 맞게 변형되는 것도 있지만 대부분 처음 불편했던 곳을 점점 더

압박한다. 일부러 코 아래에 걸쳐야 하거나 자꾸 올려 써야 하는 것도 피해야 한다. 마음에 드는 선글라스를 꼈으면 대화를 나누거나 한참 돌아다니면서 얼굴 전체가 편안한지 느껴보는 게 좋다.

안경점에서 선글라스를 살 때 어떤 렌즈를 사용했는지 꼭 물어보자. 고급 선글라스에는 CR39라는 합성수지가 주로 사용된다. 다양한 색을 낼 수 있으며 가볍다. UV 코팅을 해야 하기 때문에 100% UV 차단이 되는지, 특히 UV400(눈에 특히 해로운 400나노미터 이하의 자외선을 차단한다)이란 표시가 있는지 확인한다.

©MICHAEL KORS

활동량이 많은 사람은 렌즈가 충격에 강한 소재인지 반드시 확인해야 한다.

테니스나 농구, 롤러블레이드 등 스포츠를 즐기는 사람은 폴리카보네이트 소재가 충격에 강해서 적당하다. 주로 테가 실리콘 등으로 코팅된 고글 스타일이 많다. 낚시나 운전처럼 집중력을 요하는 일에는 편광 렌즈가 눈부심을 줄여 피로를 덜어준다. 편광 렌즈는 주로 안경점에서 판매하고 편광 안경임을 밝힌다. 미러 코팅 렌즈는 소재가 아니라 렌즈 표면을 거울처럼 처리한 것인데 자외선을 100% 차단하고 미래적인 느낌이 난다. 하지만 그만큼 더욱 좋은 것을 사야 해서 번쩍거리기만 하는 싸구려는 쉽게 흠집이 나거나 코팅이 제대로 되지 않아 시력을 해치기 쉽다.

it girl's item 22

Hat &Cap

Hat&Cap 동화 속 '빨간 모자'가 소녀의 이름처럼 불리듯 모자는 그 사람의 스타일에 의미를 부여한다. 베레모는 너무나 사랑스럽고, 페도라는 카리스마를 발산한다. 미팅에 나갈 때, 여행을 떠날 때, 그냥 날씨가 추울 때 모자는 절대 포기할 수 없는 스타일 아이콘이다. 두상, 소재, 기분에 따라 어떤 아이콘을 클릭할까?

톱 모델 아기네스 딘이 보이시한 뉴스보이 캡으로 자신만의 매력을 발산 중

©REX

머리 위의 아이콘, 모자

enjoy hat & cap!

누구보다 모자를 사랑했던 영국의 패셔니스타, 이사블라 블로

황진이가 비스듬하게 쓴 전모에는 유혹이 깃들어 있고, 영국 신사의 실크 해트에서는 고고한 권위와 함께 노블리스 오블리제Noblesse Oblige 정신도 엿볼 수 있다. 역사를 통해 모자는 기능보다 관념의 상징물이었고 그 종류마다 가치 있는 사연을 담고 있다. 작고한 영국 패션 에디터이자 스타일리스트인 이사벨라 블로Isabella Blow는 진정 모자를 사랑한 여인이었다. 유명 모자 디자이너 필립 트레이시Philip Treacy를 발굴한 후 평생을 예술적이다 못해 기괴한 그의 모자로 자신을 드러냈다. 장례식에서 조문객들은 그녀 스타일의 희한한 모자를 써서 고인을 추모했고, 시신은 평소 좋아하던 모자 모양 무덤에 안장됐다. 곧이어 열린 〈필립이 이사벨라를 만났을 때〉란 추모 전시회에는 전 세계 패션 피플이 참석해 패션계의 큰 별을 추모했다. 그녀는 모자를 통해 타인과 소통하고, 삶 자체를 전시한 것이다.

영국 신사들이 썼던 중산모

영국인들은 남자들의 모자 사랑도 만만치 않다. 지금도 영국 신사들은 모자를 살짝 들면서 인사를 하거나, 불쾌하거나 당혹스러운 감정을 모자를 만지는 것으로 표현하는 등 모자에 인격을 부여한다. 18세기 그들의 조상들은 혹독한 모자세(모자에 부과된 누진세)를 내면서도 모자 쓰기를 멈추지 않았고, 급기야 악법에 대한 항의 표시로 운두가 극도로 높은 톱 해트Top Hat를 고안해냈다("난 그래도 모자를 살 거야!"라는 뜻). 현재 우리가 다양한 모자를 싼 값에 즐기는 건 이런 사람들의 열렬한 모자 사랑 덕이라 할 수 있을 것이다. 하지만 요즘 우리나라에선 슬프게도 머리를 안 감았거나 세팅을 안 했을 때, 남들로부터 시선을 피하고 싶을 때 푹 눌러 쓰는 게 모자의 주 기능으로 자리 잡은 듯싶다. 이젠, 패션에 대한 사랑으로 모자를 쓰자.

모자 선택의 기준은 두상이다

안경이 얼굴형을 획기적으로 바꾼다면 두상을 바꾸는 건 모자다. 그런데 두상은 얼굴형뿐 아니라 체형과 전체적 이미지까지 달라 보이게 할 정도로 막대한 영향력을 지녔다. 조선시대엔 신분에 따라 모자의 높이나 챙 길이를 규제했을 정도로 모자 형태가 빈부귀천까지 드러냈다. 한국인에게는 모자 운두가 높고 챙도 어느 정도 긴 것이 어울린다. 왜냐하면 대부분 눈썹 아래 얼굴이 크고 윗머리 양옆과 뒤통수가 납작한 두상이기 때문이다. 모자로 부족한 볼륨감을 보충해주면 훨씬 얼굴과 턱이 작아 보인다. 간혹 멋을 낸다고 페도라Fedora(중절모) 양옆을 눌러 쓴 연예인을 볼 수 있다. 얼굴은 크고 머리 윗부분은 뾰족해 보여 전혀 안정감이 들지 않는다. 희귀하게도 서양인과 비슷한 두상이 아니라면 운두가 너무 납작하거나 가로로 짧은 모자는 한국인에게 어울리지 않는다.

모자를 써볼 때는 머리가 전체적으로 달걀형으로 보이는지 꼭 체크해야 한다. 즉, 광대뼈나 턱이 모자보다 밖으로 나오거나 얼굴 길이가 모자 높이보다 지나치게 길어 보이면 안 된다. 페도라나 베레Beret 등 대부분의 모자는 쓰는 방법에 따라 두상을 교정할 수 있다. 페도라는 좌우를 너무 누르지 말고 폭과 높이를 자신의 두상에 어울리게 매만진다. 쓰는 방향에 따라서도 전체적인 형태가 엄청나게 달라진다. 특히 베레가 그렇다. 요즘은 사계절 유행하는 니트 소재 비니Beanie는 두상 커버에 그리 효과적이지 않다. 특히 머리가 각졌거나 뒤통수가 납작하거나 정수리가 뾰족한 사람은 피하는 게 좋다. 꼭 쓰고 싶다면 두께감이 있고 자기 머리에 어울리는 길이를 선택해 거울로 앞, 뒤, 옆 모습을 확인한다. 앞에서 볼 땐 괜찮은데 옆에서 보면 '꼬깔콘'처럼 보이는 사람도 많다.

야구모자에도 챙이 짧은 것, 긴 것, 캡이 좌우로 넓고 각진 것, 동그랗고 납작한 것 등 다양한 형태가 있다. 얼굴이 클수록 캡이 크고 챙이 길며 각진 '트러커 캡Trucker Cap'이 어울린다. 일본과 홍콩의 소녀들 중엔 긴 샤기 커트Shaggy Cut 머리에 일 년 내내 캡이 과장되게 큰 트러커 캡을 쓰고 다니는 무리가 있을 정도다. 가끔 야구모자 챙 가운데를 접어 쓰는 사람이 있다. 적당히 접으면 얼굴이 갸름해 보이지만 적정선을 넘어서면 상하로 길어 보인다. 특히 자기 턱선의 각보다 뾰족하

얼굴형별 어울리는 모자

Beanie

비니는 두상이 예쁘고 얼굴이 짧아야 잘 어울린다.

Fedora

페도라는 거의 모든 얼굴형에 어울린다.

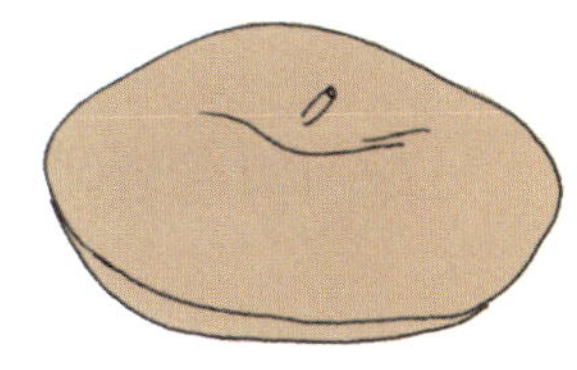

Beret

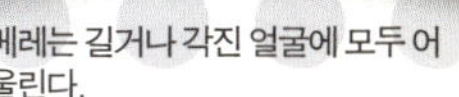

베레는 길거나 각진 얼굴에 모두 어울린다.

Baseball Cap

야구모자는 윗부분이 각지고 클수록 얼굴이 작아 보인다.

News Boy Cap

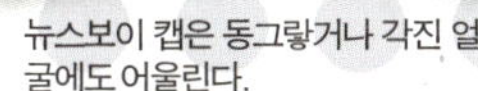

뉴스보이 캡은 동그랗거나 각진 얼굴에도 어울린다.

Cloche

클로시는 동그랗고 소녀적인 얼굴에 어울린다.

Bowler Hat

중산모는 이마가 넓고 턱이 작은 얼굴에 어울린다.

Earflap Hat

귀마개 모자는 동그랗거나 달걀형 얼굴에 잘 어울린다.

게 접으면 얼굴이 오히려 커 보인다.

모자의 성별에 스타일을 맞춘다

중세나 근세에는 모자와 옷에 대한 규칙이 신분 질서의 단면일 만큼 엄격했다. 요즘엔 그뿐 아니라 스타일에 대한 규칙마저 거의 깨졌다. 하지만 여전히 스타일리시하게 모자와 옷을 맞추는 방법은 있다.

그 한 가지가 '모자의 성별'이다. 모자 중엔 야구모자, 페도라, 중산모Bowler Hat, 베레, 뉴스보이 캡News Boy Cap 등 과거에 남자 것이었던 게 특히 많다. 이런 아이템에는 더블 브레스티드의 피코트, 승마용 부츠, 청바지 등 남성적인 옷이나 소품을 한두 개 더하면 자연스럽게 어울리면서 세련돼 보인다. 남성적인 옷이란 직선이 많이 사용된 것으로 봐도 무방하다. 반면 종 모양의 클로시나 케이플린Capeline(챙이 넓고 자연스럽게 처지는 여성용 모자)엔 무릎길이 플레어 스커트나 홀터넥Halter Neck 톱처럼 여성스런 아이템을 더한다. 그렇다고 야구모자에 야구 점퍼를 입는다는지, 페도라에 남성적인 정장 한 벌을 입는 것은 쉽게 말해 '오버'다. 여성스런 모자에 온통 여성적인 옷을 입으면 야외 결혼식이나 서양 장례식처럼 성장 차림이 된다.

모자를 옷과 보색으로!

모자의 소재와 색깔에도 주의를 기울일 필요가 있다. 모자 바로 아래 입은 옷, 즉 스웨터나 재킷이 모자와 똑같은 소재면 촌스럽다. 대표적인 예가 니트 비니에 니트 스웨터를 입는 것이다. 처음부터 한 벌로 나온 것이면 모르겠지만(물론 이 경우에도 스타일링이 무척 까다롭다) 색깔과 스타일은 비슷해도 소재는 아예 달라야 스타일을 논할 수 있다. 니트 스웨터에는 가죽 소재 모자, 두꺼운 모직 코트엔 얇은 니트 소재, 실크 블라우스엔 펠트[Felt](섬유를 눌러 모은 부직포 같은 모직) 소재처럼 말이다. 또 모자의 색깔은 옷의 일부분(단추, 무늬, 벨트 등)에 맞추는 게 자연스럽지만, 얼굴형과 두상이 예쁘거나 얼굴을 돋보이게 하고 싶으면 모자만 눈에 띄는 색으로 해도 된다. '발그스름한 입술에 빨간 베레모를 쓴 소녀'처럼 특히 남자들의 뇌리에 강렬한 인상을 남기기 좋은 방법이다.

***모자에도 사이즈가 있다**

머리둘레	사이즈 1	사이즈 2
55cm	S	6 3/4~6 7/8
57cm	M	7 ~7 1/8
59cm	L	7 1/4~7 3/8
61cm	XL	7 1/2~7 5/8

it girl's item 23

Belt

Belt 남자친구의 팔처럼 허리를 감싸주는 벨트는 꼭 마른 자만의 것이 아니다. 스키니 벨트부터 주얼 벨트까지 수많은 종류가 있으니까. 벨트 하나를 잘 고르면 키가 훌쩍 커지고 여유로움이 묻어나지만 어색한 벨트 때문에 옷마저 후줄근해지는 경우도 많다. 옷장 한편에서 설움 받던 벨트 코너를 대대적으로 정비해보자.

적당한 위치에 터프한 웨스턴 스타일 벨트를 해 더 날씬해 보이는 니콜 리치

벨트로 스타일리시해지는 몇 가지 트릭

enjoy belt! belt!

프랑스 여배우 샤를로트 갱스부르가 스커트 정장을 입은 모습을 본 적이 있다. 언뜻 공무원이나 맞선 자리에 어울리는 어둡고 정갈한 정장에 마치 총잡이 같은 두꺼운 벨트를 했다. 그저 벨트 하나 둘렀을 뿐인데 결과는 '카리스마+우아함'이었다.

벨트는 옷에 전혀 다른 느낌, 콕 짚어 말하면 '긴장감'을 준다. 반지가 타인에 대한 구속의 의미라면 벨트는 자신에 대한 구속을 의미한다. 자신을 가다듬음으로써 힘을 얻고 타인에게 지배력을 발휘할 수도 있는 것이다. 평범한 치마와 스웨터에 두꺼운 벨트를 하면 도시적인 커리어 우먼이 될 수 있고, 잠옷처럼 길고 헐렁한 셔츠 원피스에 가는 벨트를 하면 정장 투피스처럼 단정해 보인다. 가죽 벨트 하나를 더했기 때문에 부츠도 스타일리시해지고, 스카프처럼 우아한 벨트를 둘러서 일명 '몸빼' 같은 펑퍼짐한 바지가 '하렘 팬츠'로 불릴 수 있는 것이다.

©DRIES VAN NOTEN

왠지 무기력하고 안이한 느낌이 들 때, 벨트 하나로 정신까지 긴장시키는 건 어떨까?

벨트와 옷의 색상, 체형과의 상관 관계

안타깝지만 벨트를 하는 게 모두에게 득이 되는 건 아니다. 벨트는 시선을 허리로 집중시키며, 가로선을 만들어 허리가 굵어 보이게 하기 쉽다. 벨트가 어울리는 체형은 가슴이나 엉덩이보다 허리가 가는 체형, 혹은 일자 몸매라 하더라도 너무 말라서 가슴과 허리가 부풀어 보이는 옷을 입어도 괜찮은 체형이다.

그런 체형이 아닌데도 굳이 벨트를 매고 싶다면 몇 가지 트릭이 필요하다. 색깔이나 장식이 수수하고 옷과 느낌이 비슷해서(물론 광택이나 무늬도 없어야 한다) 거의 눈에 띄지 않는 벨트를 하거나, 벨트 위에 재킷이나 카디건 등을 입어 벨트 좌우를 가려주는 것이다.

골반에 걸치는 벨트는 배가 나온 사람에게 해방구나 다름없다. 이런 벨트 중엔 금속으로 된 체인 벨트가 많다. 허리는 좀 굵더라도 허리부터 골반에 이르는 선이 예쁜 사람에게 잘 어울린다. 골반에 가로선이 생기기 때문에 비례를 생각하면 하체도 좀 긴

©SONGHAE LEE

편이 낫다. 아니면 상의는 헐렁하게, 하의는 스키니 진처럼 달라붙는 것을 입으면, 굵은 허리나 일자 몸매도 커버하면서 벨트도 즐길 수 있다. 상의는 긴 셔츠나 튜닉, 스웨터, 짧은 원피스 등 부드러운 소재가 좋다. 소재가 딱딱한 재킷이나 코트 위는 벨트가 어울리지도 않고 몸매를 보완해주지도 못한다.

체인 벨트의 또 하나의 강점은 긴 목걸이로 활용할 수 있다는 것이다. 두 번 돌려 감거나 하나로 길게 늘어뜨리면 캐주얼 티셔츠처럼 밋밋한 옷차림에 색다른 포인트를 준다. 그렇기 때문에 체인 벨트를 하고 체인 목걸이를 하는 건 치명적인 미스 매치다. 체인 벨트를 했으면 길게 늘어지는 액세서리는 하지 않아야 벨트가 제 기능을 할 수 있다.

허리 길이도 중요한 변수다. 보통 체형이면 폭 2.5~3cm의 보통 두께가 가장 안정적이고, 눈에 띄게 허리가 긴 사람은 그보다 넓은 벨트가 허리를 분할해준다. 너무 마른 사람은 한 듯 안 한 듯 가는 벨트를 피하는 게 좋다. 벨트와 몸이 한 세트처럼 보여 더 초라해 보일 수 있다. 가는 벨트는 뱀피나 호피 무늬가 들어간 것, 크리스털이나 비즈가 박힌 것 등 과감한 소재와 무늬를 써도 어색하지 않다. 이 경우 벨트는 액세서리와 똑같이 작용하기 때문에 다른 액세서리와의 조화에 매우 신경 써야 한다.

티셔츠와 바지, 스웨터와 치마처럼 상의와 하의만 입었을 때 벨트 색깔을 어느 쪽에 맞추느냐에 따라서도 체형이 달라 보인다. 상체가 크고 긴 사람은 하의와 같은 색 벨트가, 하체가 통통하거나 긴 사람은 상의와 같은 색이 좋다. 벨트가 한쪽을 팽창시켜주는 역할을 하기 때문이다.

버클이 화려한 벨트를 주의하라

싸구려 벨트는 스타일을 망치는 주범이다. 에나멜 가죽이 아닌 완전 비닐, 실밥이 보이는 바느질, 조악한 금속 버클Buckle 등이 1백만 원짜리 정장을 1만 원짜리처럼 만들어버린다. 벨트는 진짜 가죽이나 스웨이드, 크리스털처럼 제대로 된 소재여야 한다. 원피스나 재킷에 벨트가 달려 있는 경우가 있는데, 싸구려 소재라면 아예 버리고 다른 벨트를 하거나 벨트 고리마저 뜯어내는 게 좋다.

'명품 브랜드'로 불리는 고가의 디자이너 브랜드 벨트라고 반드시 스타일리시하지는 않다. 특히 브랜드 로고를 크게 확대한(버클이란 것의 기본 기능이 무색할 만큼) 벨트는 스타일을 좀먹는다. 언젠가부터 전형적인 연예인 매니저 룩이라 함은 디자이너 브랜드의 '왕'버클 벨트와 굵은 허리 옆에 가냘프게 매달린 일명 '세컨드 백', 편자를 박은 듯 로고가 큼지막한 로퍼를 의미하기 시작했다. 지위가 높을수록 벨트 버클의 로고도 커진다.

이런 벨트가 무조건 나쁘다는 건 아니다. 불룩한 배에 한 번 더 포인트를 주거나 또 다른 로고 아이템을 더해 인간 광고판이 되는 것은 피해야 한다는 것이다. 슈퍼맨은 인류를 돕는 초능력 외계인이기에 대문짝만 한 로고를 박을 자격이 있다. 그러나 범상한 인간이라면 바지를 고정하거나 예술적 감성 충족을 위해서만 로고로 장식된 버클을 활용하는 게 좋을 것 같다.

버클이 큰 벨트는 그 주위를 막강한 힘으로 장악한다. 비슷한 가로선상에 있는 시계나 팔찌와도, 버클 쪽을 향하는 목걸이와도 불협화음을 만든다. 이런 벨트를 했을 때 더해도 괜찮은 소품은 부드럽고 광택도 없는 작은 스카프, 체인이 가늘고 펜던트도 작은 짧은 목걸이와 팔찌, 딱 달라붙는 귀걸이나 차분한 색의 헤어밴드 정도다. 구두 역시 코가 둥근 게 더 잘 어울리며, 심지어 벨트만을 강조하고 아무 액세서리도 하지 않는 것이 더 세련돼 보일 수 있다.

천 소재 벨트로 드레시한 느낌을 플러스!

천이나 신축성 있는 탄성 소재로 허리를 졸라매는 벨트도 있다. 두꺼워서 자칫하면 복대처럼 보일 수도 있지만 잘만 연출하면 동양적인 느낌에 섹시하기까

©DIESEL

두꺼운 천으로 복대처럼 생긴 오비 벨트는 긴 하의에 색다른 멋을 준다.

지 하다. 기원은 오비Obi라는 일본 기모노 허리띠인데 고급스런 스카프나 숄을 길게 접어서 매도 색다르다. 버클이 큰 벨트 이상으로 강렬하기 때문에 상의는 단색 셔츠나 티셔츠처럼 단순한 아이템이 좋다. 하의는 살랑살랑한 통 넓은 바지나 긴 치마가 잘 어울린다. 그리고 허리가 가장 가는 부위나 골반에 매는 것이 중요하다. 폭이 두꺼워 조금이라도 자기 허리보다 윗부분에 매면 역삼각형 구도가 만들어져 오히려 상체가 길어 보이기 때문이다. 넓은데다 꽉 졸라매기 때문에 허리가 굵은 체형엔 어울리지 않으며 광택 있는 소재라면 허리가 두 배는 굵어 보인다. 적절한 소재와 굵기는 허리는 더 가늘게, 가슴은 더 크게 만들어준다.

너무 넓지 않은 오비 벨트는 한 벌 정장이나 원피스에 훌륭한 소품이다. 가장 중요한 건 허리를 돋보이게 하는 적당한 크기다. 너무 넓어서 키에 비해 부담스러워도, 너무 길어서 이상한 모양으로 걸쳐 있어도 안 된다. 헤어밴드처럼 딱 달라붙는지, 남는 부위는 없는지 착용해보고 구입하는 게 좋다.

두꺼워도 자연스러우려면 옷과 비슷한 색이 가장 좋다. 차분한 검은색이라도 노란 원피스에 하면 엄청난 명도 차에 의해 시선이 집중된다는 것을 잊지 말 것. 스카프나 숄을 접어 활용해도 좋다.

벨트의 종류와 선택법

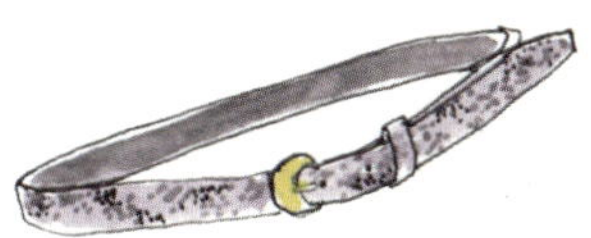

스키니 벨트
가늘어서 재킷이나 셔츠 위에 두르는 용도. 뱀피처럼 질감 있는 소재가 멋지다.

기본 가죽 벨트
베이지나 갈색, 검은색에 3cm 정도의 두께로 무광 소재가 좋다.

빅 버클 벨트
버클 장식이 강조된 벨트. 다른 부위는 심플하게 입는 게 좋다.

와이드 벨트
폭이 넓어서 복대처럼 보인다. 화이트 셔츠에 특히 잘 어울리며 마른 몸에 어울린다.

주얼 벨트
보석이나 금속 소재로 화려하게 장식된 벨트. 정장풍 치마와 블라우스에 최적이다.

체인 벨트
금속 소재로 늘어지는 벨트. 목걸이로 활용할 수 있고 청바지나 정장에 모두 어울린다.

오비 벨트
천을 둘둘 감아 매듭짓는 스카프 같은 벨트. 튜닉, 긴 셔츠, 긴 치마에도 굿!

기본 티셔츠로도 잇 걸 1순위 커스틴 던스트

©REX

Kirsten Caroline Dunst

PROFILE

Name Kirsten Caroline Dunst
Birthday 1982. 4. 30
Occupation 배우
Career 영화 〈Bring It On〉 〈Spiderman〉 〈Marie-Antoinette〉 〈How To Lose Friends〉 등
Hobby 치어리더, 독서, 피아노
Speciality 12살에 영화 〈뱀파이어와의 인터뷰〉에 출연, 골든글로브에 노미네이트되고 시카고 영화비평가협회 시상식 여자신인상, MTV영화제 최우수 신인 연기자상을 수상하는 등 스타로 떠오름. 배우 제이크 길렌할, 가수 조니 보렐 등 남성 편력도 화려함.

티셔츠 차림으로 일 년을 나는 할리우드 여배우가 있다! 바로 편안한 스타일로 항상 잇 걸 1순위로 뽑히는 커스틴 던스트. 영화 〈뱀파이어와의 인터뷰〉에서 도발적인 뱀파이어 소녀로 등장한 이래, 섹시함만을 추구하는 다른 할리우드 여배우와는 차별화된 길을 걸어왔다. 그녀의 일상 역시 솔직하면서 세련된 개성을 그대로 반영한다. 시상식이나 홍보 행사를 제외하곤 항상 후줄근해 보이기까지 하는 박스형 티셔츠에 청바지, 혹은 반바지나 미니 스커트 차림이다. 그런데도 그토록 스타일리시해 보이는 비결이 뭘까?

첫째, 기본 티셔츠를 훌륭하게 갖췄다. 어떤 옷차림도 검은색, 흰색, 회색 티셔츠를 기본으로 한다. 품뿐 아니라 길이까지 키와 체형을 가장 이상적으로 보이게 하는 디자인을 고른다. 즉, 마르고 볼륨 없는 몸매라 빅토리아 시크릿풍 섹시한 티셔츠나 톱은 입지 않는다.

둘째, 소품을 신중하게 매치한다. 검은색 줄무늬 티셔츠를 입었으면 검은색 가방을 들고 검은색 부츠를 신는다든지, 펑키한 티셔츠 무늬에 어울리는 가방과 재미있는 선글라스를 끼는 것처럼 두드러지지는 않지만 세심하게 고른 소품을 약간만 더하는 것이다.

셋째, 자유롭게 겹쳐 입는다. 티셔츠에 원피스를 덧입거나 긴 티셔츠 위에 짧은 티셔츠를 입는 것처럼 발상의 전환을 통해 티셔츠를 다양하게 활용한다. 하지만 받쳐 입는 티셔츠가 앞서 말한 기본 색, 기본 디자인이기 때문에 가능한 일이다.

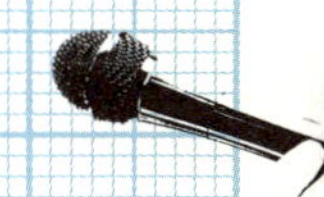

타고난 미인처럼 예뻐지는 뷰티 테크닉

Must have Beauty Items

it girl's item 24

Cleanser &Toner

Cleanser&Toner 클렌징은 얼굴의 더러움을 닦아내 피부 본래의 상태로 만드는 과정이다. 클렌징만 잘해도 병원이나 값비싼 화장품 신세를 지지 않고 트러블 없는 맑은 피부로 돌아갈 수 있다. 화장을 했는지, 피부에 유분이 많은지, 아침인지 저녁인지에 따라 꼭 맞는 것을 선택해야 한다. 토너는 클렌징 잔여물을 닦아내고 수분을 공급한다.

더도 덜도 말고, 클렌징만 잘해도 피부가 좋아진다.

©REX

산뜻한 피부 마무리, 폼 클렌저·클렌징 오일·스킨

enjoy cleanser & toner!

두세 번 덧난 여드름을 애써 화장으로 감추거나 모자를 눌러 쓴 사람을 보면 안타까운 생각이 든다. 패션 잡지 에디터로 일하는 동안 너무 많은 사람들이 피부 문제를 안고 있으며, 그 해결법으로 대부분이 좋다는 화장품을 바른다는 것을 깨달았다. 단언컨대, 피부 문제의 90%는 잘 씻지 않아서 생긴다. 아침 · 저녁으로 세수하고 문지르는데 무슨 모욕이냐고 반발할 사람도 있을 것이다. 하지만 별 생각 없이 고른 클렌저Cleanser나 안 좋은 세안 습관 때문에 피부는 매일 조금씩 망가져 간다.

잘 씻는 것이란 화장 찌꺼기, 피지, 각질 조각처럼 없애야 할 것을 없애고 피부 고유의 보호막 성분인 NMFNatural Moisturizing Factor(피지와 수분 등이 결합한 천연 보습 성분)는 지키는 것이다. 그런데 과도하게 씻어서 피부 보호막까지 몽땅 없애버리거나 노폐물을 그대로 남긴 채 물만 스치고 지나가는 경우가 대부분이다. 클렌저에서 화장수에 이르기까지 일련의 과정은 피부 상태를 주의 깊게 관찰하면서 수행

해야 한다.

좋다고 비싸다고 고르는 것, 처음 피부에 잘 맞았다고 계속 그것만 쓰는 것도 문제가 될 수 있다. 정성껏 세안을 했을 때 사춘기 이전처럼 촉촉하고 매끄러운 피부를 볼 수 있다면 나머지 스킨케어 과정은 생략해도 될 정도다.

폼 클렌저는 피부 상태에 맞게

클렌저는 대부분 기름기를 씻어내는 계면 활성제가 주성분으로 같은 폼 클렌저라도 계면 활성제의 종류, 활성 성분의 배합에 따라 성격이 천차만별이다. 화장을 녹이는 성분이나 각질 제거 기능을 강화한 것, 순한 세정 기능에 보습 성분을 첨가한 것 등 다양하므로 피부 상태에 따라 적당한 세정력을 갖춘 제품을 찾는 것이 매우 중요하다. 클렌징 워터Cleansing Water나 아이 메이크업 리무버Eye Make-up Remover도 계면 활성제를 사용한다.

피부과 의사는 대부분 약산성에 피지를 너무 많이 씻어내지 않는 제품을 선택하라고 조언하며, 일부 전문가는 계면 활성제의 자극 때문에 거품이 나지 않는 타입(로션이나 크림, 오일 타입)을 추천하기도 한다. 하지만 화장을 진하게 하는 사람이나 지성·

클렌징 워터는 가벼운 화장에, 밀크는 건조한 피부에 좋다.
에뛰드 하우스 클렌징 드림 프레쉬 클렌징 워터 · 마일드 클렌징 밀크

여드름 피부인 사람이 세정력이 떨어지거나 모공에 남는 클렌저를 사용하면 뾰루지가 찾아오기 마련이다. 반대로 두꺼운 워터프루프Waterproof 화장이나 피부에 밀착되는 자외선 차단제를 썼을 때는 유분이 많은 크림 타입이나 클렌징 오일을 먼저 사용하는 것이 효과적이다. 만약 워셔블Washable 타입(물만으로도 씻어지는 타입)이 아닌 클렌저를 먼저 사용했을 때는 반드시 폼 클렌저로 이중 세안해야 한다.

세안성분이 함유된 각질제거제
바비 브라운 버핑그레인

진한 눈 화장엔 꼭 전용 리무버를 쓰자.
포인트 딥 클린 립앤아이리무버

약산성, 거품이 부드러운 세안 전용 솝
바비 브라운 래더링 튜브 솝

적당한 세정력은 참 애매한 개념이다. 폼 클렌저에 여러 가지 물질을 첨가하는 요즘엔 뽀드득거린다고 피부가 꼭 건조해진 것이라고도, 매끈거린다고 촉촉한 것이라고도 할 수 없다. 세안 후 얼굴이 급격히 당기지 않고 최대 15~20분 이내에 평소 피부 상태로 돌아오며 화장 잔여물이 눈에 띄지 않으면 적당한 세정력이라고 할 수 있다.

폼 클렌저, 페이셜 워시Facial Wash, 클렌징 폼 등 비슷비슷한 이름은 모두 비슷한 기능을 하는 제품이다. 다만 '클렌징'이나 '메이크업'이란 이름이 들어가면 좀 더 강력한 계면 활성제를 처방해 화장을 지울 수 있게 한 것이다. 좋은 방법은 세정력이 다양한 여러 개를 갖춰놓고 화장 정도나 그때그때 피부 상태에 따라 바꿔가며 사용하는 것이다. 아침 세안에 화장을 지우는 용도의 강력한 것을 사용하면 피부가 건조해지고, 진한 화장을 지울 때 순하고 보습 성분이 강화된 것을 쓰면 화장 잔여물이 생긴다. 피지 분비가 많은 곳은 각질 제거 기능과 탈지력이 좋은 것을, 당기는 곳은 순하고 촉촉한 것을 쓰면 더욱 완벽을 기할 수 있다.

설명서에 2cm 정도 짜서 쓰랬다고 항상 지킬 필요는 없다. 얼굴이 번들거리거나 화장이 진할 땐 좀 더 많이, 맨얼굴일 땐 소량을 사용하면 된다. 반드시 손을 먼저 씻고, 얼굴을 미지근한 물로 적신 후 물과 섞어 거품을 내서 마사지하듯 사용한다. 20회 이상 맑은 물을 끼얹어야 모두 헹궈진다. 거품을 내는 수건이나 망을 쓰는 사람도 많은데, 제대로 씻거나 소독하지 않으면 세균의 온상이 되어 오히려 트러블이 생기기 쉽다. 또 클렌저 용기를 물기 많은 욕조나 세면기 옆에 두지 말 것! 대부분 튜브 타입이라 뚜껑 부위에 물이 들어가면 세균이 번식하거나 곰팡이가 생긴다.

진한 화장과 블랙 헤드까지 지워주는 클렌징 오일

처음 클렌징 오일Cleansing Oil이란 아이템이 국내에 상륙했을 때가 떠오른다. 트렌드 세터인 후배가 "화장은 잘 지워지지도 않고 끈적거린다"며 불평을 하기에 어떻게 썼냐고 물었더니, 얼굴을 물로 적신 후 오일로 마사지하고 티슈로 닦아냈다는 것이다. 물기 없는 얼굴에 마사지하고 물로 헹궈내는 간편한 방법이 왜 그리 복잡하고 잘못된 방향으로 와전된 걸까?

처음 클렌징 오일을 쓰는 사람이라면 이렇듯 약간의 시행착오를 겪기 마련이다. 하지만 익숙해지면 좀처럼 다른 클렌저로 눈을 돌리지 못하는 '중독 증세'가 나타나는 아이템이다. 기름막인 화장을 가장 잘 녹여내며 액체라서 모공 속 블랙 헤드Black Head나 잔주름 사이의 잔여물까지 싹 씻어지는 드라마틱한 경험을 할 수 있기 때문이다. 그렇다면 어떻게 기름이 물로 헹궈질까? 클렌징 오일은 기름과 계면 활성제를 합쳐놓은 것이다. 계면 활성제는 물과 기름이 잘 섞이게 하는 성질이 있어 클렌징 폼이나 세제의 주성분이다. 기름이 먼저 화장을 녹이면 계면 활성제가 이 기름 덩어리를 물에 녹을 수 있게 해준다. 학창 시절 화학 시간에 등장하는 '추출'의 원리인 것이다.

클렌징 오일은 가장 확실하게 화장을 지워준다.
에뛰드 하우스 클렌징드림 라이트 클렌징 오일

원리는 단순하지만 어떤 기름을 썼느냐에 따라 클렌징 오일의 성격은 확 달라진다. 가장 보편적인 것은 미네랄 오일Mineral Oil이다. 석유에서 추출해 고도로 정제한 것으로 촉감이 가볍고 보습력도 좋기 때문에 수많은 화장품에 첨가된다. 색조 화장품의 바탕도 대부분 미네랄 오일이므로 미네랄 오일이 주성분인 클렌징 오일은 립스틱이나 마스카라까지 단숨에 지워주고, 블랙 헤드도 눈에 띄게 없애준다.

문제는 미네랄 오일 자체이다. 피부에 밀착되어 완전히 없어지지 않아 지성 피부의 경우 모공을 막기 때문에 또 다른 블랙 헤드의 원인이 될 수 있다. 반면 올리브유 같은 식물성 오일은 대부분 질감이 무겁고 세정력은 약간 떨어지지만, 모공을 막을 가능성은 적은 편이다.

같은 식물성 오일이라도 종류에 따라 질감과 세정력, 보습력 등에 상당한 차이가 있다. 그래서 기름의 종류를 알면 완성된 클렌징 오일의 성격을 어느 정도 유추할 수 있다. 원재료의 가격은 식물성 오일이 미네랄 오일보다 월등히 높기 때문에 식물성 오일을 사용한 제품은 그 사실을 크게 강조하곤 한다.

하지만 알고 보면 식물성 오일과 미네랄 오일을 적당히 섞어 질감과 세정력을 조절한 제품도 많다. 일부 클렌징 오일은 이중 세안이 필요 없다고 강조하는데, 지성 피부의 경우 오일이 피부에 남아 있으면 유분 과다로 인한 트러블이 생길 수 있기 때문에 폼 클렌저로 한 번 더 씻어주는 것이 좋다. 아무래도 클렌징 오일은 건성 피부나 건조한 계절에 더 잘 맞는 편이다. 또 물기가 닿으면 바로 수화되므로 습기가 적은 곳에 보관하고 사용 후에는 뚜껑을 꼭 닫아놓는 것이 좋다.

beAuty TIP

클렌징 오일 제대로 쓰기

1 먼저 손을 깨끗이 씻고 잘 말린다. 손에 수분이 있으면 오일이 수화되어 제 기능을 발휘하기 어렵다.

2 오일을 손에 덜어 물기 없는 얼굴에 바르고 마사지하듯 1분 정도 문지른다. 깨끗한 부위에서 립스틱이나 눈화장을 한 부위로 옮겨간다. 블랙 헤드가 있는 부위도 꼼꼼하게 문지른다.

3 손에 물을 소량 덜어 같은 방식으로 문지르면 하얗게 수화되는 것이 보인다. 완전히 하얗게 변할 때까지 문지른다.

4 물의 양을 늘려가면서 헹군다. 이마나 귀 옆 등 헤어라인에 오일이 남지 않게 한다. 지성 피부는 폼 클렌저로 이중 세안한다.

피부를 한 번 더 닦아주고 수분을 공급하는 스킨토너

피부를 긴장시켜 탱탱하게 한다.
에뛰드하우스 바이탈 펌 생기스킨

스킨 토너Skin Toner, 스킨 소프너Skin Softner, 아스트린젠트Astringent 등 다양한 이름으로 불리지만, '화장수'란 말로 아우를 수 있다. 피부를 부드럽게 하는 성분 위주면 소프너, 긴장시키는 성분이면 아스트린젠트란 단어가 종종 붙는다.

사실 스킨과 토너는 클렌징 과정의 일부로 봐야 한다. 클렌저로 세안을 했다지만 피부엔 화장 찌꺼기나 피지, 각질 조각 등이 여전히 남아 있기 때문이다. 그래서 화장 솜에 듬뿍 묻혀 얼굴 중심부터 바깥쪽으로 자극 없이 닦아내야 한다. 화장수를 잘 안 쓰는 사람은 한 번만 닦아내도 솜에 누런 때가 묻어나오는 경험을 하게 될 것이다. 사실 그 용도 외엔 반드시 화장수를 쓸 필요는 없다.

과거 어머니들은 화장수를 손에 덜어 정성껏 얼굴에 두드리곤 했다. 이젠 예전처럼 세수하고 화장대까지 오는 동안 피부가 바짝 말라버릴 만큼 욕실이 멀지 않고, 그런 방법으로 화장수를 쓰면 수분 공급 외에 딱히 기능적인 면에서 이득이 없다.

화장수는 대부분이 물, 유분이나 알코올 약간, 계면 활성제로 이루어진다. 알코올이 들었으면 시원한 느낌이 들고 피부 표면의 유분을 순간적으로 닦아내기 때문에 지성 피부에 적합하지만, 알코올이 없어도 무방하다. 유분이 많이 든 것은 끈적이고 진하다. 로션 바르기도 힘들 만큼 건조한 피부에 일차적인 보습 작용을 한다. 문제는 계면 활성제가 조금 더 많이 들었단 사실이다. 물과 기름이 섞이게 하는 화학적 계면 활성제는 피부에 득이 되지 않는다. 계면 활성제와 향, 색소가 듬뿍 들어 있는 고급 브랜드 화장수를 쓰고 트러블이 생기는 사람이 많다.

좋은 화장수는 다른 모든 아이템이 그렇듯 무색소, 무향료, 무알코올, 최소한의 계면 활성제가 든 것이다. 그래서 피부가 민감한 사람은 장미수나 라벤더수처럼 자극이 적은 플라워 워터Flower Water(꽃잎을 증류할 때 나오는 물)가 나을 수도 있다. 플라워 워터는 아로마 오일을 파는 곳에서 구할 수 있는데, 방부제가 안 들어 있으면 쉽게 상하므로 따뜻한 곳에 오래 보관하면 안 된다. 일부 저자극을 표방하는 화장품 브랜드는 계면 활성제를 적게 넣은 이층상(물과 기름층으로 나뉘는 것) 화장수를 내놓기도 한다.

화장수로 피부를 닦아낸 후 바로 보습제를 발라야 한다. 뜸을 들이면서 TV를 본다든지 머리를 하는 동안 애써 공급한 수분이 다 날아가버린다. 로션, 크림 같은 보습제에는 수분을 머금거나 가두는 성분이 들어 있는데 화장수로 공급한 수분을 피부 표면에 유지시켜준다.

beAuty TIP

논 포밍 클렌저Non Foaming Cleanser란?

아토피 피부처럼 너무 건조하고 자극에 약한 사람은 로션이나 크림 타입으로 마사지한 후 물로 씻어내는 클렌저가 적합하다. 대표적인 것에 갈더마 코리아Galderma Korea의 세타필 젠틀 스킨 클렌저Cetaphil Gentle Skin Cleanser가 있다. 하지만 성분을 들여다보면 일반 로션과 비슷해서 화장이 진하거나 피지 분비가 많은 사람에겐 역효과가 될 수도 있다. 일반 클렌징 로션이나 크림은 반드시 물로 씻어지는 성분인지 확인해야 한다. 요즘엔 별로 없지만 유분 베이스 제품일 경우 클렌저를 씻어내기 위해 또다시 폼 클렌저를 사용해야 하는 불편이 생긴다.

it girl's item 25

Moisturizer

Moisturizer 탱탱하게 물 먹은 피부는 예뻐 보이기만 하는 게 아니다. 세포 하나하나가 정상적으로 활동할 수 있어 잔주름이 덜 생기고 화장도 잘 받는다. 피부가 좋은 사람은 피부가 촉촉할 수밖에 없다. 불행히도 건조하거나 너무 번들거리는 피부를 타고났더라도, 에센스, 로션, 크림, 젤 등 자기 피부에 딱 맞는 보습제만 찾으면 고민 해결이다.

촉촉하게 보습이 된 피부여야만 맨얼굴이 예뻐 보인다.

피부가 원하는 수분, 모이스처라이저

enjoy moisturizer!

수분 에센스Essence, 탄력 에센스, 영양 크림 등은 모두 기본적으로 보습제다. 다만 '수분'을 콘셉트로 내세울 때는 막을 만들어 수분을 가두는 에몰리엔트Emollient 성분보다 수분을 끌어당기는 휴멕턴트Humectant 성분으로 구성한 가벼운 질감의 제품을 말한다. 수분감이 강하면서도 탄력감이 있는 것, 각질 제거나 미백 효과를 볼 수 있는 것도 얼마든지 있다. 하지만 레티놀Retinol이나 BHA 성분 등은 유분이 있어야 잘 작용하기 때문에 유분감 있는 제품이 많다.

절대적으로 피지가 부족한 건성 피부는 수분 위주 제품만으로는 부족하고 유분을 적절히 공급해야 한다. 이 '적절히'란 것을 몰라서 피부 트러블이 생기는 경우가 태반이다. 제아무리 좋다는 화장품도 유분이 넘치는 곳에 유분을 더하면 여드름이나 지루성 각질이 생길 수 있고, 유분이 부족해 푸석한 피부에 수분만 공급하면 건조한 계절엔 심하게 당기고 세균에 대한 저항력도 잃는다.

기본적으로 수분 위주의 묽은 타입을 먼저 바르고 유분감이 있는 것을 바르면, 수분이 유분 막에 가둬져 최고의 효과를 볼 수 있다. 하지만 대부분의 수분 제품이 두 가지를 적절히 배합한 것이라 피부 상태에 딱 맞는 것 하나만 발라도 문제는 없다. 더 중요한 것은 부위별 피부 상태가 다를 경우 각기 다른 제품을 발라야 한다는 것이다. 번들거리는 티존T-Zone에는 오일프리Oil-free 제품을, 건조한 유존에는 어느 정도 유분이 있는 것을 바르면 좋다.

얼굴을 세밀하게 관찰해 마치 세계 지도처럼 분할하는 것이다. 모공이 크고 세안 후 20분 이내에 피지가 송글송글 배어 나오는 부위엔 철저하게 수분 위주 제품만 바르거나 차라리 아무것도 안 바르는 게 나을 수 있다. 하지만 귀 아랫부분이나 입가처럼 조금만 건조하면 버석해지고 하얀 가루 같은 각질이 생기는 부위엔 유분감 있는 크림이나 밤Balm을 발라도 괜찮다.

눈가는 특히 주의해야 한다. 굉장히 피부가 얇고 건조한 부위지만 과도하게 유분을 공급해(아이크림Eye-cream으로) 비립종(흰 알갱이 같은 여드름)이 생기는 경우도 많다. 보습제에는 정답이 있는 것이 아니라 언제라도 피부가 원하는 것으로 바꿔줘야 한다.

수분 부족 지성? 악건성? 민감성?

'수분 부족 지성 피부'란 말을 들어본 적 있는가? 주로 화장품 회사에서 자주 쓰는 말이다. 원래는 지성인데 수분이 부족하다는 뜻으로 피부 타입이라기보다는 일시적 상태라고 볼 수 있다. 즉, 지성 피부인 사람이 건조한 환경에서 적절한 보습을 하지 않아 피부가 탈수된 상태를 말한다. 수분 공급 기능이 강력한 젤이나 스킨, 에센스 타입 등을 충분히 자주 발라주면 된다. 하지만 극도로 건조한 환경(한겨울의 산, 사막 등)에서는 유분도 어느 정도 있어야 수분을 가둘 수 있다.

아무리 좋은 보습제도 뚜껑을 열어놓으면 마르기 시작하듯, 한번 바른 수분 제품은 일정 시간이 지나면 효과가 떨어진다. 이때 단순히 물이 아닌, 보습 성분이 든 스프레이 타입이나 가벼운 젤 타입을 가지고 다니며 덧바르면 좋다. 깨끗이 세안할 수 없다면 기름종이로 유분과 먼지라도 제거하고, 가능한 손을 대지 않고 뿌리거나 화장 솜 같은 도구를 이용해서 바른다. 주의할 것은 성분 중 알코올이 들어 있는 제품이다. 알코올이 증발하면서 순간적으로 시원한 느낌이 들지만 보습력만 따지자면 오히려 좋지 않다.

온 얼굴이 끈적이는 지성 피부는 태생적으로 남성 호르몬인 안드로겐Androgen 분비가 활발해 피지가 필요 이상으로 많이 생기는 피부다. 치명적인 것은 지나친 유분 공급이다. 크림이나 밤 같은 유분

beAuty TIP

보습제 잘 쓰는 기술

매끈한 질감
바른 후 막을 만든 듯 보송보송하고 매끈한 제품에는 디메티콘Dimethicone 등 실리콘 성분이 들어 있다. 펄까지 약하게 들어 있다면 완벽한 메이크업 프라이머 겸용으로 쓸 수 있다.

끈적이는 질감
유분의 유무와 관계없이 끈적이는 질감은 파우더 파운데이션이나 파우더를 부착시키기에 좋은 조건이다. 브러시나 스펀지 퍼프로 가볍게 화장하는 사람에게 좋다.

가볍고 산뜻한 질감
지성 피부의 경우, 세안 후 각질을 가라앉히는 용도로 가볍게 사용한다. 건성 피부는 유분감 있는 제품을 덧발라준다.

주름 개선, 미백 기능성 제품
수분 제품이라도 밤에 쓰는 것이 더 효과적이다.

위주 보습제를 피해야 함은 물론, 색조 화장품도 주의해서 선택해야 한다. 크림 타입 섀도, 콤팩트 파운데이션, 자외선 차단제 등 생각지 못한 제품에도 유분이 들어간다.

또한 끈적인다고 모두 유분은 아니며, 묽고 흡수가 잘 된다고 수분인 것은 아니다. 유일한 방법은 (반드시 신뢰할 수는 없지만) 오일프리 표기가 된 것, 성분 리스트에 'oil'이나 'wax'란 말로 끝나는 성분이 없는 것을 찾는다. 논 코메도제닉Non Comedogenic이란 모공을 막지 않는다는 것인데, 과히 믿을 만한 건 아니다. 이소프로필 미리스테이트Isopropyl Myristate, 이소프로필 팔미테이트Isopropyl Palmitate, 미리스틸 미리스테이트Myristyl Myristate가 대표적인 모공을 막는 성분이므로 성분 표시에서 확인해야 한다.

또 청결에 극도로 신경 써야 하는데 머리카락이 가능한 얼굴에 닿지 않게 넘기는 것이 좋고, 턱을 괴거나 볼을 만지는 등 얼굴에 손을 대는 습관은 당장 버린다. 화장품을 바를 땐 깨끗한 화장 솜을 사용하고 퍼프나 스펀지도 자주 빨아 햇빛 아래 살균한다. 화장품 역시 전용 스패출러Spatula(주걱)로 떠서 쓰는 게 좋다. 베개나 수건도 자주 빨고 삶거나 볕에 말려 소독한다.

만약 티존에 누렇고 굵고 끈적이는 각질이 생기면서 가렵기까지 하다면 지루성 피부염일 수 있다. 지나친 피지 분비로 세균 감염이 된 것이다. 코 옆이나 미간에 생기는 굵고 비늘 같은 각질이 그 전조 증상이다. 각질이 생겼다고 크림을 더 바르는 건 최악의 사태를 부

지성 피부를 제외하곤 모든 피부 타입에 적합
베네피트 디어 존
각질 제거, 미백 성분 등을 더한 가벼운 보습제
마몽드 토탈 솔루션
지성 피부라면 하나만으로 충분한 수분 에센스
아이오페 워터 콘트롤 세럼

건조한 눈가 전용
에뛰드 하우스 시크릿타임 아이 밤

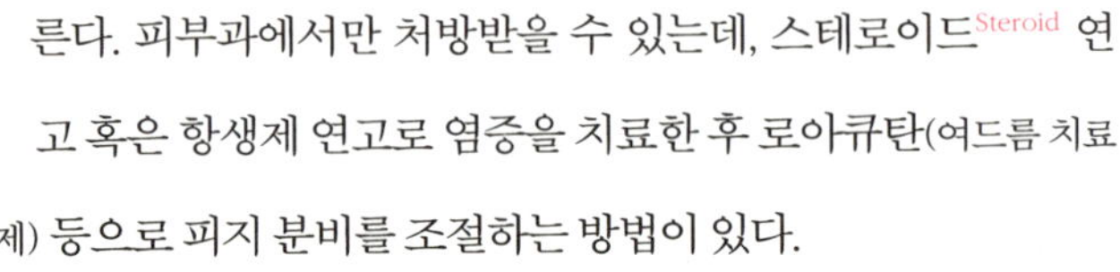

자극이 적고 보습력도 있다.
뷰티 크레딧 알로에 수 스킨

른다. 피부과에서만 처방받을 수 있는데, 스테로이드Steroid 연고 혹은 항생제 연고로 염증을 치료한 후 로아큐탄(여드름 치료제) 등으로 피지 분비를 조절하는 방법이 있다.

스스로가 민감성 피부라 생각하는 사람도 많다. 잠시 당긴다고, 자극적인 화장품을 써서 트러블이 생겼다고 민감성 피부가 아니다. 햇빛 알레르기이거나 특정 향료에 강하게 반응하는 것일 수도 있고, 각질 제거나 마찰에 쉽게 피부 보호막이 손상되는 경우 등 다양하다. 이런 모든 피부에 '민감성 피부용' 화장품을 쓰는 것으로 안심할 순 없다. 화장품 트러블이라면 문제가 되는 화장품의 성분 리스트를 꼼꼼히 읽고 어떤 공통 성분이 있는지 스스로 밝혀내야 한다. 병원에서조차 그 모든 화장품을 분석해 줄 순 없는 일이다. 민감해진 피부에 절대 하지 말아야 할 것이 각질 제거, 특히 스크럽Scrub이나 화학박피다. 오랫동안 문지르는 마사지나 클렌저, 거친 화장 솜도 자극이 된다.

모든 화장품이 '저자극성Hypo Allergenic'임을 강조하지만 이 용어에는 법적 규제가 없어 어떤 회사나 한번쯤 표기하곤 한다. 하지만 대부분 화장품으로 트러블이 생기는 사람은 향(아로마 오일 포함), 알코올, 색소, 방부제, 화학성 자외선 차단제(투명한 것, 발랐을 때 눈이 시린 것) 때문이다. 이런 성분을 배제했다고 표시한 화장품을 찾아서 쓰는 성의 정도는 보여야 한다.

피부 상태 체크 리스트

(체크가 가장 많은 것이 현재의 피부 상태)

건성 피부

- [ ] 하얗고 가루 같은 각질이 생긴다.
- [ ] 세수하고 보습제를 안 바르면 곧 아플 만큼 당긴다.
- [ ] 겨울엔 손발과 입술이 하얗게 튼다.
- [ ] 파우더 파운데이션이 잘 먹지 않는다.
- [ ] 화장을 꼼꼼히 하면 갑자기 피부가 좋아 보인다.

복합성 피부

- [ ] 모공이 큰 구역과 전혀 없는 구역이 확실하게 나뉜다.
- [ ] 턱에 자주 뾰루지가 생긴다.
- [ ] 눈 밑에만 잔주름이 있다.
- [ ] 티존만 쉽게 화장이 지워진다.
- [ ] 어떤 타입을 써도 딱히 잘 맞는 화장품이 없다.

지성 피부

- [ ] 기름종이 가득히 피지가 묻어난다.
- [ ] 가끔 볼이나 목에도 여드름이 생긴다.
- [ ] 얼굴 전체의 모공이 크고 블랙 헤드가 생긴다.
- [ ] 머리를 하루만 안 감으면 두피가 끈적거린다.
- [ ] 가끔 굵고 비늘 같은 각질이 일어난다.

민감성 피부

- [ ] 화장품만 바꾸면 트러블이 생긴다.
- [ ] 뺨 주위가 특히 잘 달아오르고 따갑다.
- [ ] 피부가 얇은 편이다.
- [ ] 가끔씩 얼굴 전체가 확 뒤집어진다.
- [ ] 햇빛 아래 오래 있지 못한다.

it girl's item 26

Sun Protector

Sun Protector 지금은 자신 있는 피부도, 자외선에 무방비로 나서면 눈에 보이지 않지만 나도 모르는 사이 손상돼버린다. 동안을 지키려면 자외선을 피하고 좋은 자외선 차단제를 찾는 게 우선. 내 피부 상태와 생활 습관에 맞는 자외선 차단제 선택법&확실하게 활용하는 법. 그동안 엉망으로 사용한 걸 알면 놀랄지도?

건강한 피부가 매력 포인트인 패션 브랜드 미소니의 디바, 마르게리타 미소니.
자외선 차단제는 젊은 피부를 지켜준다.

내 피부의 수호신, 자외선 차단제

enjoy sun protector!

요즘은 수십, 수백만 원짜리 화장품도 '안티 에이징Anti-aging'이란 이름만 붙으면 잘 팔리는 것 같다. 하지만 과학적으로 검증된 가장 쉽고 저렴한 노화 방지법은 자외선 차단제를 철저히 바르는 것이다. 어부나 하이킹을 즐기는 사람 등 자외선을 많이 쬐는 사람은 몇 년 안에 피부 표면에 자글자글한 잔주름이 잡히고 급기야 갈라진 논바닥처럼 굵은 주름이 나타난다. 이것이 바로 광노화Photo Aging이다. 팔 안쪽이나 엉덩이는 피부가 곱고 탱탱한데 얼굴이나 손은 잡티와 주름이 쉽게 생기는 이유도 다 자외선 때문이다. 자외선은 피하는 게 상책이지만 꼭 맞닥뜨려야 한다면 자외선 차단제를 발라야 한다.

자외선 차단제는 일상생활 용품이자 상비 의약품(미국의 경우)이다. 값비싼 것도 화려한 것도 필요 없다. 중요한 것은 자신의 피부 타입에 맞고 사용하기 쉬운 것이어야 한다.

피부 타입별 자외선 차단제는?

자외선 성분은 쉽게 말해 돌가루가 주재료인 무기 차단제(물리적 차단제)와 화학 성분인 유기 차단제(화학적 차단제)가 있다. 무기 차단제는 자외선 AB뿐 아니라 적외선(열선)까지 차단하지만, 가루가 모공을 막을 우려가 있고 하얗게 떠 보이는 백탁 현상이 나타날 수 있으며 조금 답답한 편이다. 유기 차단제는 자외선을 흡수해 무기력하게 만든다. 투명하고 산뜻한 질감이지만 땀과 물에 잘 지워지며 무기 차단제보다 피부 자극이 있는 편이다.

요즘엔 목적에 따라 이 두 가지를 섞은 것이 대부분이다. 무기 차단제는 민감하면서 모공이 작고 건조한 피부에, 유기 차단제는 그 반대 타입에 적합하다. 어린이용은 대개 무기 차단제 베이스로 순하지만 유분이 많은 편이다. 여드름 피부는 모공이 막히기 쉬우면서 자극에도 약하므로 자외선 차단제를 고르기가 매우 어렵다. 트러블 없는 수분 에센스 같은 것으로 먼저 막을 만들어준 후 오일프리 타입의 자외선 차단제를 덧바르고 해가 지면 철저히 클렌징 하는 게 최선책이다.

기벼운 자외선 차단과 화장 효과
베네피트 유 레벨

보습 기능+메이크업 베이스 효과
바비브라운 UV프로텍티브 훼이스 베이스

©BENEFIT

좋은 자외선 차단제? 나쁜 자외선 차단제?

자외선 차단제는 식약청에서 자외선 차단 효과를 인정받아야만 자외선 차단 지수를 표기할 수 있으므로 이론적으로 같은 지수라면 차단 기능이 똑같아야 한다. 그러나 성분 배합과 기술력에 따라 발림성, 지속 시간, 자극 정도, 백탁 현상의 정도가 달라진다. 무기 차단제를 사용하더라도 얼마나 미세하게 분쇄하고 분산시켰는지, 어떤 보습 성분이 들었는지가 관건이다. 보통은 자기 피부에 맞는 것, 전통의 대기업 혹은 대규모 제조공장에서 만든 것, 용량이 충분한 것이 좋은 제품의 기준이다.

아무리 좋은 자외선 차단제라도 제대로 효과를 보려면 올바로 사용해야 한다. 우선은 충분한 양을 바르는 게 관건이다. 얼굴 기준으로 크림을 짰을 때 5백 원짜리 동전 크기만큼이 적당하고, 액상이면 더 많이 두텁다 싶을 정도로 발라야 한다. 종류에 따라 짧게는 2~3시간에 한 번 덧발라야 하는데, 화장을 하는 사람에겐 어려운 일이다. 이럴 때 필요한 게 스틱이나 밤, 파우더 타입 자외선 차단제다. 기름종이로 피지를 먼저 제거하고 콧등, 이마, 턱에 신경 쓰며 덧바른다. 바를 땐 매끄럽고 매트하게 밀착되는지가 중요하다. 요즘엔 끈적이지 않는 선 밤Sun Balm이 많은데, 피부가 연약한 부위와 자외선 차단제가 잘 지워지는 부위에 수시로 덧바를 수 있어 차단 효과를 극대화시킨다. 콤팩트 타입의 선 팩트Sun Pact도 자외선 차단 지수만 표기돼 있으면 똑같은 기능을 한다. 대부분 산화티탄이나 산화아연 같은 물리적 차단 성분이 들어가는데, 이들 성분은 피부 자극이 적으면서 태양열도 막아주므로 민감하고 잘 달아오르는 피부에 특히 적합하다. 다만 모공이 잘 막혀 쉽게 여드름이 생기는 피부라면 클렌징을 철저히 해야 하고 퍼프도 자주 빨아 말려야 한다.

beAuty TIp

자외선 차단 메이크업 베이스 & 파운데이션은?

뷰티 전문가들이 자외선 차단제를 따로 바르라고 권하는 이유는 베이스 메이크업 제품의 특성상 충분한 양을 바를 수 없기 때문이다. 하지만 메이크업 베이스와 파운데이션 둘 다 꼼꼼히 바른다면 어느 정도 차단 효과가 있다.

자외선 차단 기능 SPF50+로 표기된 것은 SPF가 50이상이라는 것. PA는 +++(스리 플러스)가 최대치로 이 정도면 자외선 차단제 없이 단독으로 사용해도 좋지만, 얇게 발리는 제품이라면 자외선 차단제를 따로 발라주거나 몇 번 덧발라 일정 두께를 만들어야 한다.

입자 표면을 문질렀을 때 밀가루처럼 곱고 촉촉하게 느껴지는 것이 빈틈이 적어 더 효과적이다.

지속력 땀이 많고 유분이 적은 피부는 워터프루프 제품을 선택해야 한다.

보습력 자외선 차단 성분이 다량 함유되면 질감이 매트해진다. 사계절용으로 쓸 것인지 여름에만 쓸 것인지에 따라 질감을 결정해야 한다.

클렌징 워터프루프 타입의 밀착력 있는 제품일수록 모공을 막고 피부에 오래 남는다. 클렌징 오일 등 유분이 있는 제품으로 1차 세안 후 클렌징 폼으로 이중 세안하는 것이 좋다.

생략과 조화의 멋, 재클린 케네디

©REX

Jacqueline Bouvier Kennedy Onasis

PROFILE

Name Jacueline Bouvier Kennedy Onasis
Birthday 1929. 7. 28
Occupation 언론인, 영부인, 출판인
Career 1952년 〈타임즈 헤럴드〉지 기자, 1961년 영부인, 1978년 '더블데이' 출판사 편집인
Hobby 승마, 글쓰기, 실내 장식
Speciality 아름다움에 대한 우아하고 지대한 관심. 31세로 영부인이 되어 패션과 백악관에 스타일을 불어넣음. 두 번 미망인이 됐지만 출판인으로 재기.

PARIS

SEXY!

I ♥ NY

'재키 케네디' 혹은 '재키 오'라고 불리는 재클린 케네디 오나시스는 사실 지나치게 드라마틱하게 알려져 있다. 최고 권력자의 아내이자 미망인, 재키 룩의 창시자, 역대 가장 아름다운 영부인으로 유명하지만 그 참모습은 우아하고 세련되게 살려고 열심히 노력한 한 여자이다. 당시는 여성의 사회 진출이 활발하지 않았다. 미국으로 이민 온 프랑스 귀족 출신이지만, 몰락의 길을 걷고 있던 차에 앞날이 창창한 상원 의원 존 F. 케네디를 만나 결혼을 감행한다. 경제적으로 그리 부유하지 않은데다 형식에 얽매이지 않는 케네디를 설득해 적은 예산 안에서 훌륭한 스타일을 만드는 건 그녀 앞에 놓인 일대 프로젝트였다. 재키 룩은 당시 보수적인 미국 상류 사회에서 스타일과 자존감을 지키려는 노력으로부터 탄생했다. 답답한 원피스에서 반소매를, 귀걸이와 한 세트를 이루어야 했던 목걸이를 생략하기도 하고, 파리 디자이너 스타일을 유심히 관찰해 미국 디자이너에게 옷을 맞췄다. 할스턴의 필 박스 모자를 자신의 트레이드 마크로 만들었고 칠부 소매 치마 정장을 전 세계적으로 유행시키기도 했다. 하지만 진짜 재키 룩은 상식적으론 도저히 받아들일 수 없는 불행 이후에 탄생했다. 남편이 눈앞에서 저격당하고 남존여비적인 오나시스와 재혼해 친척 하나 없는 그리스로 이주한 후다. 과거와 정치적 목적에서 자유를 선언한 듯 전혀 다른 스타일을 선보인 것이다. 헐렁한 면 배기 팬츠에 슬리퍼를 신기도 하고, 앞 주름 잡힌 와이드 팬츠에 터틀넥 스웨터도 즐겨 입었다. 거기에 주의 깊게 고른 액세서리 몇 점과 버그아이 선글라스로 모던하고 도시적인 스타일을 창조해냈다. 파파라치를 피하기 위해 선글라스와 스카프를 썼지만 그 몇 점의 사진은 오히려 '전설적인 스타일'로 남았다. 편안하고 세련된 재키 룩은 전 세계로 퍼진 업 타운 스타일이 됐지만, 당시로선 '생략과 조화의 멋'이 무척 파격적인 것이었다. 현재 우리가 즐기는 도시 여성의 심플한 스타일이 사실 그녀로부터 비롯됐다 해도 과언이 아니다. 오나시스마저 사망하고 오랫동안 꿈이었던 작가 대신 출판사 편집자로 열심히 일하던 시간은 사실 그녀 인생의 진정한 황금기였다. 그녀가 눈을 감은 곳은 뉴욕이다.

it girl's item 27

Make-up Base & Foundation

Make-up Base&Foundation 피부가 좋은 잇 걸은 타고난 것도 있지만 놀랄 만큼 정교하고 자연스런 피부 화장 기술을 구사한다. 아무것도 안 바른 것 같은데 세련된, 그야말로 '신의 경지.' 파운데이션 · 메이크업 베이스 · 파우더 등 화장품마다 제대로 쓸 줄 알고, 물광에서 도자기 피부까지 콘셉트도 자유자재로 바꾼다니!

잡티 하나 없이 투명하고 매끈한 피부는
고도의 피부 화장 테크닉에 의해 탄생한다.

©GIANFRANCO FERRE

제2의 피부, 메이크업 베이스 파운데이션·파우더

enjoy make-up base & foundation!

요즘 피부는 신분을 의미하는 것 같다. 잘나간다는 연예인마다 아기 같은 피부를 자랑한다. 작은 얼굴에 잡티 하나 없는 피부를 가진 연예인들을 보면 깜짝 놀랄 때가 많다. 물론 수백, 수천만 원을 들인 '피부과표 피부'다. 하지만 꼭 그렇게까지 인공적 힘을 빌리지 않아도 잘 관리한 피부에 피부 화장을 잘하면 투명하고 매끄러운 피부로 표현할 수 있다.

잇 걸이라고 할 만한 스타일리시한 사람들은 각자 화장 스타일도 뚜렷하다. 그게 투명 화장이든 완벽 화장이든, 백옥 같은 피부든 주근깨가 보이든, 공통점은 피부가 무척이나 좋아 보인다는 것이다. 그 반대 경우인 사람들은 여드름이나 각질을 감춘다고 했지만 오히려 두드러지는 속칭 '떡칠 화장'을 하곤 한다. 사실 '생얼'이란 건 철저히 만들어지는 것이다. 생얼 사진이라고 인터넷에 떠도는 연예인 사진 대부분이 피부 화장을 완벽하게 한 상태이고, 남자들이 "걔 화장 별로 안 하잖아" 하는 피부 좋은 여자들마다 컨실러Concealer, 하이라이터Highlighter까지 꼼꼼히 한 걸 많이 봤다. 피부가 좋아 보이려면 두께보다 기술이다. 그러려면 피부 화장에 필요한 메이크업 베이스, 파운데이션, 파우더, 컨실러 등을 제대로 알고 현란하게 사용할 줄 알아야 한다.

메이크업 베이스? 메이크업 프라이머?

의아한 일이지만 내가 어릴 땐 메이크업 베이스가 없었다. 심지어 탤런트나 영화배우도 로션·크림 다음에 바로 파운데이션을 발랐다. 본래 미국이나 유럽에서 쓰던 분장용 화장품이(붉은 기·잡티 등을 수정하기 위한) 어느 날 메이크업 베이스가 되어 등장했고 순식간에 모든 한국 여성의 필수품으로 떠올랐다. 메이크업 베이스, 메이크업 프라이머는 모두 비슷비슷한 제품이다. 공통적인 성분은 보습제. 일단 피부가 촉촉해야 화장이 잘 먹기 때문에 약간씩은 다 들어 있다.

자외선 차단 기능 + 화사한 메이크업 베이스
바닐라 코 렛 미 피니쉬

피붓결을 매끈하게 해주는 프라이머
베네피트 닥터필굿

메이크업 베이스는 색깔이 있는 것이 많고 피부 톤을 약간 바꿔주는 효과가 있다. 원래는 고체에 가까운 타입으로 초록색은 붉은 부위에, 오렌지색은 다크서클에 쓰던 분장용 컨실러 같은 것이었다. 그러다 색 교정 유행이 지나자 로션 타입으로 피부결만 다듬어주는 투명한 메이크업 베이스가 나오게 된 것이다.

메이크업 프라이머는 이런 유행을 반영해 모공이나 거친 피부결을 집중적으

로션 같은 막이 지속된다.
RMK메이크업 베이스

로 커버하는 제품이다. 투명하거나 뿌연 색으로 실리콘 성분이 들어 있어 요철을 메우고 피막을 만든다. 지성 피부용은 피지를 흡수하는 성분도 들어 있고 자외선 차단제 겸용인 것도 많다.

메이크업 베이스나 메이크업 프라이머는 많이 바를 필요가 없다. 색깔이 있는 메이크업 베이스는 피부색이 얼룩덜룩한 부위에, 촉촉한 메이크업 베이스나 프라이머는 건조한 부위에, 되직한 실리콘 느낌 프라이머는 모공이 큰 부위에 바르면 된다. 사실 피부결이나 피부색이 괜찮으면 생략해도 되고 파운데이션과 적당히 섞어 써도 된다.

좋은 파운데이션의 첫째 조건은 내 피부에 맞는 것

"어떤 파운데이션이 좋다더라"는 말은 40%만 믿어야 한다. 모든 파운데이션을 만드는 데 기본이 되는 것은 파우더다. 파우더를 얼마나 미세하고 균일하게 좋은 안료를 혼합해서 만드느냐가 파운데이션의 품질을 좌우한다. 하지만 아무리 좋은 파운데이션도 자신의 피부 타입에 안 맞으면 나쁜 것이다. 잇 걸은 어떤 아이템이나 그렇듯 파운데이션 역시 피부색, 피부 타입, 피부 상태에 맞는 걸 선택한다. 지성 피부가 쓰는 '가볍게 발리고 보송보송하다'는 파운데이션을 건성 피부가 쓰면 각질이 허옇게 일어나고 당긴다. 건성 피부가 쓰는

피부 상태에 맞는 질감인지부터 따질 것

©BOBBI BROWN

'하루 종일 촉촉하고 착 달라붙는다'는 파운데이션은 지성 피부에겐 최악의 끈끈이가 될 수 있다.

또 하나 중요한 것이 색상과 톤이다. '자기가 원하는 피부색'이 아닌 '실제 피부색'에 맞추어 사야 맨얼굴처럼 자연스럽다. 메이크업 아티스트가 맞는 색을 찾아주면 대부분의 사람들이 '너무 어두운 게 아닌가' 하며 구입을 꺼린다. '어느 브랜드의 몇 호'로 각인된 피부색에 중독돼 버렸기 때문이다. 장담컨대 피부색은 계절마다 상태에 따라 변한다. 언제나 햇빛 아래에서 발라 테스트해보고 결정해야 하는 것이다.

로선 타입으로 가볍게 바를 수 있다.
부르조아 실키 브러시 파운데이션

반면 톤이란 건 얼마나 피부가 푸른가, 노란가에 대한 이야기다. 정맥이 비쳐 보일 만큼 푸르스름하고 시원한 쿨 톤Cool Tone 피부가 노란 기가 많이 도는 웜 톤Warm Tone 파운데이션을 바르면 순식간에 아프리카 원주민이 되어버린다. 반면 웜 톤 피부가 핑크빛이 많이 도는 쿨 톤 파운데이션을 바르면 잘못된 신부화장처럼 얼굴만 동동 뜨는 촌스러운 느낌이 된다.

사실, 우리나라 여성 대부분은 웜 톤 피부다. 일본의 경우엔 쿨 톤이 더 많다고 한다. 그래서 일본 베이스 메이크업 제품은 화사한 핑크-베이지 계열이 주를 이룬다. 피부 톤은 평생 변하지 않는다. 똑같이 가무잡잡한 피부라도 웜 톤과 쿨 톤이 있어서 판별하기 까다롭지만 간단한 방법이 있다. 평소 노란 갈색이 잘 어울리는 사람은 웜 톤, 맑은 파란색이 잘 어울리는 사람은 쿨 톤일 확률이 높다.

톤이 다양해서 선택의 폭이 넓다.
바비 브라운 파운데이션 스틱

답답하고 피부가 두꺼워 보인다는 이유로 파운데이션을 안 쓰는 경우도 많은데, 무조건 쓰는 게 안 쓰는 것보다 낫다. 다만 자기 피부에 맞는 걸 극소량만 발라주는 것이 비결이다. 보통의 리퀴드 파운데이션을 예로 들면, 요즘엔 워낙 얇게 발리는 게 대부분이라 얼굴 전체에 팥알만큼만 발라도 남을 정도다. 눈썹 위, 양 뺨, 코 등 얼굴 가운데 부위에만 바르기도 한다. 얼굴 윤곽 부위는 대부분 피부가 좋기 때문에 맨얼굴처럼 보이게 하는 트릭이다. 컨실러처럼 피부색이 불그스름하거나 칙칙한 부위에만 바르는 것도 좋다. 바탕 관리를 얼마나 잘 하느냐가 파운데이션이 잘 먹느냐 아니냐를 좌우한다.

환상적인 피부를 자랑하는 연예인들은 피부 관리에도 목숨을 걸지만, 단번에 화장을 시작하지 않는다. 워터 스프레이를 충분히 뿌리거나 간단한 마사지를 하는 등 피부 상태를 최고로 만들어준 후 파운데이션에 들어가는 것이다. 패션쇼 현장에서도 톱 메이크업 아티스트들은 기다리는 모델들에게 시트Sheet 타입 마스크Mask를 하게 한다. 수분으로 가득한 피부가 최고의 화장을 선보이기 때문이다.

beAuty TIP

파운데이션이 피부와 안 맞을 때

너무 끈끈하다 반대로 매우 매트한 파운데이션과 섞는다. 복합성 피부는 어두운 색과 섞어서 피부의 U존(얼굴 윤곽 부분)에 발라준다.

너무 건조하다 피부색과 맞으면 일단 보관한 후 한여름에 정말 끈적거릴 때 쓴다. 놀랄 만큼 착착 달라붙는 파운데이션이 될 것이다. 혹은 끈끈한 파운데이션이나 모이스처라이저와 섞어 쓴다.

너무 어둡다 너무 밝은 파운데이션과 섞어 쓴다. 특히 어둡고 누렇다면(웜 톤)이라면 핑크 톤이 많이 도는 밝은 파운데이션과 섞어 쓴다. 한 톤 정도 어둡다면 턱선이나 콧날 옆에 발라 윤곽을 살리는 용도로 사용한다.

너무 밝다 어두운 파운데이션과 섞어 쓰고, 밝고 붉은 기가 강하다면(쿨 톤) 어둡고 누런 파운데이션과 섞으면 된다. 한 톤 정도만 밝다면 이마, 콧등, 눈 밑, 코 양옆 주름 등에 하이라이트 용도로 점찍듯 발라주면 된다.

만약 번들번들 각질이 가득한 지성 피부라면, 지성 피부용 각질을 녹여내는 스킨을 화장 솜에 묻혀 얼굴 가운데부터 바깥쪽으로 꼼꼼하게 닦아낸다. 그다음, 로션이나 크림 등 조금이라도 유분이 들어간 기초 제품은 배제하는 것이 보송보송하고 오래가는 화장의 비결이다.

비비크림 · 컨실러, 자유자재로 섞어 쓰기

촉촉한 로션 질감의 붓펜 타입
샤넬 에끌라 뤼미에르 컨실러

2000년대 중반 이후 여름엔 파우더, 겨울엔 크림 파운데이션이란 공식이 무너지기 시작했다. 메이크업 베이스-파운데이션-파우더란 순서 역시 자유자재로 바꿀 자유가 주어졌다. 주제는 '어떤 피부를 갖고 싶은가?' '그 위에 어떤 느낌을 표현하고 싶은가?'다. 원하는 이미지에 따라 도구와 순서를 재구성하고, 크림 투 파우더 파운데이션Cream to Powder Foundation(바를 땐 크림인데 마무리는 파우더 느낌인 것), 비비크림BB Cream, 미네랄 파우더Mineral Powder(천연 광물질을 갈아 만든 파우더), 틴티드 모이스처라이저Tinted Moisturizer(가벼운 커버력이 있는 보습제), 프라이머 등 수없이 밀려오는 베이스 메이크업 제품에 대해서도 안테나를 세워야 한다.

피부 표현은 피부 타입과 얼굴 윤곽에 의해서도 미묘하게 변화해야 한다. 모공이 크고 피지 분비가 왕성한 지성 타입이라면 굴곡을 커버하고 피지를 흡수하는 실리콘 성분이 든 제품을 써야 한다. 이 성분은 메이크업 프라이머, 대부분의

324 Make-up Base&Foundation

©GIANFRANCO FERRE

밝은 크림 타입 컨실러로 확실하게 다크서클을 커버한다.

실리콘 성분이 든 파운데이션으로 매끈하고 보송보송하다.
베네피트 썸카인다 고져스

워터 베이스 케이크 타입 파운데이션(뚜껑을 닫아 밀폐해야 하는 타입), 탄력을 강조하는 리퀴드나 크림 타입 파운데이션에 함유돼 있다. 실리콘으로 피부를 매끈하게 만든 후에는 파우더 등 수분이 없는 제품으로 마무리하는 것이 좋다. 실리콘과 물은 서로를 튕겨내기 때문이다. 모공이 작고 건조해서 잔주름이 생기는 건성 피부라면 유분이 풍부하게 함유된 일명 '물광' 파운데이션을 선택하고, 그 위에 시머가 든 하이라이터나 바셀린 혹은 유분 베이스의 보습제를 부분적으로 덧발라 촉촉하고 매끄러운 느낌을 만든다.

광대뼈가 크고 각이 진 사람은 파우더 위주의 매트한 피부 표현이, 굴곡이 완만하고 평면적인 얼굴은 광택이 있는 제품이 더 적합하다. 피부 광택의 정도는 립 메이크업과 통일하는 것이 세련되고 자연스러워 보인다. 립 메이크업이 글로시하다면 피부에도 약간의 광택을 더하고, 입술이 매트하면 피부도 파우더리하게 마무리하는 것이다. 이 룰을 지키지 않으면 잘 때도 화장을 하고 있는 TV 드라마 여주인공 같은 어색한 얼굴이 될 수 있다.

beAuty TIP

다양한 섞어 쓰기 활용법

크림 타입 컨실러 + 핑크 메이크업 베이스 + 비비크림

크림 타입 컨실러 + 핑크 메이크업 베이스 + 비비크림

point ›› 다크 서클 커버, 잡티는 드러내는 메이크업

point ›› 다크 서클 커버, 잡티는 드러내는 메이크업

밝은 색상의 크림 컨실러로 눈 밑 다크 서클과 팔자 주름 등을 먼저 커버한다. 비비크림과 핑크색 메이크업 베이스를 약 1 : 2로 섞어 로션처럼 만든다. 잡티가 비칠 정도로 가볍게 발라주고, 컨실러 바른 부위와 경계가 생기지 않게 펴준다.

리퀴드 파운데이션 + 오일 + 시머 크림

point ›› 귀족적으로 빛나는 물광 피부

물광 피부를 위해 꼭 글로우 파운데이션을 따로 마련할 필요는 없다. 평소에 쓰는 리퀴드 파운데이션에 식물성 오일을 약간 떨어뜨려 잘 섞어주면 거의 똑같은 효과를 낼 수 있다. 파운데이션 후 깨알 정도의 극소량으로 크림 타입 시머를 광대뼈 앞, 코끝 등 돌출돼 보여야 할 부위에 잘 펴주면 더욱 매력적이다.

그린 메이크업 베이스 + 케이크 파운데이션 + 매트 컨실러

point ›› 스모키 아이와 잘 어울리며 그늘이나 잡티 없는 도자기 피부

도자기같이 깨끗한 피부는 피부색의 얼룩덜룩함을 커버하는 데서 시작된다. 특히 붉은 기가 군데군데 퍼진 사람에겐 그린 메이크업 베이스가 효과적이다. 케이크 타입 파운데이션을 스펀지로 얼굴 윤곽 바깥까지 꼼꼼하게 발라준 후 매트하고 커버력 있는 컨실러로 비치는 잡티나 그늘을 하나하나 지운다.

프라이머 + 파우더 파운데이션 + 페이스 컬러

point ›› 간편한 모공 커버, 반투명 미네랄 메이크업

프라이머로 매끈한 막을 만든 후 브러시에 소량의 파우더를 묻혀 얼굴 전체에 둥글리듯 쓸어준다. 고체 타입의 페이스 컬러로 이마, 콧날, 광대뼈 앞부분 등에 하이라이트를 주고, 턱선에는 어두운 색으로 셰이딩을 준다.

it girl's item 28

Highlighter &Blusher

Highlighter&Blusher 인형처럼 작은 얼굴에 눈 · 코 · 입이 다 들어 있고, 볼까지 아기처럼 사랑스럽다니! 잇 걸의 특급 비밀은 바로 하이라이팅과 블러싱 테크닉. 파우더까지만 바른 것과 하이라이터, 블러셔까지 한 얼굴은 천지차이다. 어디에, 어떻게 발라야 하는지 눈 크게 뜨고 배워볼 것.

©STELLA MCCARTNEY

하이라이팅은 얼굴의 입체감을 높여주고 블러싱은 혈색을 주는 조각 같은 작업

인형 같은 얼굴, 하이라이터 · 블러셔

enjoy highlighter & blusher!

'물광' '윤광'이란 뷰티계의 유행어를 한 번쯤 들어봤을 것이다. 모두 피부의 반짝임을 강조하는 화장법이다. 평면적인 동양인의 얼굴에는 반드시 입체감을 주는 화장법이 필요하다. 그런데 이상한 것은 오히려 서양인이 오래전부터 입체감에 열중해왔다는 것이다. 잇 걸들은 한결같이 이마는 더 볼록하게, 콧날은 더 오똑하게, 광대뼈는 샤프하게, 얼굴은 작아 보이는 트릭을 쓴다. 거기에 발그스름하게 이지적으로 물든 뺨으로 얼굴에 인상파 그림을 그리듯 디자인하는 것이다. 밝은 곳과 어두운 곳이 분명하고 뺨에 혈색이 도는 얼굴은 눈 화장이나 입술 화장 없이도 분명 아름답다. 얼굴이 크거나 코가 낮아서 고민하는 사람은 거울 앞에서 불평만 말고 하이라이팅, 셰이딩, 블러싱 테크닉부터 마스터해야 한다. "너 성형했니?"란 질문이 쏟아지는 걸 즐기기까지 일주일이면 충분하다.

피부색, 원하는 질감에 따라 다양하게 활용 가능한 바비 브라운 쉬머 브릭

하이라이팅과 셰이딩으로 성형 미인이 된다

하이라이팅Highlighting이란 평평하거나 들어간 부분을 돌출되어 보이게 하는 것이다. 반면 셰이딩Shading은 그늘져 보이도록, 즉 들어가 보이도록 하는 것이다. 유전적으로 평면적인 동양인의 얼굴은 특히나 다채로운 하이라이팅과 셰이딩 테크닉이 절실하다.

하이라이팅만 잘해도 성형 수술이 필요 없을 정도로 완벽하게 다른 얼굴이 된다. 그 첫 번째 효과가 바로 얼굴이 작아 보이는 것이다. 턱선(V라인)이 날렵하면 길이가 비슷해도 얼굴이 작아 보인다. 턱 쪽이 극히 빈약한 경우를 제외하고는 파운데이션을 바를 때부터 어둡게 처리하는 것이 좋다. 귀 앞부분부터 턱선을 따라 피부색보다 한 톤 어두운 톤을 바르거나(실제로는 생각보다 밝게 나타나는 경우가 많다) 아예 V라인에는 파운데이션을 하지 않는다. 턱 끝에는 주걱턱이 아니라면 밝은 색으로 하이라이트를 넣는다. 턱 끝에 보형물을 넣은 것 같은 효과를 준다. 마지막으로 어둡고 매트한 프레스트 파우더Pressed Powder로 눈을 중심으로 보았을 때 계란형에서 벗어난 부위에 모두 셰이딩을 넣는다.

이마가 볼록하게 튀어나오면 얼굴도 작아 보이고 어떤 헤어스타일을 해도 훨씬 잘 어울린다. 하지만 대부분의 한국인은 납작하거나 들어간 이마이기 마련이다. 하이라이트를 넣을 때 이마를 밝게 처리하는 것은 누구나 알 것이다. 하지만 이마 모양에 따라 하이라이트 존이 달라져야 더 효과적이다.

***이마가 전체적으로 평면이다** 이마 중앙에 동그랗게 하이라이트

***이마가 뒤로 후퇴했다(일명 메뚜기 이마)** 헤어라인 부위를 밝게 처리

***이마가 삼각형이다** 이마 좌우 잔머리를 뽑고 하이라이트

기본 하이라이팅 존

얼굴이 평면적인 사람은 눈 밑 애교살 바로 아래부터 팔자 주름 윗부분까지가 움푹 패어 있을 만큼 납작하다. 그만큼 좌우로 얼굴이 커 보인다. 이 부분을 살리는 것이 V존의 셰이딩만큼이나 중요하다. 처음부터 밝은 파운데이션을 바르고 밝은 컨실러로 다크 서클뿐 아니라 역삼각형 존까지 밝게 처리해 준다. 중요한 것은 절대 광대뼈가 좌우로 튀어나온 부위를 넘지 않아야 한다는 것! 파운데이션 혹은 파우더 다음 단계에서 하이라이터로 애교살 바로 밑 부위에 가로로 2~3cm 정도 강렬한 하이라이트를 준다. 팔자 주름은 펜슬형 컨실러 등으로 점점이 찍어 그 부분만 밝아 보이게 해야 한다.

©BENEFIT

하이라이팅과 셰이딩으로 납작한 코도 최근 유행하는 버선 코(코끝은 높고 콧대는 짧은 코)로 수정할 수 있다. 예전처럼 콧대 전체에 하이라이터를 바르면 코가 길어지면서 눈이 상대적으로 작아 보이기 때문에 둥근 섀도용 브러시로 하이라이트를 부분적으로 넣는 것을 연습해야 한다.

가장 중요한 것이 코끝이다. 가장 높아야 할 부분을 직경 5mm 정도의 원형으로 밝게 바른 후 그 주위를 가볍게 쓸어준다. 그 후 자기 콧대에서 가장 낮은 부분(시작부분 혹은 콧대 중간)에 폭이 1cm가 넘지 않도록 점점이 하이라이트를 준다.

콧방울은 V라인에 사용한 파우더를 써서 어둡게 처리하고 콧방울 바로 바깥쪽은 밝은 색 컨실러로 칙칙함을 커버해야 한다. 코가 너무 긴 경우 코끝의 하이라이트 바로 아랫부분에 어두운 색으로 셰이딩을 넣는다.

하이라이터는 파우더 타입, 크림 타입, 스틱 타입 등 다양한 것이 있다. 펄 입자가 눈으로 보이지 않을 만큼 미세해야 하고, 피부에 발랐을 때 뭉치거나 이상한 색(초록이나 파랑 등)이 돌지 않아야 한다. 비싼 제품이 제값을 하는 아이템이다. 셰이딩 제품은 대개 파우더 타입이다. 침팬지처럼 보이지 않으려면 피부보다 약간 어두운 색을 질 좋은 큰 브러시에 묻혀 몇 번 털어내고 발라야 한다. 그것도 여러 번에 나누어 서서히 어두운 색감이 드러나게 해야 한다.

사랑스럽게 혹은 섹시하게, 블러셔 테크닉

블러셔Blusher는 흔히 말하는 '볼 터치'다. 우리나라 사람들은 방법을 잘 몰라 블러셔를 생략하거나 과도하게 발라서 술 취한 사람처럼 되기도 한다. 블러셔를 적당히 잘 바르면 건강해 보이고 사랑스러우며 섹시해 보인다. 가장 중요한 건 본래 혈색을 찾는 것이다. 노란 기가 도는 얼굴에는 복숭아색이나 오렌지색이, 흰 얼굴에는 파스텔 핑크가, 검은 피부에는 엷은 코코아색이나 어두운 오렌지색 계열이 나타난다.

파운데이션을 바르고 손가락에 크림 타입 블러셔를 묻혀 점 한두 개를 찍은 후 볼에 세심하게 펴 바르면 된다. 파우더 타입은 블러셔 전용 브러시에 묻힌 후 가볍게 털어주고 귀 앞에서 코 쪽으로 나선을 그리며 펴줄 것. 블러셔를 바르는 방향과 모양은 얼굴형에 따라 다르다. 가장 흔한 평면적이고 동그란 얼굴은 날카로운 사선으로 턱선이 살아 있는 얼굴을 만드는 게 중요하다. 광대뼈 바깥부분에서 시작해 턱 끝 방향으로 조금 어둡고 짙은 색을 발라주는데 길이 5cm 정도의 삼각형이 되게 한다. 사선으로 블러셔를 할 때는 특히 옆모습을 확인해야 한다. 잘 안 보이는 부위라 줄만 쭉 그어놓은 것처럼 되기 쉽다. 그리고 블러셔를 바른 바로 윗부분에 하이라이트를 넣으면 최고의 효과를 볼 수 있다.

턱이 발달해 각진 얼굴은 동그란 얼굴과 비슷한 각도로 사선을 그리면서도 얼굴 윤곽선으로 굽은 C자형으로 발라주는 것이 인상이 부드러워 보인다. 시각적으로 얼굴 면적이 넓어 보이기 때문에 어두운 색 블러셔를 먼저 바른 후 그보다 밝은 색을 바로 윗부분에 발라주면 좋다.

긴 얼굴은 얼굴 앞쪽에 동그랗게 블러셔를 바르거나 귀 옆부터 코 쪽으로 가로로 길게 발라 얼굴이 짧아 보이게 한다. 얼굴 앞까지 블러셔가 보이는 만큼 중심점(눈동자에서 아래로 내린 선상)을 손가락으로 찍어놓고 브러시로 둥글리며 번지게 하는 것이 효과적이다. 양쪽 블러셔 위치나 모양이 다르면 무척 어색하다. 진한 색 블러셔를 중심점에 먼저 바르고 밝은 색 블러셔를 더 넓은 부위에 바르는 것도 좋다.

스틱이나 크림 타입은 혈색처럼 자연스럽다.
바비 브라운 크림 블러쉬 스틱

파우더 타입 블러셔는 좋은 브러시가 필수
바비 브라운 블러쉬 브러시

it girl's item 29

Eye Make-up

Eye Make-up 눈은 마음의 창이다. 크고 맑은 창은 사람들을 매료시킨다. 그런 창에 커튼도 달고 꽃도 가꾸면 얼마나 더 예뻐 보일까? 눈이 작다고, 부었다고 불평할 필요는 없다. 환상의 아이 메이크업 테크닉만 있으면 누구나 지금보다 두 배는 예쁜 창을 갖게 될 테니까. 아이섀도·아이라이너·마스카라 완벽 활용법.

큰 눈을 더욱 매력적이게. 아이라인을 강조한 복고풍 메이크업을 한 모델

©GIANFRANCE FERRE

©BOURJOIS

©BOBBI BROWN

매력적인 눈매 만들기,
아이섀도·아이라이너·마스카라

enjoy eye make-up!

아이라이너는 눈을 길고 또렷하게 한다.
맥 파워포인트 아이라이너

일본 여자들의 인형 같은 얼굴에는 깜짝 놀랄 눈 화장 테크닉이 숨어 있다. 기본적으로 바르는 마스카라만 3~4개이며, 아이섀도 신제품이 나오면 눈 깜짝할 사이에 동이 나 예약을 할 정도로 그녀들의 눈 화장에 대한 집착은 엄청나다. 그래서 TV 뉴스 아나운서도 화장을 지우고 나면 "누구세요?" 할 정도로 다른 얼굴이 된다. 평범한 인상에 눈도 작은 얼굴인 경우가 많기 때문이다.

눈 화장에 대한 관심은 할리우드 스타들도 만만치 않다. 원래 큰 눈이지만 얼굴의 반을 차지할 정도로 더욱 크고 아름다운 눈을 원하기에 톱 메이크업 아티스트에게 어마어마한 비용을 지불하며 2시간씩 화장을 받는다. 우리가 아는 톱스타의 레드 카펫 룩이 모두 이렇게 탄생한다. 간혹 맨얼굴에 거리를 나선 스타들은 정말 일반인과 별다를 바 없는 모습이다. 파파라치에게 찍힌 제니퍼 로페즈Jennifer Lopez나 마돈나Madonna도 동네 아줌마 같은 푸근한 인상이다. 눈 화장을 잘하

는 법은 시간을 들여, 엷지만 단계를 꼼꼼히 밟아 화장하는 것이다. 아무것도 안 바른 맨눈이나 쓱쓱 그린 무성의한 눈 화장과는 비교할 수 없는 아름다움을 발산할 수 있다.

아이섀도 색상과 질감이 다양한 것이 좋은 브랜드
부르조아 수이베 몽 르가르

아이섀도 바르기의 기본은 4단계

화장을 잘 못하는 사람들이 흔히 하는 실수가 아이섀도 한 가지를 진하게 바르는 것이다. 특히 자신의 피부색과 전혀 안 맞는 한두 개의 색깔을 예쁘다는 이유로 바르면 화장은 화장대로 진해 보이고 안색은 나빠 보인다. 살구-베이지 계열은 누구나 하나쯤 있어야 할 기본 색이다. 피부 톤이 따뜻하면 살구색에 가까운 것, 희고 투명하거나 검고 탁하면 차가운 베이지 계열이 좋다.

아이섀도의 기본은 순서대로 겹쳐 바르는 것이다. 아무리 투명해 보이는 여배우의 화장도 알고 보면 메이크업 아티스트가 단계별로 엷게 발라 입체감을 표현한 것이다. 아이섀도 팔레트란 것이 있는데 밝기에 따라 3~5색으로 구성된다. 여기서 두 번째 밝은 색 혹은 중간 색이 베이스 섀도다. 눈두덩의 3분의 2까지 베이스 섀도를 넓게 바른 후, 쌍꺼풀 위 1~2mm까지는 그보다 진한 포인트 섀도를 발라주는 것이다. 질 좋고 납작하거나 둥근 브러시를 써야 뭉치지 않는다. 아이라인에는 가장 진한 색을 바르는데 언더라인도 끝에서 3분의 1 지점까지 살짝 붓펜 타입이라 굵기 조절이 자유롭다.
루나솔 인텔렉츄얼 리퀴드 아이라이너

터치해준다. 그런 후 눈썹 뼈와 눈 앞머리는 가장 밝은 색, 혹은 펄이 든 색을 가볍게 발라 하이라이트를 주면 눈이 커 보이고 시원하게 트인 느낌을 준다.

다양한 테크닉으로 승부하는 아이라이너

아이라인은 연필로 선을 긋듯 눈가에 찍 긋는 물건이 아니다. 아이라이너만으로도 정말 다양한 화장을 할 수 있다. 가장 기본형은 3/4 C자형 아이라인이다. 서양인이 주로 사용하는 테크닉으로 아이라인 전체를 메우지 않아 눈이 맑고 커 보인다. 눈 앞머리에서 속눈썹 사이사이를 메우듯 점을 찍어 눈꼬리 약간 바깥까지 그리고, 언더라인도 마찬가지로 그리되 눈 앞머리부터 1/4은 비워두는 것이다. 아이라인은 눈꼬리로 갈수록 점점 두꺼워지는 것이 좋다.

부드럽고 선명하게 그려지는 펜슬 타입
부르조아 르갸르 에페 듀오 크롬
번지지 않고 눈꼬리를 강조할 때 좋다.
바비 브라운 롱웨어 젤 아이라이너
LONG-WEAR GEL EYELINER

펜슬로 먼저 형태를 잡고 리퀴드 타입으로 빈 곳을 메우듯 속눈썹에 밀착시켜 터치하면 훨씬 또렷하다. 아이라이너를 섀도처럼 활용해, 혹은 섀도를 아이라이너처럼 사용해 강한 인상을 만들 수도 있다. 베이스 섀도를 생략하고, 브러

아이라인을 잘 못 그리겠으면 눈을 아래로 뜨고 눈꼬리부터 시작한다.

시에 아이라이너를 충분히 묻혀 눈 앞머리 3분의 1 지점부터 눈꼬리 쪽으로 점점 두꺼워지도록 바른다. 쌍꺼풀 부위에도 얼룩지지 않게 채우고, 위 아이라인에 아주 가늘게 블랙 아이라이너를 더한다.

물을 묻혀 쓸 수 있는 일렉트릭 컬러 섀도 혹은 펜슬 타입 아이라이너가 편하다. 쌍꺼풀이 원색으로 물들기 때문에 낮에는 조금 무서운 느낌일 수 있어 펑키한 분위기의 파티나 주말에 잘 어울린다. 복고적이고 두꺼운 검은 아이라인은 마릴린 먼로처럼 섹시하고 미래 전사처럼 강렬하다. 언더라인은 생략하고 위 아이라인만 강조하고 기타 아이 메이크업과 립 메이크업은 최대한 투명하게 처리해야 한다. 주의할 것은 눈꼬리가 고양이의 그것처럼 올라가야 한다는 것! 자신이 없으면 끝부분부터 시작해 앞머리, 가운데의 순으로 그린다.

눈을 아래로 뜨고 가늘게 그리다가 눈꼬리부터 3분의 1 지점에서 30도 정도 기울여 일직선으로 두껍게 그린다. 그러면 눈을 떴을 때 아이라인을 따라 곡선형으로 나타난다. 포인트는 눈꼬리 바깥으로 3~5mm는 길어지도록 해야 한다는 것. 아이라인이 눈꼬리에서 약간 떨어져도 괜찮다. 번지지 않는 젤 타입이나 두꺼운 리퀴드 펜 타입이 좋다. 블랙을 기본으로 남색과 밤색, 보라색도 괜찮다. 위 아이라인과 아래 아이라인을 전혀 다른 원색 펜슬로 그리면 색다른 느낌이 난다. 상당히 컬러풀한 느낌이라 봄·여름에 잘 어울린다.

마스카라로 눈 두 배 키우기

마스카라만으로 눈이 두 배는 커질 수 있다. 일본 여자들은 최소 마스카라 두 개와 마스카라 베이스 하나를 쓴다. 우선 처진 속눈썹을 올려주는 아이래시 컬러 Eyelash Curler부터 전체용과 부분용 컬러를 하나씩 준비한다. 아이래시 컬러는 자신의 눈 모양에 맞는 것이어야 한다. 동양인의 눈은 짧고 동그랗기 때문에 시세이도 Shiseido나 슈에무라 Shuuemura처럼 동양인의 눈에 맞춰 나온 제품이 더 잘 맞는다.

전체용으로 속눈썹 뿌리 부분을 지그시 한 번 눌러주고 스르르 힘을 빼면서 손목을 꺾어 위로 올리며 두세 번을 더 집는다. 눈 앞머리

처지기 쉬운 동양인의 눈 꼬리 속눈썹을 확실히 올려준다.
에뛰드 하우스 여우 눈꼬리 빗카라

와 꼬리 부분은 특히 속눈썹이 처지기 쉽기 때문에 짧은 부분용 아이래시 컬러로 집어줘야 한다. 눈꼬리 속눈썹은 바로 눈 길이로 직결된다. 사실 큰 눈은 긴 눈이라고 보면 된다. 동양인, 특히 한국인은 코나 얼굴 길이에 비해 눈 길이가 짧기 때문에 눈만 길어 보이게 해도 얼굴 균형이 좋아지면서 확연하게 예뻐 보인다. 눈꼬리 속눈썹을 잘 올리면 그 길이만큼 눈도 길어 보이는 것이다.

솔이 가늘어서 잔털까지 바를 수 있다.
클라란스 원더 렝스 마스카라

마스카라 전에는 가능한 베이스를 발라주는 것이 좋다. 마스카라 베이스는 볼륨감을 살리는 실리콘과 함께 짧은 속눈썹에 달라붙어 길어 보이게 하는 섬유질이 들어 있다. 그다음 긴 속눈썹부터 두세 번에 걸쳐 마스카라를 바르고, 짧은 속눈썹과 아래 속눈썹에는 마스카라 솔을 세우거나 짧은 속눈썹 전용 마스카라를 발라준다. 요즘엔 눈꼬리 속눈썹 전용 마스카라가 나와 있어 훨씬 표현이 쉬워졌다. 인형 같은 속눈썹을 만들려면 다 마른 후 몇 번 더 바른다. 이렇게 하고 나면 어떤 마스카라도 뭉친 덩어리가 속눈썹에 남아 있기 마련인데, 속눈썹 전용 빗으로 뭉친 부분을 제거하면 완벽하다. 속눈썹 빗은 흉기처럼 보일 수도 있는 철제로 아주 촘촘해야 한다. 성긴 플라스틱제로는 뭉침이 잘 제거되지 않는다.

도전하고픈 화장 1순위, 스모키 메이크업

스모키 메이크업은 누구나 한 번쯤 해보고 싶어하지만 어렵다고 포기해버리곤 한다. 기본 아이섀도 테크닉에 아이라인 테크닉을 약간 더하기만 하면 누구나 할 수 있다. 베이스 아이섀도를 반달 모양으로 눈두덩에 넓게 바른 후 아이섀도가 눈꼬리 바깥까지 뻗어나가도록 길게 빼준다. 쌍꺼풀 라인 조금 위까지 갈색이나 회색처럼 일반 아이섀도보다 진한 색을 발라주고 눈꼬리 부위는 더욱 두껍고 진하게 포인트를 준다. 화살표 모양으로 뭉치지 않도록 경계를 잘 펴주는 게 중요하다. 다음은 같은 색 아이섀도를 좁은 팁이나 브러시에 묻혀 언더라인을 그린다. 자연스럽게 그리려면 눈 길이의 3분의 1까지만, 강렬하게 보이려면 눈 앞머리부터 다 그린다.

아이라이너 펜슬이 가장 중요하다. 방금 전 포인트 섀도를 바른 부위의 아이라인에 검은색이나 밤색, 남색 같은 진한 색을 그려주고, 아이라이너 뒤에 달린 스펀지 팁으로 선의 바깥 부분을 따라 살살 뭉개서 번지게 한다. 그다음 눈 점막을 같은 펜슬로 메워준다. 점막에도 사용할 수 있는 안전한 성분인지 구입시 반드시 체크할 것! 아이라이너를 그리고 눈을 떴을 때 빈 부분이 있으면 안 된다. 속눈썹 사이사이나 점막에 점을 찍듯 다시 한 번 메워준다.

스모키 메이크업은 자연스런 그러데이션이 포인트!

©DSQUARED

마스카라는 속눈썹이 최대한 바짝 서는 타입이 좋다. 속눈썹이 원래 처지는 사람은 인조 속눈썹을 붙인다. 위·아래 모두 붙이면 인형 같은 느낌이 되고, 눈꼬리에만 집중적으로 붙이면 고양이처럼 섹시한 모습이 된다. 스모키 메이크업이 단지 진한 화장처럼 보이지 않기 위해서는 반드시 맑고 깨끗한 부위가 있어야 한다. 피부 화장은 컨실러로 잡티를 철저하게 지우고 파운데이션을 얇게 바른다. 눈썹뼈 아래와 광대뼈 위에 시머가 든 섀도나 하이라이팅용 파우더를 가볍게 쓸어줘 음영이 분명해지게 한다. 입술은 선을 지우고 베이지 계열을 바르거나 아예 투명하게 입술색을 살린다. 눈썹은 가늘게 다듬어야 눈을 부각시킬 수 있다. 나머지 부분을 모두 억제하고 강렬한 눈만 강조하는 것이 스모키 메이크업의 성공 비결이다.

스모키 메이크업은 밝기가 다른 3~4색의 아이섀도가 필요하다.
랑콤 컬러 포커스 쿼드

beauty TIP

고민 있는 눈의 스모키 메이크업

속쌍꺼풀이라 아이라이너가 번지면?
펜슬보다 워터프루프 타입 리퀴드, 혹은 젤 타입 아이라이너가 적당하다. 섀도를 바르기 전 피지 조절 기능이 있는 파우더를 쌍꺼풀 부위에 가볍게 발라주면 번짐을 막아준다.

스모키 메이크업을 할 때 아이섀도 컬러는?
피부가 까만 사람은 검은색이나 짙은 밤색 아이라이너와 섀도를, 밝은 사람은 갈색이나 회색이 좋다. 아이라인은 진한 색으로 하고 아이섀도는 보라, 갈색, 밝은 회색처럼 가볍게 하면 한결 부드러운 느낌이 된다.

진한 섀도를 어색하지 않게 바르는 법
아이섀도용 브러시가 가장 중요하다. 천연 모 소재에 순식간에 아이섀도가 퍼지는 것이어야 한다. 만약 경계가 생기고 뭉쳤다면 깨끗한 브러시에 조금 밝은 색을 묻혀 경계를 잘 펴준다. 최악의 경우엔 파우더를 바르는 스펀지 퍼프로 닦아낸다.

it girl's item 30

Lip Make-up

Lip Make-up 키스를 부르는 입술은 마법사가 아닌 전적으로 내 손에 달렸다. 사람마다 입술색과 모양이 다 다르기 때문이다. 내 얼굴에 제일 잘 어울리는 립스틱은? 통통한 핑크 하트 입술이나 시크한 베이지 입술은 어떻게 만드는 걸까? 자신 있고 당당하게 활짝 웃을 수 있도록 입술에 표정을 되돌려주자.

©SONIA RYKIEL

촉촉하고 통통한 '물 먹은 빨강' 입술을 좋아하는 밀라 요보비치

입술로 표정을 만든다, 립글로스 · 립스틱

enjoy lip make-up!

영화 〈악마는 프라다를 입는다〉

스타일은 둘째치고 연인이나 좋아하는 연예인에게 키스를 받는 상상을 하는 것만으로도 기분이 황홀해진다. 백설공주나 잠자는 숲속의 미녀를 죽음의 문턱에서 구원한 것은 바로 왕자님의 키스였다. 하지만 가혹한 현실을 보라. 왕자님은 쉽게 찾아내기 힘들고, 있다 해도 아무에게나 다가오지 않으며, 다가온다 해도 키스를 해주지 않는다. 평생 있을까 말까 한 그 한 번의 기회를 위해 여자들은 입술 화장이란 것에 집착하기 시작했다.

수많은 사람이 죽음에 이른 그 참담한 역사를 되돌아보면 더 이상 립글로스 하나 바르기 싫어질지도 모른다. 고대인들은 수은이 든 물감을 입술에 바르다 중독사하기 일쑤였고 딱정벌레 껍질이나 염소 땀, 악어 똥도 서슴지 않고 사용했다. 종교로 인해 인간성이 말살된 중세 암흑기에는 입술 화장 한 번 잘못했다가 마녀로 몰려 화형을 당한 사람도 부지기수였다. 18세기 마리 앙투아네트Marie

Antoinette는 입술 화장에 대한 법을 제정해 자기처럼 아름답게 화장하는 것을 금지했고, 19세기엔 죽어가는 사람처럼 불쌍해 보이기 위해 빙초산이나 비소를 마셔 실제로 죽어나가는 사람이 많았다. 왕자님은 없더라도 안전한 재료로 마음껏 입술 화장을 할 수 있는 세상에 태어난 게 얼마나 다행인가. 게다가 립글로스나 립스틱은 싸기까지 하다. 물론 재료 값으로 따지면 사기 행각에 가까울 만큼 폭리지만, 립스틱 하나로 몇 년을 꿈과 희망에 들뜰 걸 생각하면 그 아무리 악독한 화장품 회사라도 눈물 나게 고마워해야 할 것이다.

자신에게 어울리는 최고의 입술색을 찾아라

입술색이 사람마다 다른 건 알고 있는지……. 갈색에 가까운 어두운 색인 사람도 있고, 희미해서 핑크 기만 살짝 도는 사람도 있다. 이런 입술색을 예쁘게 교정하기 위해 립글로스나 립스틱이 필요하다. 하지만 더 중요한 건 피부색이다. 입술 관련 제품은 해마다 가장 다양한 유행 컬러가 나오지만 우리는 그 모든 색을 소화할 수 없다. 개개인에게 정말 잘 어울리는 컬러는 기껏해야 2~3가지뿐이다.

피부색에 딱 맞는 파운데이션을 고르는 게 중요하듯 딱 맞는 립글로스나 립스틱을 찾는 것도 무척 중요하다. 피부색에 어울리는 것을 바르면 피부가 맑아 보이고 잡티는 사라져 보인다. 안색이 환해 보이며 심지어

©BOBBI BROWN

고광택에 펄 감이 살아 있는 반투명 립글로스

부르조아 에페 3D 립글로스

성격마저 좋아 보인다. 빨강, 베이지, 오렌지, 핑크 계열 별로 자신에게 딱 맞는 색깔이 있다. 빨강이라고 다 같은 빨강이 아니고, 따뜻한 빨강, 차가운 빨강, 흰색이 들어간 빨강, 맑고 투명한 빨강이 있는 것이다. 최적의 색깔을 찾으려면 완전 맨얼굴로 매장을 찾아 하나하나 발라보는 수밖에 없다. 한번 바르고 햇빛 아래서 확인하고 깨끗이 지운 후 다음 색을 발라본다. 먼저 진한 색을 바르면 입술에 남을 우려가 있으므로 투명하고 밝은 색부터 시작한다.

립스틱이나 립 밤에 덧바르는 투명 립글로스는 누구나 하나쯤 있어야 한다. 약간 펄이 든 것도 활용도가 높은데 실버 펄은 차가운 색을 만들기 때문에 노란기가 많이 도는 웜 톤 피부는 피해야 한다.

누구나 집에 굴러다니는 립글로스나 립스틱이 서랍 하나를 이루고 있을 것이다. 이런 것들을 굳이 버릴 필요는 없다(물론 3년 정도 지나거나 이상한 기름 냄새가 나면 바로 버린다). 따뜻한 오렌지 립글로스와 차가운 빨강 립스틱을 섞으면 따뜻한 빨강 립글로스가 되듯 브러시로 이것저것 섞어보면 새로운 색이 나온다. 이때 막무가내로 섞을 게 아니라 원하는 색이 차가운 계열인지, 따뜻한 계열인지를 염두에 두어야 한다.

빨강 · 핑크 · 베이지 입술의 마력

한국인에게 가장 잘 어울리는 색은 일명 '물 먹은 빨강'이다. 따뜻하고 맑은

이 빨간색은 얼굴을 맑고 혈색 있게, 이는 하얘 보이게 한다. 거의 맨얼굴에도 자신에게 딱 맞는 물 먹은 빨강을 바르면 약간 화장한 것처럼 보일 정도다. 이 색을 잘 표현하기 위해선 틴트의 도움이 필요하다. 아주 묽은 타입의 액체 틴트면 팁으로 입술선부터 발라도 되지만, 손가락에 묻혀 입술 중심에만 톡톡 두드린 후 납작한 브러시에 묻혀 입술선을 발라주면 완벽하다. 그다음 투명 립글로스나 약간 펄이 든 것을 덧바른다. 좀 더 촉촉하고 자연스러운 표현을 위해선 립스틱과 틴트의 중간 성격인 틴티드 밤Tinted Balm도 좋다. 역시 손가락에 묻혀 톡톡 두드리듯 입술을 메워 나간다.

물 먹은 빨강에 제일 잘 어울리는 눈 화장은 한 듯 안 한 듯 속눈썹만 강조한 것이다. 청순해 보이고 눈도 커 보인다. 아이라인은 펜슬을 속눈썹 사이사이에 넣어 점을 찍듯이 바르면 거의 눈에 띄지 않는다. 아이섀도도 살구색이나 펄 화이트 같이 진하지 않은 것을 스치듯 발라주고 눈 앞머리에만 펄 화이트로 포인트를 주면 더 맑아 보인다. 대신 마스카라는 뭉치지 않는 것으로 한 올 한 올 정말 정성들여 발라야 한다. 마릴린 먼로처럼 섹시하고 선명한 빨강은 여기에 검은색 리퀴드 아이라이너를 더하면 된다.

동양인에게 핑크색은 어려운 색이다. 사전 준비 없이 이런 색을 바르면 피부와 이가 누렇게 떠 보이고 온갖 잡티와 다크 서클이 두드러진다. 빨강에 가까운 맑은 핑크나 노란 기가 많이 도는 코럴 핑크가 그나마 안심할 수 있는 색이다. 메이크업 베이스 단계에서부터 핑크 계열을 발라주거나 어두운 파운데이션으로 톤다운 한다. 블러셔도 같은 핑크색으로 맞춘다. 입술의 핑크를 살리려면 같은 색이지만 파스텔 톤으로 약화된 것을 넓은 범위에 걸쳐 발라서 소녀처럼 상기된

얼굴로 표현한다. 광대뼈 바깥쪽은 피부색보다 어두운 셰이딩 파우더를 쓰고, 광대뼈 앞쪽만 핑크로 바르면 부담이 덜하다. 핑크 립스틱은 파운데이션과 파우더로 입술선을 지운 후 브러시로 발라야 한다. 그렇지 않으면 립 라인이 또렷하게 드러나지 않는다. 가수 이효리처럼 섹시한 핑크 입술을 갖고 싶다면 상대적으로 눈 화장을 강하게(특히 보색 계열의 남색으로) 한다. 눈 화장이 약하고 입술만 차가운 핑크면 아파 보이거나 촌스러워 보일 수 있다. 화장이 진해 보일 수 있으므로 눈 앞머리나 인중, 입가 등에 가는 브러시로 살짝 하이라이터를 발라 맑은 느낌을 주는 것도 좋다.

스모키 아이에 어울리는 베이지색 누드 입술은 핑크 입술보다 좀 더 까다롭다. 파운데이션과 파우더로 입술선을 지우고 베이지색 립라이너로 새로운 입술선을 그려줘야 한다. 베이지색 립스틱이나 립글로스를 바른 다음 브러시로 립라이너와 잘 섞어서 경계를 없앤다. 다시 브러시로 하이라이트가 될 펄감이 약간 있는 립글로스를 윗입술 산과 아랫입술 중간에 살짝 발라준다.

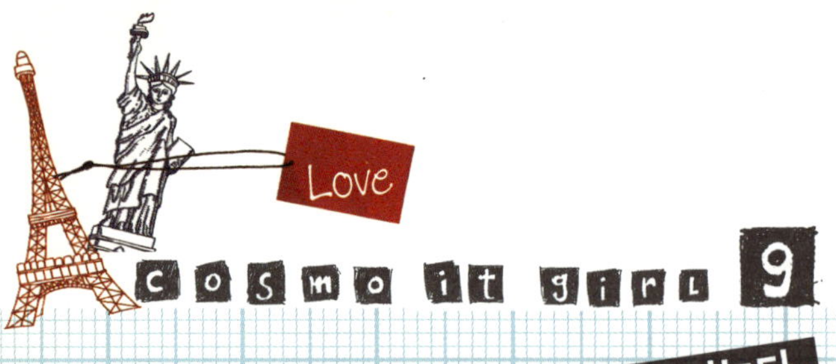

패션은 가도 스타일은 남는다, 가브리엘 샤넬

©REX

Gabrielle Bonheur Chanel

PROFILE

Name Gabrielle Bonheur Chanel

Birthday 1883. 8. 19

Occupation 디자이너

Career 1910년 모자 디자이너로 출발, 1915년 여성복 디자이너, 1921년 향수 샤넬 넘버 5 대히트, 1974년 파리에 단독 부티크 오픈. 니먼 마커스 상 수상.

Hobby 승마, 낚시, 예술품 감상, 노래 부르기

Speciality 코르셋과 규율에 갇혀 살던 여성의 삶을 바꾼 혁명적 디자이너. 20세기 패션 아이콘. 최초로 의상뿐 아니라 향수, 가방, 보석 등을 아우른 토털 룩을 제안.

PARIS SEXY! I ♥ NY

사치와 화려함의 대명사인 디자이너 브랜드 '샤넬'의 창시자. 그 참모습을 깨닫는다면 온몸을 샤넬 제품으로 감싸고 싶은 생각이 가실지 모른다. 가난한 행상의 딸로 태어나 어린 나이에 고아가 된 그녀는 학교도 못 가고 수녀원과 이모집에서 자랐다. 각지고 남자 같은 얼굴에 깡마른 몸매로 그리 아름답다고 할 수 없는 외모였지만, 타고난 정열과 예술가 기질로 남자들에게 인기가 많았다. 스무 살 무렵, 마침내 상류층 자제인 에티엔느 발상을 사귀어 파리 사교계로 진출한다. 당시 살롱 문화는 예술을 즐기고 예술가를 지원하는 것을 고상하게 여겼다. 샤넬은 탁월한 사교술로 남자친구 아더 카펠과 상류층 인사들의 원조를 받아 파리 캉봉 거리에 모자 가게를 차린다. 모자 가게는 이모의 수입을 돕기 위해 배운 바느질 재주와 그녀만의 독특한 패션 감각으로 점점 번창한다.

모자에 더해 샤넬은 자기만의 스타일을 제안한다. 즉, 조이고 부풀리고 화려하게만 꾸미던 여성복을 남자 옷처럼 단순하고 세련되게 바꾸기 시작한 것이다. 리틀 블랙 드레스, 통 넓은 바지, 무릎까지 오는 직선적인 치마, 스포티한 재킷 등 편하면서도 묘하게 매력적인 옷들을 연속적으로 히트시킨다. 또한 진짜 보석이 아닌 모조 진주, 꽃 향이 아닌 인공 향료로 만든 향수로도 얼마든지 스타일리시할 수 있다는 것을 몸소 보여줬다. 샤넬은 빼어난 스타일리스트이자 여성 해방 운동가였다. 남자친구 바지를 고쳐 입거나 모자를 비스듬하게 쓰고 속옷 소재였던 저지로 숙녀복을 만드는 등 터부로 여겨지던 것들을 멋으로 승화시켰다. 귀족이 아니었고, 제대로 패션을 배운 적이 없으며, 부유하지 않았던 덕이라고도 할 수 있을 것이다. 2차 세계대전 후 슬럼프를 겪으며 한참 부티크 문을 닫기도 했지만 71세에 재기해 생애의 걸작이랄 수 있는 트위드 수트를 만들어냈다. 하지만 작고한 지 20년이 넘어서 2차 세계대전 중 나치스 스파이로 활동했던 것이 밝혀져 조국 프랑스에 경악을 안기기도 했다. 샤넬은 착하지 않았지만 스타일리시했고, 외로웠지만 강한 여자였다. 지금 샤넬의 하이 주얼리와 핸드백이 그토록 고가에 팔리는 건 그녀에 대한 여자들의 동경의 값인지도 모른다.

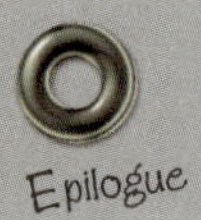

Epilogue

당신은 이제 '잇걸'이다

누구라도 지금 내 몰골을 본다면 결코 이 책을 사지 않을 것이다. 솔직히 말해 마감이란 핑계로 눌릴 대로 눌린 머리에 무릎 나온 파자마, 노브라에 패딩 점퍼 차림이다(정녕 이렇게까지 솔직해야 할까?). 스타일리시한 여행을 위해 지른, 내용물보다 수십 배 비싼 리모와 가방, 수리비와 가격이 엇비슷한 앤티크 시계가 거실 한켠에 뒹굴거린다. 이렇듯 허망한 순간이면 "사람은 무엇으로 사는가?"란 원초적 의문이 든다. 그래도 나는 '스타일로 산다'고 애써 말할 수 있다. 이 책의 독자라면 속으로 고개를 끄덕이는 사람도 상당수일 거라 짐작해본다.

스타일로 산다는 건 부끄러운 일이 아니라고 생각한다. 왜냐하면 그 삶이 노력과 희망의 이야기일 수 있기 때문이다. 날 때부터 김태희처럼 생겼거나 공작처럼 우아하다면 얼마나 좋을까? 하지만 우리는 짜증 날 만큼 콤플렉스 덩어리고, '빨간 머리 앤'처럼 촌스럽기 마련이다.

스타일로 산다는 건 무 다리에 어그 부츠를 신으려고 거울 앞에서 씨름하거나 새우만한 눈에 스모키 화장을 해보려고 아이라인을 한 번 더 그리는 것이다. 괜찮은 중고 명품 가방을 건지려고 20시간 동안 모니터를 응시하거나, 엄마 옷장을 털어서 한복 브로치를 차지하는 것일 수도 있다. 그래도 마네킹이 입은 옷 전체를 벗겨 입는 사람보다 만 배는 사랑스럽지 않은가?

스타일에 대한 두 번째 책을 쓰면서 난 세상 곳곳의 스타일에 죽고 사는 여자들에게서 시선을 뗄 수 없었다. 나 역시 그렇지만 그들은 참 유별났다. 맛있는 떡볶이를 먹기 위해 새벽 한 시에 홍대 앞으로 달려가거나 인도 배낭여행 간다고 회사를 그만두고, 호텔 아케이드에서 아이쇼핑을 하느라 숙박비를 날리곤 했다. 이 책에 들어간 원피스 입는 법, 스카프

매는 법, 좋은 가방 싸게 사는 법 등 조근조근한 정보는 그녀들을 관찰하고 만나면서 자연히 쌓인 것이다. 이 책을 포함해 대중매체에 횡행하고 있는 '잇 걸'이란 단어는 우리말로 하면 '그 여자'일 뿐이다. 하지만 스타일에 대한 욕심과 근성으로 가득한 그녀들에겐 숙명 같은 호칭이다. 당신 또한 그렇다면, 유명 연예인이나 재벌 상속녀가 아니어도 당신은 이미 '잇 걸'이다.

얼마 전 모 잡지를 통해 한국에서 홍콩으로 단신 부임하신 열혈 커리어우먼을 인터뷰한 적이 있다. 전혀 무섭지 않은 외모의 그분은 이렇게 말씀하셨다. "눈 감을 때 내가 정말 열심히 살았구나 하는 생각이 들면 행복하게 떠날 수 있을 것 같아요." 때론 스타킹이 구멍 나고 머리를 망쳐도 하루하루 스타일리시하게 살기 위해 최선을 다했다면 잇 걸의 인생은 아름다운 그림책으로 남을 수 있을 것이다. 이 글을 읽으며 눈을 빛낼 잇 걸들을 떠올리며 이제 노트북을 덮을 때가 온 것 같다.

마지막으로 사랑하는 하나님과 가족들, 책 쓰는 동안 살림과 심부름을 도맡은 남편 Keith, 파리에서 여행도 못하고 사진을 찍어준 송해, 물심양면으로 도와준 선민, 신선, 동선, 희정, 영미 언니, 민경 선배, 타지 생활이 외롭지 않게 하는 친구들 현진, 정화, 화선, 동민, 용성, 패션 및 뷰티 업계 여러분들, 그리고 이 책을 들춰보기라도 하신 소중한 독자분들께 감사의 말을 전한다.

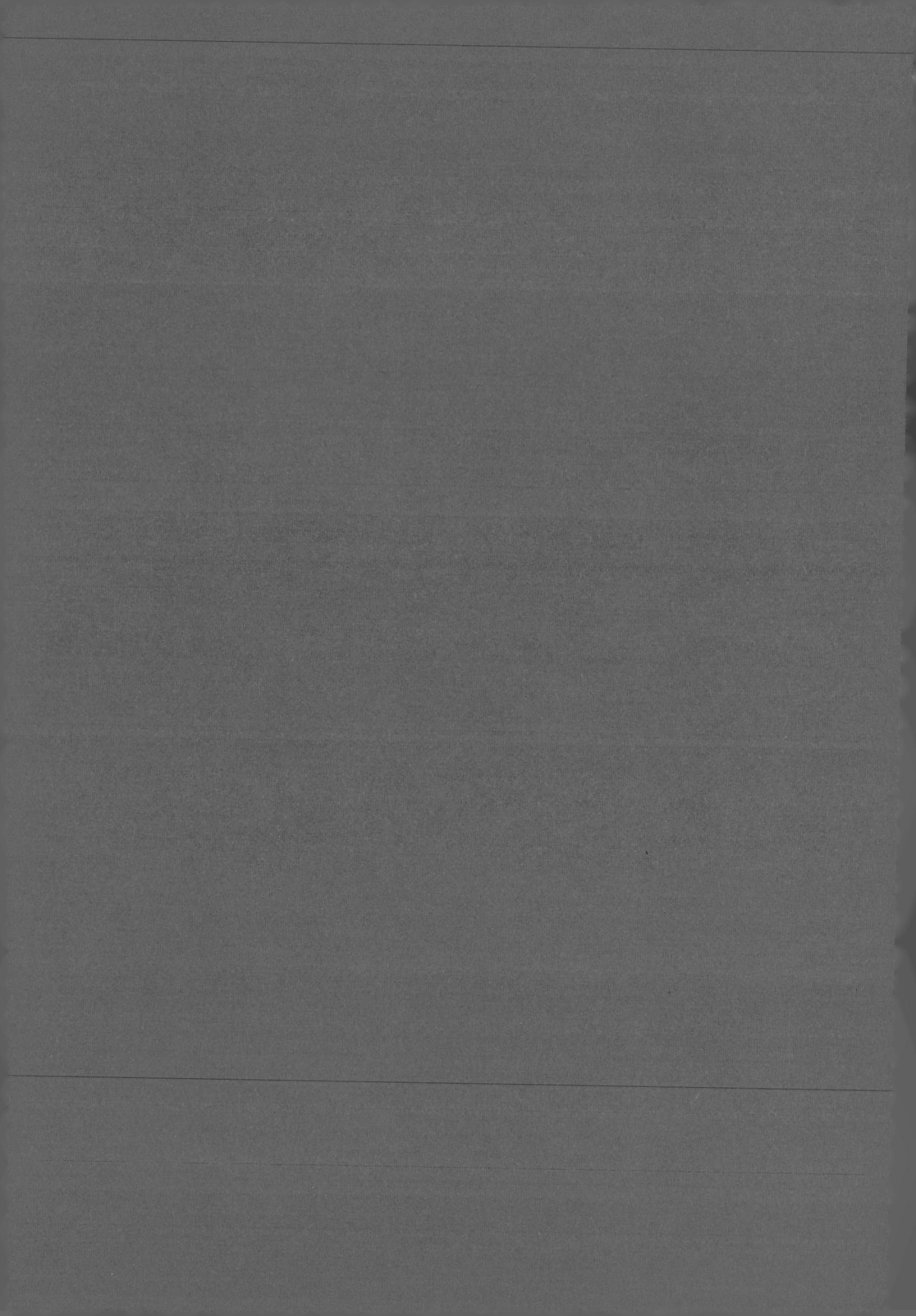